毛詩注疏簡補

頌 卷

徐勁松 編著

中國書店

圖書在版編目（CIP）數據

毛詩注疏簡補.頌卷/徐勁松編著.—北京：中
國書店，2021.7
ISBN 978-7-5149-2452-7

Ⅰ.①毛… Ⅱ.①徐… Ⅲ.①古體詩－詩集－中國－
春秋時代 ②《詩經》－注釋Ⅳ.① I222.2

中國版本圖書館 CIP 數據核字（2020）第 015834 號

毛詩注疏簡補·頌卷

徐勁松　編著

責任編輯：袁　瀛

出版發行：中國書店

地　　址：北京市西城區琉璃廠東街 115 號

郵　　編：100050

電　　話：010-63017857

印　　刷：北京建築工業印刷廠

開　　本：710mm×1000mm　1/16

版　　次：2021 年 7 月第 1 版　　2021 年 7 月第 1 次印刷

字　　數：290 千

印　　張：17.5

印　　數：1—3000

書　　號：ISBN 978-7-5149-2452-7

定　　價：128.00 元

凡　例

一、關於篇名

篇名【某頌某某】中的某某是其篇在頌中的詩序，意為其篇是某頌的第某某篇。如【周頌十一】即是周頌第十一篇。

二、關於引用名及相關文字顏色

所有經文皆為紅色。

【毛序】《毛詩注疏》中毛詩序，序文為綠色，其中引用的經文重要部分為紅色。

【毛傳】《毛詩注疏》中毛詩傳，傳文為綠色，其中引用的經文重要部分為紅色。

【鄭箋】《毛詩注疏》中鄭玄箋，箋文為藍色，其中引用的經文重要部分為紅色，引用的毛序、毛傳重要部分用綠色。

【孔疏】《毛詩注疏》中孔穎達等疏注，引用的疏文皆為黑色，其中引用的經文重要部分為紅色，引用的毛序、毛傳重要部分用綠色，引用的鄭箋重要部分為藍色。

【孔疏-章旨】《毛詩注疏》孔穎達等疏每章主旨，引用的疏文皆為黑色。

【陸曰】《毛詩注疏》陸德明注，引用的注文皆為黑色。

【詩集傳】朱熹《詩集傳》，引用的注文皆為黑色。

【詩三家】王先謙《詩三家義集疏》，引用的注文皆為黑色。

【程析】程俊英《詩經注析》，引用的注文皆為黑色。

【詩經原始】方玉潤《詩經原始》，引用的注文皆為黑色。

【論語】《論語》，引用的經文皆為黑色。

【樂道主人】編著者，引用的序文皆為黑色。

三、關於注音

全篇經文及各種注解出現的注音皆以燕烏集闕讀書會的正音結果為準。

四、關於"<某章-數字>"

在每篇詩文的單句注解或多句注解前標明第一句經文的次序，以備快速查找，如經文前標明<二章-3>，其後的第一句為經文的第二章第三句。

五、關於"◇◇""◇"號

書中的"◇◇"主要用於孔穎達等疏注。其主要目的是為了初學者方便理解，把孔疏中的不同注解分解成不同的段落，並做標明，其中用於孔穎達等疏注中的"◇"是第二層注解。當出現毛序、毛傳及鄭箋文字太多，注解層次較多的情況，必要時用"◇"標明其注解層次。

六、關於序列號"①②……⑥⑦"

孔疏章旨中的序列號是標明經文分句注解時的次序。

七、關於括號

全書出現的括號及內容皆為編著者加注。其中鄭箋中括號內容為"與毛不同"的，是鄭箋與毛序、鄭箋與毛傳對經文的不同注解。

八、關於異體字

為了保持《毛詩注疏》原貌，本書的異體字皆做保留。

前 言

　　自《詩經》由夫子編輯成册，歷朝各代對詩三百内容的詮解衆説紛紜甚至南轅北轍，尤以近現代爭執愈甚。在《風》《雅》《頌》三個體系中，《國風》的爭議最大，《頌》的内容及功能在歷代學者諸家中爭議是最少的，相左的觀點主要是在《頌》各篇作成的時間和作者的分歧方面，以及對一些詩篇所祭祀的天子諸君的身份有不同的看法。之所以如此，是因為《國風》有巨大的想象空間，如元朝馬端臨所講，《風》之諸篇"比興之辭，多於叙述；風諭之意，浮於指斥。蓋有反復咏嘆，聯章累句，而無一言叙作之之意者"。而《頌》的内容非常直接，太過明白，"其辭易知，其意易明"。

　　大凡在西方基督教堂參加過禮拜的人，都會對教堂中的聖歌印象深刻，無不為其音樂的魅力所感染。在現代中國人的印象或者説是想象中，中國古代的祭祀方式除了嚴肅就是莊重，甚至是刻板的，所謂"至止肅肅"，似乎没有一絲生氣。其實不然，最晚在公元前3500年的中國，音樂和舞蹈已成為祭祀中最重要的因素之一，且分類詳細，《商頌·那》就給了我們一個在音樂和歌舞中祭祀的宏大場面。後來的《周頌·有瞽》則成為中國早期音樂史上最重要的文獻之一。正是"言之不足，故嗟嘆之，嗟嘆之不足，故永歌之，永歌之不足，不知手之舞之，足之蹈之也。"可謂盡心盡性。《頌》就是在這樣的最神聖、最莊重、最虔誠、最感性的環境中來歌唱的。

　　既然是在廟堂中歌《頌》，《頌》的内容當然就一定是宗教的了。在這一點上，衆家一詞，萬口同聲，没有任何異義。《頌》由《周頌》《商頌》《魯頌》共四十篇組成，《魯頌》四篇及《商頌》後兩篇實為風雅體，只是因為周公的偉大和對前朝商代的尊重而入《頌》。從經學的角度看，《周頌》三十一篇及《商頌》前三篇的地位是遠遠高於《風》《雅》兩百六十五篇的，《頌》是經學中的經學，是廟堂之事，是古代社會意識形態中的核心理念，是古人的宇宙觀，是其時人們頭腦的"晶片"。

"國之大事祀與戎"，即然祭祀是古代天下、國家、家族最神聖的事，能夠參與國家祭祀活動，就是社會地位的象徵，是極大的榮譽。在西周及以前時代，除異姓的三恪二王的後代外，只有天子皇族、同姓貴族及有姻親的異性貴族才有資格參與這樣的祭祀活動，皆"肉食者謀之"。春秋之際，伴隨着血統政治社會體系的逐漸瓦解，社會各階層開始重新組合，各種社會資源面臨重新分配，中華文化再一次走到了人類文明的十字路口。貴族階層、尤其是下層的士族階層直至庶姓的平民階級都累積了强大的參與更多的宗教文化、政治及經濟等資源配置的欲望與動力。這在鐵代替銅的幾百年的發展過程中，得到了爆發的機會。"天將以夫子為木鐸"，孔子，使這種變化順應了人類各種社會資源逐步向下分配的進化趨勢，為中國乃至世界人類社會的正確發展指明了方向，雖然在後孔子時代三百多年，儒家才成為社會主流意識形態。作為當時重要的社會意識形態的祭祀活動，無論從内容、形式還是參加的人群方面，已率先開始發生變化。孔子册詩正樂，三《頌》諸篇入《詩》，在社會上層建築領域主導了這次巨變。

中國本土原始宗教分為四個關鍵部分：祖先崇拜、對天地及其自然神的崇拜、占卜和祭祀。在《周頌》諸篇的次序排列上，首篇《清廟》祭祀文王，至第五篇《天作》祀先王先公，都是祀人（鬼），而非祭神，這樣的安排充分體現了"以人為本"的人文思想，同時也是對周以前中國本土原始宗教的最重要的一次變革，昭示了孔子繼承周公人文思想的精粹。占卜是古人用來預測天意的，但在這裏，除了一些諸如"子孫保之"（《周頌·天作》），"駿惠我文王，曾孫篤之"（《周頌·維天之命》）等為子孫求福的詩章外，幾乎沒有與占卜相關的内容。在《周頌》中，祖先崇拜是第一位的，其次是對天地自然神的崇拜，祭祀則是整個《周頌》的主調。在孔子的思想體系裏，曾經在原始宗教中占主導地位的占卜的作用極大地降低了，作為祖先崇拜的最主要的表現形式——祭祀則上升到非常重要的地位。作為祭祀最重要組成部分的《周頌》，其内容主要表現在三個方面：對祖先、天地、自然神的歌頌、贊美，向祖先、天地、自然神的祈福，對祖先、天地、自然神的感恩回報。没有一篇《周頌》是描述祖先或者天地自然神在天上如何具體管理人間、如何具體生活的。這與孔子"敬鬼神而遠之"的態度是一脉相承的，在中國，可能也是在世界範圍内，明確把人的生活和鬼神的世界分開的首次宗教變革，是世界人文歷史上劃時代的里程碑。

在五篇《商頌》中，作為頌體的前三篇，《那》《烈祖》《玄鳥》的內容與《周頌》高度一致。鄭子《商頌譜》講，"孔子錄《詩》之時，則得五篇而已，乃列之以備三頌"。商之頌絕不僅五篇，不知其絕大部分篇章的內容是否也如遺存之三篇。但無論如何，《商頌》的內容是為《周頌》所主導的。

祭祀的最重要作用之一在於對參與祭祀人群身份的認可，尤其是主祭及主持者。在西周及以前的社會歷史中，像其他文明的早期一樣，巫師有重要地位，是祭祀中最重要的主持人，是上天諸神與人類交流的唯一媒介。"從東周開始，以孔子為代表，理性主義日益增長，傳統宗教的儀式層面成為儒學祭禮儀式的一部分，在祭祀活動中曾作為重要角色的巫師，大部分被世俗社會的領袖替代了，進而成為主持祭祀的靈魂人物。"（楊慶堃《中國社會中的宗教》）與天、與諸神、與祖先的交流，由具有神性的巫師階級所壟斷，演變為由世俗人（雖然這些世俗人是天子，是國君）來主導，這是儒家思想對中國文明發展的巨大貢獻，標志着巫師和早期宗教作為一種獨立制度的衰落，同時也宣告了一個真正"以人為本"的社會時代的開端。這一點，在毛序、毛傳及鄭箋對諸《頌》的解述中，占據了最重要的位置。在毛傳、鄭箋中，參與國家祭祀的人，血緣關係雖然仍很重要，但它已不是唯一的標準了，有德行的百姓之官在祭祀中已成為不可或缺的角色。孔子在相信"天命"、信仰祖先崇拜的同時，充分肯定人的主觀能動性，強調後天的努力，把德治積極地引入社會政治中，明確人類通過努力和教化能够與上天分享自己命運的決定權。正是這種理性的人本主義，改變了完全以血緣作為唯一標準的西周社會政治形態。這也是中國社會總體認知再次飛躍的表現，開創了一個順應人類社會發展規律的、更加世俗化的社會形態。

如楊慶堃所講，對超自然之天和命運的信仰，對於儒家學說發展成為一種普遍的道德準則具有特殊意義，有助於提升信徒的道德境界，使人們超越功利思想，堅定其道德抱負與天命為一體的信念。儒家學說在保留了超自然因素的同時，其現世化傾向為宗教神學思想的發展留出了充足的空間。

　　儒家的宗教面向並不否定在該學説中占主導地位的理性主義，儒家將人類置於宇宙秩序中較高的位置，人與天地一起，是為宇宙的三光。正是人類處於宇宙秩序中極高的地位，這一信念賦予儒家天命思想一種積極的意義，並激勵人們將其自身的道德修養與一種人類的崇高意識，以及與"天"同在的信念結合在一起。嘉言善行足以幫助人們改變自身命運的信仰普遍流行，並與"立命"觀相得益彰。

　　宗教與理性（世俗）共同構成了儒家思想體系中的二象性（二元性），它們是儒家思想既統一又不同的辯證兩面，正如物理現象中的波粒二象性一樣。這是儒家思想體系有別於世界其他宗教體系最重要、最本質的特徵，是中華文明能够世代相傳、推陳出新的關鍵，也是中華文明能够成為世界三大原創文明中唯一未間斷文明的重要因素。有天命信仰，而無過於具體的最高神靈，給陰陽家、道教及後來佛教的融入留下了巨大的空間，為在唐代最終形成儒釋道三教合一的獨特的、穩定的中華民族宗教—世俗二象性思想體系奠定了最重要的基礎。

　　降至西漢武帝初期，董仲舒把陰陽五行學説整合進儒家思想體系，進而形成了完善的天人合一的儒家理論，儒家思想體系才成為國家的統一意志，道家退而求其次，成為副翼。而正是由於孔子率先在宗教信仰這個人類社會頂層建築中，創造性地進行了順應人類歷史潮流的揚棄和發展，中國社會才能在這個思想體系的指引下，逐步迎來了中國歷史上又一個發展高峰——大漢時代。

　　東漢末年，隨着社會資源開始重新分配，宗教及文化開始再一次下移，社會新興的中層及部分下層人性開始覺醒。由儒家思想為主、道家思想為輔的社會主要意識形態體系，由於沒有得到再次有效的調整而無法適應大一統社會的發展，進入衰敗，導致近四百年的魏晉南北朝的戰亂紛爭。這四百年中，是強大的自願性宗教——佛教大力進攻中國本土宗教文化的過程，也是儒家思想體系自身揚棄、吸收與再造的艱難的鳳凰涅槃過程。最終，以佛教作為補充部分融入中華文化體系，從而形成了以儒家思想為主的儒釋道三足鼎立的新的宗教意識形態體系。以此宗教變革為基礎，社會中下層人性在中華大地上得到進一步釋放，中國社會又一次迎來了人類歷史上的偉世——盛唐社會。這主要得益於儒家思想體系內在的生命力，歸因於儒家思想的宗教、世俗二重性的高度包容。這次的變革體現在儒家經學著作上，則是孔穎達奉唐太宗聖旨組團疏解五經，耗費巨大心血編作成的《五經正義》系列。其中，諸《頌》在《毛詩正義》中得到了適合當時社會人性發展的又一次吐舊納新、重新解譯。

經過近二百年的時間，中國本着以我為主的底綫，已基本完成了吸收、消化近現代西方工業革命的最重要成果之一——物質文明的過程，儘管這個過程是被動的，是恥辱的，是充滿血泪的，下一步將是以中華文明為主體的東方文明重新掘起的關鍵時刻。在這樣三千年未有的機遇中，在頂層設計上，我們要繼承什麼，改變什麼，揚棄什麼，吸收什麼，中華文化能否再一次脫胎換骨、涅槃重生，將是決定中華民族是否能夠重新為則天下的最重要的前提。

《頌》對我們來講是遙遠的，可能還是陌生的，但它却是我們生命的根脉，是我們血液的源頭，是中華文化發軔的種子，是中華精神綿綿不斷的生命原始動力。《周頌·敬之》曰：“日就月將，學有緝熙于光明。”子曰：“視其所以，觀其所由，察其所安。”在這個林林紛紛的世界轉折當頭，讓我們靜下心來，重温諸《頌》，去尋找中華文明源頭的斑斑點點。

礙於編著者學識有限，不雅之處比比皆是，懇望諸君子指教。

樂道主人

庚子孟秋於北京善止齋

目　録

清廟之什

周　頌

清　廟……………………………………………… 1

維天之命………………………………………… 7

維　清……………………………………………… 12

烈　文……………………………………………… 16

天　作……………………………………………… 23

昊天有成命……………………………………… 27

我　將……………………………………………… 31

時　邁……………………………………………… 36

執　競……………………………………………… 43

思　文……………………………………………… 47

臣工之什

臣　工……………………………………………… 51

噫　嘻……………………………………………… 58

振　鷺……………………………………………… 65

豐　年……………………………………………… 69

有　瞽……………………………………………… 72

潛…………………………………………………… 78

雝…………………………………………………… 81

載　見……………………………………………… 87

有　客……………………………………………… 92

武…………………………………………………… 96

閔予小子之什

閔予小子………………………………………… 99

訪　落 ………………………………………………… 104

敬　之 ………………………………………………… 108

小　毖 ………………………………………………… 111

載　芟 ………………………………………………… 116

良　耜 ………………………………………………… 125

絲　衣 ………………………………………………… 131

酌 …………………………………………………… 136

桓 …………………………………………………… 140

賚 …………………………………………………… 144

般 …………………………………………………… 147

駉之什

魯　頌

駉 …………………………………………………… 152

有　駜 ………………………………………………… 164

泮　水 ………………………………………………… 168

閟　宮 ………………………………………………… 181

商　頌

那 …………………………………………………… 207

烈　祖 ………………………………………………… 215

玄　鳥 ………………………………………………… 221

長　發 ………………………………………………… 231

殷　武 ………………………………………………… 245

附　錄

周世系表 ……………………………………………… 253

《詩經》四家詩簡表 ………………………………… 254

毛詩傳承表 …………………………………………… 254

毛詩正變表 …………………………………………… 255

宋代（含）以前毛詩重要人物簡介 ………………… 256

毛詩大序 ……………………………………………… 258

詩譜序 ………………………………………………… 259

《毛詩正義》序 ……………………………………… 260

周頌譜 ………………………………………………… 261

魯頌譜 ………………………………………………… 262

商頌譜 ………………………………………………… 263

《詩經·頌》各家詩旨 ……………………………… 264

清　廟　【周頌一】

於（wū）穆清廟，肅雝顯相（xiàng）。濟（jǐ）濟多士，秉（bǐng）文之德，對越（yáng）在天。駿奔（bēn）走在廟，不（pī/bù）顯不承，無射（yì）於（yú）人斯。

《清廟》一章，八句。

【毛序】《清廟》，祀文王也。周公既成洛邑，朝諸侯，率以祀文王焉。

【鄭箋】清廟者，祭有清明之德者之宮也，謂祭文王也。天德清明，文王象焉，故祭之而歌此詩也。廟之言貌也，死者精神不可得而見，但以生時之居，立宮室象貌為之耳。成洛邑，居攝五年時。

【孔疏】“《清廟》”至“王焉”。

◇◇《清廟》詩者，祀文王之樂歌也。

◇序又申說祀之時節，周公攝王之政，營邑於洛。既已成此洛邑，於是大朝諸侯。既受其朝，又率之而至於清廟，以祀此文王焉。

◇以其祀之得禮，詩人歌咏其事而作此《清廟》之詩。後乃用之於樂，以為常歌也。

◇◇《周禮》四時之祭，其祭者，春曰祀，因春是四時之首，故以祀為通名。《楚茨》經云“烝嘗”，序稱“祭祀”，是秋冬之祭亦以祀目之。

◇此祀文王，自當在春，其餘序之稱祀，不必皆春祀也。以《王制》之法及《鄭志》所云“殷禮：春礿（yuè）、夏禘（dì）”，四時皆無祀名。

◇而《商頌》之序亦稱祀者，子夏生於周世，因以周法言之。《那》與《烈祖》皆云“烝嘗”，而序稱為祀，是祀為通名也。

◇◇案《召誥》經、序，營洛邑者，乃是召公所為。而云周公既成洛邑者，以周公攝行王事，君統臣功，故以周公為主。既成洛邑，在居攝五年，其朝諸侯則在六年。

1

◇《明堂位》（《周禮》）所云"周公踐天子之位以治天下，六年朝諸侯於明堂"，即此時也。成洛邑後年始朝諸侯，而此繫之成洛邑者，以洛邑既成之後，朝事莫此之先，故繫之也。

◇◇此朝諸侯在明堂之上，於時之位，五等四夷莫不咸在。言率之以祀文王，則朝者悉皆助祭。序雖文主諸侯，其實亦有四夷，但四夷世乃一見，助祭非常，故略而不言之耳。

◇諸侯之朝，當依服數而至，明堂之位，得夷夏并在者，以其禮樂初成，將頒度量，故特使俱至，異於常朝也。

◇◇《顧命》諸侯見王之禮，召公率西方諸侯，畢公率東方諸侯，則率諸侯者皆二伯為之。此言率者，謂周公使二伯率之，以從周公祀文王也。

◇◇文王之廟，雖四時常祀，而禮特異於常。諸侯皆在，祭事最盛，詩人述此祭而為此詩，故序備言其事。此經所陳，皆是祀文王之事。其言成洛邑，朝諸侯，自明祀之時節，於經無所當也。

【孔疏】箋"清廟"至"年時"。

◇◇此解文王神之所居，稱為清廟之意。以其所祭，乃祭有清明之德者之宮，故謂之清廟也。

◇此所祭者，止祭文王之神，所以有清明之德者，天德清明，文王象焉，以文王能象天清明，故謂其廟為清廟。

◇《樂記》曰："是故清明象天。"是天德清明也。《孔子閒居》曰："清明在躬。"注云："謂聖人之德亦清明也。"《易》稱"聖人與天地合其德"，是文王能象天也。

◇賈逵《左傳注》云："肅然清靜，謂之清廟。"

◇鄭不然者，以《書傳》說《清廟》之義云："於穆清廟，周公升歌文王之功烈德澤，尊在廟中，嘗見文王者，愀（qiǎo）然如復見文王。"說《清廟》而言功德，則清是功德之名，非清靜之義也。廟者，人所不居，雖非文王，孰不清靜，何獨文王之廟顯清靜之名？以此故不從賈氏之說也。

◇◇言祭之而歌此詩者，謂周公之時，詩人述之，而作此《清廟》之詩。《墓門》云："歌以訊之。"箋云"歌謂作此詩"是也。既作之後，其祭皆升堂歌之，以為常曲，故《禮記》每云"升歌《清廟》"，是其事也。

◇◇立宮室象貌而為之者，言死者之宗廟，象生時之宮室容貌，故《冬官·匠人》所論**宗廟**及**路寢**，皆制如**明堂**。是死之宗廟，猶生之路寢，故云象貌為之。由此而言，自天子至於卿士，得立廟者，其制皆如生居之宮矣。

◇◇案《鄭志》説《顧命》，成王崩於鎬，因先王之宮，故有左右房，為諸侯制也。是文、武之世，**路寢**未如**明堂**。

◇《樂記》注云："文王之廟為**明堂**制。"則文王之廟，不類生宮，而云"象貌為之"者，文王以紂尚在，武王初定天下，其宮室制度未暇為天子制耳。若為天子之制，其**寢**必與**廟**同，亦是象王生宮也。

◇◇若然，《祭法》注云："宗廟者，先祖之尊貌也。"《孝經》注云："宗，尊也。廟，貌也。親雖亡没，事之若生，為立宮室，四時祭之，若見鬼神之容貌。"如此二注象先祖身之形貌者，以廟類生人之室，祭則想見其容，故彼注通言其意耳。作廟者為室不為形，必不得象先祖之面貌矣。

◇◇知成洛邑，攝五年時者，《書序》云："成王在豐，欲宅洛邑，使召公先相宅，作《召誥》。""召公既相宅，周公往營成周，使來告卜，作《洛誥》。"如是，則作洛邑與成周，同年營之矣。《書傳》説周公攝政五年營成周，故知洛邑亦以五年成之也。

◇言此者，以成洛邑在五年，則朝諸侯在六年，明此朝諸侯與《明堂位》所朝為一事也。

<一章-1>於（wū）**穆清廟，肅雝顯相**（xiàng）。

【毛傳】於，歎辭也。穆，美。肅，敬。雝，和。相，助也。

【鄭箋】顯，光也，見（xiàn）也。於乎美哉，周公之祭清廟也。其禮儀敬且和，又諸侯有光明著見之德者來助祭。

【樂道主人】穆，文王是后稷的第十四代孫，廟制在穆序。

【孔疏】傳"於歎"至"相助"。

◇◇《書傳》云："穆者敬之。"言穆為敬之美也。

◇◇《樂記》引《詩》云："肅雝和鳴。"夫肅肅，敬也；雝雝，和也。夫敬與和，何事而不行，是肅為敬，雝為和也。

【孔疏】○箋"顯光"至"助祭"。

◇◇以此祀文王之歌，美其祀不美其廟，故云"周公之祭清廟也"。

3

◇◇其禮儀敬且和者，謂周公祭祀能敬和也。以"肅雝"承"清廟"之下，宜為祭祀之事，而"顯相"之文又在其下，明是相者肅雝，故屬於周公，唯顯相為諸侯耳。

◇知顯相是諸侯者，序言"朝諸侯，率以祀文王"，於此經當有諸侯之事。而下文別言多士，多士非諸侯，則顯相是諸侯可知。於諸侯言相，明多士亦為相矣。

◇◇此箋以肅雝屬周公，而《書傳》云"肅雝顯相"，注云"四海敬和，明德來助祭"，以敬和為諸侯者，義得兩通也。

<一章-3>濟（jǐ）濟多士，秉文之德，對越（yáng）在天。

【毛傳】執文德之人也。

【鄭箋】對，配。越，於也。濟濟之眾士，皆執行文王之德。文王精神已在天矣，猶配順其素如生存。

【程析】濟濟，有威儀而整齊貌。秉，執行。對，報答。越，宣揚。

【孔疏】傳"執文德之人"。◇◇經云"秉文之德"，謂多士執文王之德，故傳申其意，言此多士皆是執文德之人也。亦與鄭同。

【孔疏】箋"對配"至"生存"。

◇◇濟濟之眾士，謂朝廷之臣也。

◇◇執行文王之德，謂被文王之化，執而行之，不使失墜也。言在天，則是有物在天而非天，此祀文王之事，故知在天謂文王精神已在天也。

◇◇文王在天，而云多士能配者，正謂順其素先之行，如其生存之時焉。文王既有是德，多士今猶行之，是與之相配也。

◇◇序言"朝諸侯，率以祀文王"，止率諸侯耳。多士亦助祭，序不言率之者，王朝之臣，助祭為常，非所當率，故不須言也。以朝廷之臣親受文王之化，故言秉文之德，則外臣疏遠，言其自有光明，亦所以互相通也。

<一章-6>駿奔（bēn）走在廟，不（pī/bù）顯不承，無射（yì）於（yú）人斯。

【毛傳】駿，長（cháng）也。顯於天矣，見承於人矣，不見厭於人矣。

【鄭箋】駿，大也（與毛不同）。諸侯與眾士，於周公祭文王，俱奔走而來，在廟中助祭，是不光明文王之德與？言其光明之也。是不承順文王志意與？言其承順之也。（與毛不同）此文王之德，人無厭之。

【程析】不（pī），丕。古"不""丕"同音。無射（yì），不厭。

【孔疏】傳"駿長"至"於人矣"。

◇◇"駿，長"，《釋詁》文。言長者，此奔走在廟，非唯一時之事，乃百世長然，故言長也。

◇◇以文王精神已在於天，光顯文王，是顯於天也。

◇◇此奔走助祭，是承事文王，故見承於人也。不見厭於人者，由文王德美，不為人厭，所以諸侯、多士奔走助之，結上助祭之意也。

【孔疏】箋"駿大"至"厭之"。

◇◇"駿，大"，《釋詁》文也。以詩人所歌，據其見事，非是逆探後世，不宜以駿為長。此承諸侯、多士之下，總言奔走，則文兼上事，故云"諸侯與眾士，於周公祭文王，俱奔走而來，在廟中助祭"。以其俱來，故訓駿為大。

◇大者，多而疾來之意。《禮記·大傳》亦云"駿奔走"，注"駿，疾也。疾奔走，言勸事也"。其意與此相接成也。

◇◇又以上言"在天"者，見文王其身雖死，其道猶存，既言人能配行，故指在天為義。

◇◇此言奔走在廟，主述祭時之事，無取於在天，故以為光明文王之德，承順文王之意。光明文王之德，雖亦得為顯之於天，但於文勢直言人所昭見，不當遠指上天，故易傳也。此文王之德，人無厭之，即是不見厭於人，與傳同也。

【孔疏-章旨】"於穆清廟"。

○毛以為，①於乎美哉，周公之祭清廟也。其祭之禮儀，既內敬於心，且外和於色。

②又諸侯有明著之德來助祭也。其祭之時，又有濟濟然美容儀之眾士亦來助祭。於此眾士等，皆能執持文王之德，無所失墜。文王精神已在於天，此眾士之行，皆能配於在天。言其行同文王，與之相合也。

③此明著諸侯與威儀眾士長奔走而來，在文王之廟，後世常然，供承不絕，則文王之德，豈不顯於天，豈不承於人？所以得然者，以文王之德，為人所樂，無見厭倦於人。斯由人樂之不厭，故皆奔走承之。

○鄭唯以駿奔走三句為異。言諸侯之與多士大奔走而來，在文王之廟，豈不光明文王之德與？言其光明之。豈不承順文王之意與？言其承順之。餘同。

　　《清廟》一章，八句。

維天之命　【周頌二】

維天之命，於（wū）穆不已。於乎不（pī/bù）顯，文王之德
之純！假（xià）以溢我，我其收之。駿惠我文王，曾（zēng）孫
篤之。

《維天之命》一章，八句。

【毛序】《維天之命》，大（tài）平告文王也。

【鄭箋】告大平者，居攝五年之末也。文王受命，不卒而崩。今天下
大平，故承其意而告之，明六年制禮作樂。

【樂道主人】何為"受天命"，此詩解說得非常明白：于民有大德
（文王）、有平定天下之大功（武王）、制禮作樂，三者缺一不可。

【樂道主人】按鄭意，前兩句只講天之德，三四句講文王效天之德，
五六句講周公等效文王之德，制禮作樂，未一句講後王繼承之。層層
遞進。

【孔疏】"《維天之命》"至"文王也"。

◇◇《維天之命》詩者，大平告文王之樂歌也。以文王受命，造立周
邦，未及大平而崩，不得制禮作樂。今周公攝政，繼父之業，致得大平，
將欲作樂制禮。

◇◇其所制作，皆是文王之意，故以大平之時，告於文王，謂設祭以
告文王之廟。言今已大平，已將制作，詩人述其事而為此歌焉。

◇◇經陳文王德有餘衍，周公收以制禮，順文王之意，使後世行之，
是所告之事也。

【孔疏】箋"告大平"至"作樂"。

◇◇《樂記》云："王者功成作樂，治定制禮。"功成治定，即大平
之事。此經所云"我其收之，駿惠我文王"，是制作之意，明其將欲制
作，有此告耳。制禮作樂在六年之初，故知此告大平，五年之末也。

◇◇又解所以必告文王者，文王受命，不卒而崩。

◇卒者，終也。聖人之受天命，必致天下大平，制作一代大法，乃可謂之終耳。文王未終此事，而身已崩，是其心有遺恨。

◇今既天下大平，成就文王之志，故承其素意而告之，冀使文王知之，不復懷恨故也。

◇◇文王之不作禮樂者，非謂智謀不能制作，正以時未大平，故不為耳。今於五年之末，以大平告之，明己欲以六年成就之。

◇◇言六年者，為制作成就之時，其始草創，當先於此矣。《明堂位》云：“六年制禮作樂，頒度量，而天下大服。”明是制作己就，故度量可頒，其禮亦應頒之，未即施用。

◇《洛誥》說七年時事，周公猶戒成王，使肇稱殷禮，祀於新邑，則是成王即政，始用《周禮》也。

◇◇武王亦不卒而崩，惟告文王者，當時亦應并告，但以文王是創基之主，紂尚未滅，遺恨為深，周公之作《周禮》，稱為文王之意，故作者主於文王，辭不及武王。序亦順經之意，指言告文王焉。

<一章-1>維天之命，於（wū）穆不已。

【毛傳】孟仲子曰：“大哉！天命之無極，而美周之禮也。”

【鄭箋】命猶道也。天之道於乎美哉！動而不止，行而不已。

【陸釋】《韓詩》云：“維，念也。”

【樂道主人】《周頌·清廟》毛傳：於，歎辭也。穆，美。

【樂道主人】穆，文王是后稷的第十四代孫，在穆序。

【孔疏】傳“孟仲”至“之禮”。

◇◇文當如此。《孟子》云：齊王以孟子辭病，使人問。醫來，孟仲子對。趙岐云：“孟仲子，孟子從昆弟學於孟子者也。”《譜》云：“孟仲子者，子思弟子，蓋與孟軻共事子思，後學於孟軻，著書論《詩》，毛氏取以為説。”

◇◇言此詩之意，稱天命以述制禮之事者，歎“大哉，天命之無極”，而嘉美周世之禮也。美天道行而不已，是歎大天命之極。

◇◇文王能順天而行，《周禮》順文王之意，是周之禮法效天為之，故此言文王，是美周之禮也。定本作“美周之禮”。或作“周公之禮”者，誤也。

◇◇《譜》云“子思論《詩》，‘於穆不已’，仲子曰‘於穆不似'"。此傳雖引仲子之言，而文無不似之義，蓋取其所説，而不從其讀，故王肅述毛，亦為"不已"，與鄭同也。

【孔疏】箋"命猶"至"不已"。

◇◇天之教命，即是天道，故云命猶道也。《中庸》引此詩，乃云："蓋曰天之所以為天也。"是不已為天之事，故云動而不已，行而不止。

◇◇《易·繫辭》云："日往則月來，暑往則寒來。"《乾卦·象》曰："天行健，君子以自强不息。"是天道不已止之事也。

<一章-3>於乎不（pī/bù）顯，文王之德之純！假（xià）以溢我，我其收之。駿惠我文王，

【毛傳】純，大。假，嘉。溢，慎。收，聚也。

【鄭箋】純亦不已也（與毛不同）。溢，盈溢之言也（與毛不同）。於乎不光明與，文王之施德教之無倦已，美其與天同功也。以嘉美之道，饒衍（yǎn）與我，我其聚斂之，以制法度，以大順我文王之意，謂為《周禮》六官之職也。《書》曰："考朕昭子刑，乃單文祖德。"

【樂道主人】《周頌一·清廟》毛傳：於，歎辭也。鄭箋：駿，大也。

【孔疏】傳"純大"至"收聚"。

◇◇"純，大。假，嘉。溢，慎"，皆《釋詁》文。

◇◇舍人曰："溢行之慎。"某氏曰："《詩》云'假以溢我'，慎也。"

◇◇收者，斂聚之義，故為聚也。

【孔疏】箋"純亦"至"祖德"。

◇◇《中庸》引此云："於乎不顯，文王之德之純。蓋曰文王之所以為文也，純亦不已。"指説此文，故箋依用之。

◇箋意言純亦不已，則不訓為大，當謂德之純美無玷缺，而行之不止息也。

◇◇《孝經》云："滿而不溢。"是溢為盈溢之言也。易傳者，以下句即云"我其收之"，溢是流散，收為收聚，上下相成，於理為密，故易之也。

◇◇文王既行不倦已，與天同功，是其道有饒衍，至於滿溢，故言"以嘉美之道饒衍與我，我其聚斂之，以制法度"，謂收聚文王流散之德

9

以制之也。

◇◇其實周公自是聖人作法，出於已意，但以歸功文王，故言收文王之德而為之耳。文王本意欲得制作，但以時未可為，是意有所恨。今既太平作之，是大順我文王之意也。

◇◇欲指言所作以曉人，故言謂為《周禮》六官之職，即今之《周禮》是也。

◇◇禮經三百，威儀三千，皆是周公所作。以《儀禮》威儀行事，禮之末節，樂又崩亡，無可指據。指以《周禮》，統之於心，是禮之根本，故舉以言焉。

◇◇引《書》曰者，《洛誥》文也。

◇《書》之意，言周公告成王云：今所成我明子成王所用六典之法者，乃盡是配文祖明堂之人，文王之德，我制之以授子，是用文王之德制作之事，故引以證此。

◇彼注云："成我所用明子之法度者，乃盡明堂之德。明堂者，祀王帝太皞之屬，為用其法度也。周公制禮六典，就其法度而損益用之。"

◇如彼注，直以文祖為明堂。不為文王者，彼上文注云："文祖者，周曰明堂，以稱文王。"是文王德稱文祖也。彼注更自觀經為説，與此引意不同，義得兩通故也。

<一章-8>曾孫篤之。

【毛傳】成王能厚行之也。

【鄭箋】曾，猶重也。自孫之子而下，事先祖皆稱曾孫。是言曾孫，欲使後王皆厚行之，非維今也（與毛不同）。

【樂道主人】鄭意，曾孫非獨指成王也，與《小雅》中"曾孫"不同。因此篇為周公尚在攝政之時，應為文王主祭，而非成王，故改之。

【孔疏】傳"成王能厚行之"。

◇◇傳以周公制禮，成王行之，乃是為成王而作，故以《信南山》經、序准之，以曾孫為成王也。

◇◇厚行之者，用意專而隆厚，即《假樂》所云"不愆不忘，率由舊章"是也。

【孔疏】箋"曾猶"至"維今"。

◇◇箋以告之時禮猶未成，不宜偏指一人，使之施用一代法，當通後王，故知 曾孫之王非獨 成王也。

　　◇曾 猶重也。孫之子為 曾孫也。孫是其正稱，自 曾孫已下，皆得稱
孫。哀二年《左傳》云：“ 曾孫蒯聵，敢告皇祖文王、烈祖康叔。”是雖
歷多世，亦稱 曾孫也。

　　◇《小雅》曾孫唯斥 成王，文各有施，不得同也。

　　【孔疏-章旨】“ 維天之命”。

　　○毛以為，①言維此天所為之教命，於乎美哉！動行而不已，言天道
轉運無極止時也。

　　②天德之美如此，而文王能當於天心，又歎文王，於乎！豈不顯乎？
此文王之德之大。言文王美德之大，實光顯也。文王德既顯大，而亦行之
不已，與天同功，又以此嘉美之道，以戒慎我子孫，言欲使子孫謹慎行其
道。文王意既如此，我周公其當斂聚之，以制典法，大順我文王之本意。

　　③作之若成，當使曾孫成王厚行之，以為天下之法。周公以此意告文
王，故作者述而歌之。

　　○鄭以純為純美，溢為盈，曾孫通謂後世之王，唯此為異。其大意
則同。

　　《維天之命》一章，八句。

維　清　【周頌三】

維清緝（jí）熙，文王之典。肇禋（yīn），迄用有成，維周之禎（zhēn）。

《維清》一章，五句。

【毛序】《維清》，奏《象舞》也。

【鄭箋】《象舞》，象用兵時刺伐之舞，武王制焉。

【樂道主人】上篇《維天之命》贊文王之文德，此篇頌文王之武功。

【樂道主人】以鄭及孔意，《象舞》之樂（舞）作於武王時，此篇經詩作於成王、周公時。

【孔疏】"《維清》"至"《象舞》也"。

◇◇《維清》詩者，奏《象舞》之歌樂也。謂文王時有擊刺之法，武王作樂，象而為舞，號其樂曰《象舞》。至周公、成王之時，用而奏之於廟。詩人以今大平由彼五伐，覩其奏而思其本，故述之而為此歌焉。

◇◇《時邁》《般》《桓》之等，皆武王時事，成王之世乃頌之。此《象舞》武王所制，以為成王之時奏之，成王之時頌之，理亦可矣。

◇◇但武王既制此樂，其法遂傳於後。春秋之世，季札觀樂，尚見舞《象》，是後於成王之世猶尚奏之。可知頌必大平乃為，明是覩之而作。

◇◇又此詩所述，述其作樂所象，不言初成新奏，以此知奏在成王之世，作者見而歌之也。經言文王之法，可用以成功，是制《象舞》之意。

【孔疏】箋"象舞"至"制焉"。

◇◇此詩經言文王，序稱《象舞》，則此樂象文王之事，以《象舞》為名，故解其名此之意。

◇《牧誓》曰："今日之事，不愆於六伐七伐，乃止齊焉。"注云："一擊一刺曰一伐。"是用兵之時，有刺有伐。此樂象於用兵之時刺伐之事而為之舞，故謂之《象舞》也。知者，以其言象，則是有所法象。

◇《樂記》説《大武》之樂，象武王之伐，明此《象舞》象文王之伐。

◇◇知武王制焉者，以為人子者貴其成父之事，文王既有大功，武王無容不述。

◇《中庸》曰："武王、周公，其達孝矣乎！孝者善繼人之志，善述人之事。"明武王有所述矣。於周公之時，已象伐紂之功，作《大武》之樂，不言復象文王之伐，制為別樂，故知《象舞》武王制焉。

◇武王未及太平而作此樂。一代大典，須待大平。此象文王之功，非為易代大法，故雖未制禮，亦得為之。周公大作，故別為武樂耳。

◇◇《春官·大司樂》六代之樂，唯舞《大武》，以享先祖。此《象舞》不列於六樂，蓋大合諸樂，乃為此舞，或祈告所用，《周禮》無之。

◇襄二十九年，曾為季札舞之，則其有用明矣。

◇案彼傳云："見舞《象箾（shuò）》《南籥（yuè）》者。"服虔（qián）曰："《象》，文王之樂舞《象》也。《箾》，舞曲名。言天下樂削去無道。"杜預曰："箾，舞者所執。南籥，以籥舞也。"其言箾為所執，未審何器。

◇以箾為舞曲，不知所出。要知箾與南籥必是此樂所有也。

◇傳直云"舞象"，"象"下更無"舞"字，則此樂名"象"而已。以其象事為舞，故此文稱"象舞"也。

◇《象舞》之樂象文王之事，其《大武》之樂象武王之事，二者俱是為象。但序者於此云"奏《象舞》"，於《武》之篇不可復言奏象，故指其樂名，言"奏《大武》"耳。

◇◇其實《大武》之樂亦為象也，故《禮記·文王世子》《明堂位》《祭統》皆云"升歌《清廟》，下管《象》"。《象》與《清廟》相對，即俱是詩篇，故《明堂位》注"《象》謂《周頌·武》也"。謂《武》詩為《象》，明《大武》之樂亦為象矣。

◇但《記》文於"管"之下別云"舞《大武》"，謂《武》詩則簫管以吹之，《武》樂則干戚以舞之，所以并設其文，故鄭并解其意，於《文王世子》注云："《象》，周武王伐紂之樂也，以管播其聲，又為之舞。"於《祭統》注云："管《象》，吹管而舞《武象》之樂也。"皆《武》詩、《武》樂并解之也。

◇**必知彼《象》非此篇者**，以彼三文皆云"升歌《清廟》，下管

《象》”，若是此篇，則與《清廟》俱是文王之事，不容一升一下。今《清廟》則升歌，《象》則下管，明有父子尊卑之異。

　　◇《文王世子》於升歌下管之後，覆述其意云：“正君臣之位，貴賤之等，而上下之義行焉。”言君臣上下之義，明《象》非文王之事，故知下管《象》者，謂《武》詩，但序者避此《象》名，不言象耳。

　　【樂道主人】以上辨：文王、武王皆有“象”樂。

　　<一章-1>維清緝（jī）熙，文王之典。

　　【毛傳】典，法也。

　　【鄭箋】緝熙，光明也。天下之所以無敗亂之政而清明者，乃文王有征伐之法故也。文王受命，七年五伐也。

　　【孔疏】傳“典，法”。◇◇《釋詁》云：“典、法，常也。”俱訓為常，是典得為法。

　　【孔疏】箋“緝熙”至“五伐”。

　　◇◇《釋詁》緝熙皆為光也，但光亦明也，故連言之。

　　◇◇無敗亂之政而清明者，雖伐紂之後，亦得為此。言要大為清明，必是太平之世。此當是周公、成王之時，見其清明，乃上本文王也。

　　◇◇文王七年五伐，即《尚書傳》所云“二年伐邘（yú），三年伐密須，四年伐犬夷，五年伐耆（qí），六年伐崇”是也。

　　<一章-3>肇禋（yīn），

　　【毛傳】肇，始。禋，祀也。

　　【鄭箋】文王受命，始祭天而枝伐也。《周禮》以禋祀昊天上帝。

　　【孔疏】傳“肇，始。禋，祀”。◇◇“肇，始”，《釋詁》文。又云：“禋，祀，祭也。”是禋祭為祀。

　　【孔疏】箋“文王”至“上帝”。

　　◇◇禋者，祭天之名，故云“文王受命，始祭天而枝伐”。

　　◇《中候·我應》云：“枝伐弱勢。”注云：“先伐紂之枝黨，以弱其勢，若崇侯之屬。”是枝之文也。

　　◇文王祭天，必在受命之後，未知以何年初祭。《皇矣》説伐崇之事云：“是類是禡。”類即祭天也。**伐崇之後乃稱王**，應伐崇之時始祭天耳。五伐容有未祭天而已伐者，但所伐唯崇為強，言祭天而伐，據崇為説也。

◇《我應》云："玄湯伐亂崇蔓首。王曰：'於戲！斯在伐崇謝告。'"注云："斯，此也。天命此在，伐崇侯虎，謝百姓，且告天。"是祭天而伐，主為崇也。

◇◇引《周禮》者，《大宗伯》文，引之以證禋為祭天也。文王之時，禘郊未備，所祭不過感生之帝而已。引昊天上帝者，取禋祀之成文。彼又云："祀五帝亦如之。"雖祭感生帝，亦用禋也。

<一章-4>迄用有成，維周之禎（zhēn）。

【毛傳】迄，至。禎，祥也。

【鄭箋】文王造此征伐之法，至今用之而有成功，謂伐紂克勝也。征伐之法，乃周家得天下之吉祥。

【孔疏】傳"迄至禎祥"。

◇◇"迄，至"，《釋詁》文。

◇◇"禎，祥"，《釋言》文。舍人曰："祺福之祥。"

◇◇某氏曰："《詩》云：'維周之祺。'"定本、《集注》"祺"字作"禎"。

【孔疏】箋"文王"至"吉祥"。

◇◇此詩之作，在周公、成王之時。以文王為古，故謂武王為今，自是辭相對耳，非言作詩之時為武王也。

◇◇祥者，是徵兆之先見者也。文王始造伐法，武王用以成功，是文王之法，為伐紂徵兆，故為周家得天下之吉祥。

【孔疏-章旨】"維清緝熙"。詩人既覩太平，見奏《象舞》，乃述其所象之事，而歸功於文王。

①言今日所以維皆清靜光明無敗亂之政者，乃由在前文王有征伐之法故也。

②其伐早晚為之，乃本受命始為禋祀昊天之時，以行此法，而伐紂之枝黨。

③言其祭天乃伐，其法重而可遵，故至今武王用之，伐紂而有成功，致得天下清明。是此征伐之法，維為周家得天下之吉祥矣。故武王述其事而制此舞，詩人見其奏而歌之焉。

◇◇此"維清緝熙"是當時之事，作者先言時事，然後上本文王，又據文王說之而下，故其言不次。

《維清》一章，五句。

烈 文 【周頌四】

烈文辟（bì）公，錫（cì）兹祉（zhǐ）福。惠我無疆，子孫保之。無封靡于爾邦，維王其崇之。念兹戎功，繼序其皇之。無競維人，四方其訓之。不（pī/bù）顯維德，百辟其刑之。於（wū）乎，前王不忘！

《烈文》一章，十三句。

【毛序】《烈文》，成王即政，諸侯助祭也。
【鄭箋】新王即政，必以朝（cháo）享之禮祭於祖考告，嗣位也。
【孔疏】"《烈文》"至"助祭也"。

◇◇《烈文》詩者，成王即政，諸侯助祭之樂歌也。謂周公居攝七年，致政成王，成王乃以明年歲首，即此為君之政，於是用朝享之禮祭於祖考，有諸侯助王之祭。既祭，因而戒之。詩人述其戒辭，而為此歌焉。

◇◇經之所陳，皆戒辭也。

◇◇武王崩之明年，與周公歸政明年，俱得為成王即政，但此篇敕（chì）戒諸侯，用賞罰以為己任，非複喪中之辭，**故知是致政之後年之事也。**

◇◇《臣工》序云："遣於廟。"此不言遣者，彼敕（《釋名》：'飭（chì）也，使自警飭，不敢廢慢也。'）之使在國有事，來咨於王，又令及時教民農業，是將遣而戒，故言遣以戒之。此則戒以為君之法，其辭不為將遣，故不言遣。

◇◇箋意於經亦有卿士，序不言者，以諸侯為重，故舉諸侯以總之。

【孔疏】箋"新王"至"嗣位"。

◇◇解即政所以有祭，得為諸侯所助之意。以新王即政，必以朝享之禮，祭於祖考廟，告己今繼嗣其位。有此祭，故諸侯助之也。

◇必知用朝享之禮者，以此告事而已，不得用時祭之禮。而《周禮》

四時之閒祀有追享、朝享者。◇追享者，追祭遷廟之主，以事有所禱請，非即政所當用。◇朝享者，朝廟受政而因祭先祖，以月朔為之，即《春秋》文六年"閏月不告朔，猶朝於廟"，《祭法》"天子親廟與太祖，皆月祭之"，是其事也。

◇人君即政，必以月正元日，此日於法自當行朝享之禮，故知成王即政，用此禮以祭，而有諸侯助之也。

◇新王即政，以歲首朔日，則是周正月矣。《臣工》箋："周之季春，於夏為孟春。"諸侯之朝，在周之季春。此於周之孟春，得有諸侯在京助王祭者，以新王即政，故特命使朝。或去冬朝者，留得歲初也。鄭於《顧命》之注以居攝六年為年端，則此年未必六服盡來，蓋近者至也。

◇◇案《洛誥》説周公致政之事云："烝祭歲，文王騂牛一，武王騂牛一。王命作冊，逸祝冊，惟告周公其後。"注云："歲，成王元年正月朔日也。用二特牛祫（xiá）祭文王、武王於文王廟，使史逸讀所冊祝之書告神，以周公其宜為後，謂封伯禽也。"彼言正月朔日，與此祭祖告嗣同日事也。

◇此言以朝享之禮，彼言祫祭文、武者，此言即政助祭，是王自祭廟，告己嗣位；彼祭文、武，謂告封周公。此二禮必不得同也。何則？身未受位，不可先以封人，明是二者各自設祭。

◇當是先以朝享之禮，遍祭群廟，以告己嗣位。於祭之末，即敕戒諸侯事訖，乃更以禮合祭文、武於文王之廟，以告封周公也。

◇必知彼與此非一祭者，此即政用朝享之禮，當各就其廟；彼封周公，唯祭文、武而已，故知不同也。彼注知合祭文、武於文王廟者，以彼經云"文王騂牛一，武王騂牛一"，即云"王命作冊"，是并告二神，一處為祭，卑當就尊，故知在文王廟也。

◇此祭祖者，則遍告群廟。而箋唯言祖考者，祖考總辭，可以兼諸廟也。

【樂道主人】周四之祭及祫祭、禘祭為常祭，以時序之，而其閒追享、朝享及者，則為非常祭，以事統之。

【樂道主人】六服，有三種説法：

1. 周王畿以外的諸侯邦國曰服，其等次有六：侯服、甸服、男服、采服、衛服、蠻服。

2. 指周天子的六種冕服。即：大裘、袞衣、禪衣、鷩（jì）衣、絺衣、玄衣。

3.《周禮》中提到的后妃的六種禮服。《周禮·天官·內司服》："掌王后之六服：褘衣、揄狄（揄翟）、闕狄（闕翟）、鞠衣、襢衣、褖衣。"後又稱六衣。

<一章-1>烈文辟（bì）公，錫（cì）茲祉（zhǐ）福。惠我無疆，子孫保之。

【毛傳】烈，光也。文王錫之。

【鄭箋】惠，愛也。光文百辟卿士（與毛不同）及天下諸侯者，天錫之（與毛不同）。以此祉福也，又長愛之無有期竟，子孫得傳世，安而居之。謂文王、武王以純德受命定天位（與毛不同）。

【程析】祉，福。辟公，諸侯（毛意）。

【樂道主人】我，指文、武王。

【樂道主人】鄭與毛大不同。不同之處有二：其一，辟公，不僅有諸侯，也包括卿士。目的是有德行才可能外出封為諸侯，強調德行是考查的最重要標準，強調賢人的作用。其二，賜福為天賜，賜與包括文、武之周王及天下。關鍵點：人在眾，不止於親；福主在天，非獨在王。血緣政治與德賢政治之區分也。

【孔疏】傳"烈光"至"錫之"。

◇◇"烈，光"，《釋詁》文。以辟公之下，即言賜福，是賜之以福，使得為此辟公也。

◇◇文王是周之創業之主，文王造此周國，此等得在周統內列為諸侯，乃是文王之所錫，故言文王錫之。其實武王封建，亦是武王賜之矣。

◇◇傳以"錫茲祉福"為文王賜諸侯，則"惠我無疆"亦是文王愛諸侯。"子孫保之"，謂諸侯得繼世也。

◇◇其文皆無卿士，則辟公謂君人之公，非百辟卿士矣。

【孔疏】箋"惠愛"至"天位"。

◇◇"惠，愛"，《釋詁》文也。

◇◇以《月令》云百辟是卿士之總稱，下有"爾邦""百辟"與此相承，則辟當下百辟，公當下爾邦，故分辟、公為二，即辟公謂卿士及天下諸侯也。

18

◇◇ 此既分辟公為二，故下兩經亦分為二，皆上戒諸侯，下戒百辟，與此勢相成也。

◇◇ 又以下云"爾邦"謂諸侯為"爾"，則此經云"我"，是成王自我，非我諸侯也，故易傳以為天賜祉福，謂賜文、武王以王天下之福也。

◇◇ 愛之無有期竟，謂卜世三十，卜年七百，是長遠無期竟也。先解經文，後指其事，故云"謂文王、武王以純德受命定天位也"。

◇ 純德者，純美之德，即上篇所云"之德之純"是也。以文、武俱受天命，故連言之。

<一章-5>無封靡于爾邦，維王其崇之。念兹戎功，繼序其皇之。

【毛傳】封，大也。靡，累也。崇，立也。戎，大。皇，美也。

【鄭箋】崇，厚也（與毛不同）。皇，君也（與毛不同）。無大累於女（rǔ）國，謂諸侯治國無罪惡也。王其厚之，增其爵土也。念此大功，勤事不廢，謂卿大夫能守其職，得繼世在位以其次。序其君之者，謂有大功，王則出而封之。

【樂道主人】王，毛意指武王。毛意此講武王賜福封建，繼序為一事，繼父祖之胤（yìn）緒也。鄭意非指某個王，而總指周王家。鄭意繼與序為兩事也。

【樂道主人】孔疏：鄭意上既分辟公為二，故此經與下經亦分為二，皆上戒諸侯，下戒百辟，與上勢相成也。

【孔疏】傳"封大"至"皇美"。

◇◇ 定四年《左傳》云："吳為封豕（shǐ）長蛇。"封與長為類，則封豕為大豕，故封為大也。

◇◇ 靡謂侈靡，奢侈淫靡是罪累之事，故靡為累也。

◇◇《釋詁》云："崇，高也。"高是立之義，故以崇為立也。

◇◇ "戎，大。皇，美"，皆《釋詁》文。

◇◇ 傳於此篇不言卿士，則此經所陳皆戒諸侯之事。

◇◇ 上已言文王賜之，此又言維王立之，封立諸侯，始立於武王，則維王立之謂武王也。既陳文、武之愛諸侯，乃云"念此戎功"，則是戒諸侯使念父祖之大功也。諸侯各為一國之君，不得有次序之義。《釋詁》云："叙，緒也。"則繼父祖之胤緒也。故王肅云："武王得天下，因殷諸侯無大累於其國者，就立之。"序，繼也，思繼續先人之大功而美之。

【孔疏】箋 "崇厚" 至 "封之"。

◇◇以崇訓高也，高是厚義，故為厚也。

◇◇ "皇，君"，《釋詁》文。無大累於女國，為王者勸誘之辭耳，其實小累亦不可也。若無罪累，則是有功。王者之於諸侯，有功則賞之，故知厚之謂增其爵土也。

◇◇念此大功，勤事不廢，謂人臣守職，當念立所職之功，奉行不倦也。言大功者，為之總目，於大功之中，又為等級。

◇功小者，猶得繼世在位，得其次序，謂卿之子為卿，大夫之子為大夫，守其禄位，不失舊業也。

◇功尤大者，則其君之，謂出封為諸侯也。《春官·典命》云："王之三公八命，其卿六命，其大夫四命。其出封加一等。" 是有大功者，王則出而封之。

<一章-9> 無競維人，四方其訓之。不（pī/bù）顯維德，百辟其刑之。於（wū）乎，前王不忘！

【毛傳】競，彊（qiáng）。訓，道（dǎo）也。前王，武王也。

【鄭箋】無彊乎維得賢人也，得賢人則國家彊矣，故天下諸侯順其所為也。不勤明其德乎，勤明之也，故卿大夫法其所為也（與毛不同）。於乎先王，文王、武王（與毛不同），其於此道，人稱頌之不忘。

【程析】訓，通 "馴"，服從。其，語氣助詞。刑，通 "型"，模範。

【樂道主人】百辟，此處鄭意指卿大夫。

【孔疏】傳 "競彊" 至 "武王"。

◇◇ "競，彊"，《釋言》文也。

◇◇教訓者，所以導誘人，故訓為道也。

◇◇成王之前，唯武王耳，故知前王武王。傳以此篇皆戒諸侯之辭，此經所言，陳武王之事，使諸侯慕之也。

【孔疏】箋 "無彊" 至 "不忘"。

◇◇得賢國強，則四鄰畏威慕德，故天下諸侯順其所為。言諸侯得賢人，則其餘諸侯順之。

◇◇ "不顯維德" 與上 "無競維人" 相當。箋云 "不明乎維勤其德"，勤其德則身明矣。欲明其德，必勤行之，故箋從省文，通以為句耳，其意亦與上同也。

◇◇人雖同在寮（《爾雅·釋詁注》："同官爲寮。"）位，有德則尊，故卿大夫能勤明其德者，其餘卿大夫則法其所爲也。

◇◇文王、武王勤行此道，謂行此求賢、勤德之事，故人稱誦之不忘也。

◇◇定本有"文王、武王"，俗本唯有"武王"，誤也。

【孔疏-章旨】"烈文辟公"。

○毛以爲，①成王於祭之末，呼諸侯而戒之曰：汝等有是光明文章者，君人之辟公，我先君文王賜汝以此祉福也。言文王造始周國，此等作周藩屏，得爲諸侯之福，乃是文王賜之。文王既賜以此福，又愛我此等諸侯無有竟已之時，令其子孫得常安之。言文王終常愛之，使得傳世不絕也。既言文王如此，又説武王亦然。

②我武王伐紂之後，以舊國皆應削滅，而我武王觀汝舊爲君者，誠無大累於汝國，維我武王，其就封立之。言武王亦愛諸侯，不復貶退也。我文王、武王愛汝先人如此，汝當念此先人之大功，繼續父祖餘胤，序其美之，欲使之循行美政，以繼其先祖也。

③又爲之陳武王之德，無疆乎維是得賢人，若得其賢，則國家強矣。四方有不率服者，其可訓導之。不顯乎維是有德，若能有德，此賢人則身必顯矣。百辟有無所法者，其可師此顯德而法象之。言武王有顯德，任賢人，能以訓四方，刑百辟，是武王之道至美矣。於乎我之前王，則此武王其道不可忘也。示之以武王之道，欲使法而行之。

○鄭以爲，①助祭者有卿士與諸侯，公辟兼戒之。成王於祭之末，呼之曰：汝有光明文章者，百辟卿士與群公諸侯等，上天賜我文王，以此王天下之祉福，又愛我文王、武王，其愛之多無有疆畔，使其子孫常得安而居之，故我今得嗣守其位，制賞罰之柄。

②汝諸侯等，若無大罪惡累及於汝國，維我王家，其必寵而益厚之。謂增其爵命，加之土地也。汝卿大夫等，若能念此居官大功，勤事不廢，我則使汝繼世在位，得其次序。有殊勳異績，其出於外而君之。汝等當勤力爲善也。

③又教之爲善之法，汝辟公等，無疆乎維是得賢人，若得賢人，則國家強矣。四方鄰國知汝任賢，其皆順從之。汝卿士等，不明乎維是勤其德，若能勤德，則身明顯矣。百辟卿士知汝有德，其皆法則之。此任賢、

勤德之事，事之美者，於乎我之前王，文王、武王能勤行此道之故，人稱誦之不忘。汝等宜法效前王，亦勤行之。

《烈文》一章，十三句。

天　作　【周頌五】

天作高山，大（tài）王荒之。彼作矣，文王康之。彼徂
（cú）矣，岐有夷之行（háng），子孫保之！

《天作》一章，七句。

【毛序】《天作》，祀先王先公也。

【鄭箋】先王，謂大王已下。先公，諸盩（chóu，地名）至不窋（zhú）。

【樂道主人】窋，物在穴中貌。又后稷子名不窋。

【樂道主人】鄭與毛有大不同。

【孔疏】"《天作》"至"先公也"。

◇◇《天作》詩者，祀先王先公之樂歌也。謂周公、成王之時，祭祀先王先公，詩人以今太平是先祖之力，故因此祭，述其事而作歌焉。

◇◇祀先王先公，謂四時之祭，祠、礿（yuè）、嘗、烝。但祀是總名，未知在何時也。

◇時祭所及，唯親廟與大（tài）祖，於成王之世為時祭，當自大王以下，上及后稷一人而已。言先公者，唯斥后稷耳。於王既總稱先王，故亦謂后稷為先公，令使其文相類。

◇◇經之所陳，唯有先王之事，而序并言先公者，以詩人因於祭祀而作此歌，近舉王迹所起，其辭不及於后稷。序以祭時實祭后稷，故其言及之。《昊天有成命》、經無地而序言地；《般》，經無海而序言海，亦此類也。

【鄭箋】箋"先王"至"不窋"。

◇◇周公之追王，自大王以下，此序并云王、公，故辨之也。

◇◇諸盩至不窋，於時并為毀廟，唯祫（xiá）乃及之。此言祀者，乃是時祭，其祭不及此等先公，而箋言之者，因以先公之言，廣解先公之義，不謂時祭皆及也。

◇◇時祭先公唯后稷耳。若直言先公謂后稷，嫌此等不為先公。欲明

此皆為先公，非獨后稷，故除去后稷而指此先公也。

◇◇或緣鄭此言，謂此篇本為祫祭。案《玄鳥》箋云："祀當為祫。"若鄭以為祫，亦當破此祀字，今不破祀字，明非祫也。

◇◇《天保》云："禴祠烝嘗，于公先王。"彼舉時祭之名，亦兼言公、王，此亦時祭，何故不可兼言公、王也？彼祭亦不盡及先公，而箋廣解先公，此何故不可廣解先公也？

◇且此詩若是祫祭，作序者言祫於太祖，則辭要理當，何須煩文言先王、先公也？以此知所言祀者，正是時祭。

＜一章-1＞天作高山，大（tài）王荒之。

【毛傳】作，生。荒，大也。天生萬物於高山，大王行道，能大天之所作也。

【鄭箋】高山，謂岐山也。《書》曰："道岍（qiān）及岐，至於荆山。"天生此高山，使興雲雨，以利萬物（與毛不同）。大王自豳遷焉，則能尊大之，廣其德澤。居之一年成邑，二年成都，三年五倍其初。

【孔疏】○傳"作生"至"所作"。

◇◇作者，造立之言，故為生也。

◇◇荒者，寬廣之義，故為大也。

【孔疏】箋"高山"至"其初"。

◇◇以文王未徙豐之前，與大王皆在岐，故知高山謂岐山也。以云"天生高山"，不言天生萬物，**故易毛也。**

◇◇引《書》曰"導岍及岐，至於荆山"，《禹貢》文。彼言禹所開導，從岍山及岐山至於荆山，皆舉大山以言，而岐山在其中，引之以證岐山為高山也。

◇◇《祭法》稱山林川谷能出風雨。僖三十一年《公羊傳》云："觸石而出，膚寸而合，不崇朝而雨天下者，其唯泰山乎。"是高山能興雲雨以利萬物也。

◇◇大王能尊大之，廣其德澤者，謂德及草木，使之茂殖。若《旱麓》云"榛楛濟濟"，是廣山之德澤也。

◇◇山之德澤既廣，則山之為神益尊，是尊大之也。韋昭云："大王秋祀之而尊大焉。"指謂祭之為大，未必然也。

◇◇大王能廣山德澤，明其愛民甚矣，故民皆從之。居之一年成邑，二年成都，三年五倍其初，是由王之有德，故致然也。自"一年成邑"以下，《中候·稷起》之注亦與此同，當有成文，不知事何所出。

◇《周禮》四井為邑，四邑為丘，四丘為甸，四甸為縣，四縣為都。《左傳》曰："邑有先君之宗廟曰都，無曰邑。"各自相對為文耳。

◇此都、邑不與彼同也，邑是居處之名，都是衆聚之稱，都必大於邑，故一年即成邑，二年乃成都也。

◇《書傳》說大王遷岐，周民束脩奔而從之者三千乘，止而成三千戶之邑，謂初遷時也。此云一年，當謂年終之時，其邑當不啻（chì）三千，但不知其定數耳。

<一章-3>彼作矣，文王康之。彼徂（cú）矣，岐有夷之行（háng），

【毛傳】夷，易也。

【鄭箋】彼，彼萬民也。行，道也。彼萬民居岐邦者，皆築作宮室，以為常居，文王則能安之。後之往者，又以岐邦之君有佼（jiǎo）易之道故也。《易》曰："乾以易知，坤以簡能。易則易知，簡則易從。易知則有親，易從則有功。有親則可久，有功則可大。可久則賢人之德，可大則賢人之業。"以此訂大王、文王之道，卓爾與天地合其德（與毛不同）。

【樂道主人】康，安。

【樂道主人】近者悅，遠者來。鄭把"行"延伸到為政之道上，慧矣。《易》之《系辭》，明親與賢之別之一矣，親未必一定有德，但久一定有德。

【孔疏】傳"夷，易"。《釋詁》文。

【孔疏】箋"彼彼"至"其德"。

◇◇彼徂為民往，則彼作為民作，徂、作皆是民事，故知"彼，彼萬民也"。"徂，往"，《釋詁》文。以道者人所行，故行為道也。徂謂新往者，則作為前至者。

◇此"作矣"，即《緜》詩所謂"曰止曰時，築室於茲"，故云皆築作宮室，以為常居。言常者，見其心樂此居，不復移轉也。

◇◇後之往者以岐邦之君有佼易之道者，謂此君其性佼健和易，愛民之情深，故歸之也。

◇◇引"《易》曰"盡"賢人之業"，皆文也。

◇言乾以佼易故為知。人能佼易，則其情易知；情易知則人親之，故

25

易知則有親。人以物不我親，不能以久，故有親則可久。為物所親，事可長久，是為德有所成，故可久則賢人之德。

◇坤以凝簡故為能。凝簡，則其行易從。行易從則功可就，故易從則有功。由舉事無功，不能以大，故有功則可大。舉事有功，道可廣大，是為業有所就，故可大則賢人之業。

◇◇生人能事德業而已，易簡為之，無往不究，故彼又云："易簡而天下之理得。"是天地之德，易簡而已。

◇岐邦之君，亦有易簡之行，是與天地同功。

◇◇訂者，比并之言。卓然，高遠之稱。以此乾坤之義，比并大王、文王之道，則此二王之德卓爾高遠，與天地合其德矣。

◇◇若然，易簡之義，窮天下之精，則聖人乃能。

◇◇而云"賢人之德""賢人之業"者，王弼云："不曰聖人者，聖人體無不可以人名而名，故易簡之主，皆以賢人名之。"

◇◇然則以賢是聖之次，故寄賢以為名。窮易簡之理，盡乾坤之奧，必聖人乃能耳。文王可以當之，大王則未能。

◇而并云"與天地合德"者，以大王是亞聖大賢，可以比於文王，褒美其事，故連言之。其實大王未能盡此妙也。

◇◇《譜》云"參訂時驗"，是訂為比并之言也。

◇◇《論語》云："如有所立卓爾。"是卓爾為高遠之稱。

<一章-7>子孫保之！

【樂道主人】之，指天子之位。

【孔疏-章旨】"天作高山"。

毛以為，①天之生此萬物，在於高山之上。大王居岐，脩其道德，使興雲雨，長大此天所生者，即陰陽和，是其能長大之。下四句又說文王之德被萬民。

②居岐邦，築作宮室者，文王則能安之。彼萬民又後往者，由此岐邦之君有佼易之道故也。

③下一句云由父祖之德若此，令子孫得保天位，前往者文王安之，後往者亦能安之。後往者，以岐邦之君有佼易之德；前往者亦然，為互文也。

○鄭上二句別具在箋。餘同。

《天作》一章，七句。

昊天有成命　【周頌六】

昊天有成命，二后受之。成王不敢康，夙（sù）夜基命宥
（yòu）密。於（wū）緝（jī）熙，單（dǎn）厥（jué）心，肆（sì）
其靖（jìng）之。

《昊天有成命》一章，七句。

【毛序】《昊天有成命》，郊祀天地也。

【樂道主人】經中"成王"之解，後世有較大的爭議。

【孔疏】"《昊天有成命》"至"天地也"。

◇◇《昊天有成命》詩者，郊祀天地之樂歌也。謂於南郊祀所感之天
神，於北郊祭神州之地祇（qí）也。

◇天地神祇佑助周室，文、武受其靈命，王有天下。詩人見其郊祀，
思此二王能受天之命，勤行道德，故述之而為此歌焉。經之所陳，皆言
文、武施行道德，撫民不倦之事也。

◇◇所感天神者，周人木德，感蒼帝靈威仰而生，祭之於南郊。神州
之神，則祭之於北郊。此二者，雖南北有異，俱在郊，故總言郊祀也。

◇◇案《禮》，祭祀天地，非止一事。此言郊祀天地，不言所祀之
神，但祭之於郊，而天地相對，唯有此二神耳。何者？

◇《春官·大司樂職》曰："冬日至，於地上之圜（yuán）丘，奏樂六
變，則天神皆降。夏日至，於澤中之方丘，奏樂八變，則地祇皆出。"注
云：天神則主北極，地祇則主昆侖。彼以二至之日祭之於丘，不在於郊。
此言郊祀，必非彼也。

◇《大司樂》又曰："舞《雲門》以祀天神，舞《咸池》以祭地
祇。"注云："天神謂五帝。王者又各以夏正月，祀其所受命之帝於南
郊。地祇所祭於北郊，謂神州之神也。"

◇《地官·牧人》云："陽祀用騂牲毛之，陰祀用黝牲毛之。"注
云："陽祀祭天於南郊，陰祀祭地於北郊。"此二祀文恒相對。此郊祀天

地俱言在郊，而天地相對，故知是所感之帝、神州之神也。

◇其祀天南郊，鄭云“夏之正月”，其祭神州之月則無文。此序同言郊祀，蓋與郊天同，亦夏正月也。

◇◇此經不言地，序云地者，作者因祭天地而為此歌，王者之有天下，乃是天地同助，言天可以兼地，故辭不及地。序知其因此二祭而作，故具言之。

<一章-1>昊天有成命，二后受之。成王不敢康，夙（sù）夜基命宥（yòu）密。

【毛傳】二后，文、武也。基，始。命，信。宥，寬。密，寧也。

【鄭箋】昊天，天大號也。有成命者，言周自后稷之生而已有王命也。文王、武王受其業，施行道德，成此王功，不敢自安逸，早夜始信順天命，不敢解（xiè）倦，行寬仁安靜之政以定天下。寬仁所以止苛刻也，安靜所以息暴亂也。

【程析】康，安逸。

【孔疏】傳“二后”至“密寧”。

◇◇此以太平之歌，作在周公、成王之世。

◇◇成王之前，有成其王功者，唯文、武耳，故知“二后，文、武”也。以二王俱受天命，共成周道，故連言之。

◇◇自“基，始”以下及下傳皆《周語》文也。《周語》稱叔向聘於周，單靖公與之語，説《昊天有成命》。叔向告單子之老曰：“《昊天有成命》，頌之盛德也。”即全引此篇，乃云：

“◇是道成王之德也。成王能明文昭、定武烈者，夫道成命者而稱昊天，翼其上也。‘二后受之’，讓於德也。‘成王不敢康’，敬百姓也。

◇夙夜，恭也。◇基，始也。◇命，信也。◇宥，寬也。◇密，寧也。◇緝，明也。◇熙，廣也。◇亶，厚也。◇肆，固也。◇靖，和也。

◇其始也，翼上德讓而敬百姓；◇其中也，恭儉信寬帥歸於寧；◇其終也，廣厚其心固和之。◇始於德讓，中於信寬，終於固和，故曰成王。”

◇是全釋此篇之義也。

◇古人説詩者，因其節文，比義起象，理頗溢於經意，不必全與本同。但檢其大旨，不為乖異，故傳采而用焉。

◇◇此詩作在成王之初，非是崩後，不得稱成之謚。所言成王，有涉成王之嫌。韋昭云："謂文武修己自勤，成其王功，非謂周成王身也。"鄭、賈、唐說皆然。是時人有疑是成王身者，故辨之也。

【孔疏】○箋"昊天"至"暴亂"。

◇◇以此郊天之歌，言其所感蒼帝。蒼帝非大帝，而云昊天，昊天與帝名同，故解昊天是天之大號，故蒼帝亦得稱之也。后稷以大迹而生，是天之精氣。

◇◇《中候·苗興》稱堯受圖書，已有稷名在録，言其苗裔當王。是周自后稷之生，已有王命，言其有將王之兆也。

◇◇傳訓命為信，既有所信，必將順之，故言"早夜始順天命"。經中之命已訓為信，其言天命，鄭自解義之辭，故非經之命也。正以言信必所信有事。上言天有成命，故知所信順者，始信順天命也。

◇言始者，王肅云："言其修德常如始。"《易》曰："日新之謂盛德。"義當然也。

◇◇傳以密為寧，寧又訓為安也，故云"行寬仁安静之政以定天下"。

◇◇又解二后行寬安之意。

◇寬者，體度弘廣，性有仁恩。己上行既如此，則其下效之，不復為苛虐急刻。

◇安者，緩於御物，為政清靖，己上行既如此，其下效之，不復為殘暴擾亂。

◇此寬安所以止苛刻，安静所以息暴亂，故二后勤行之。

<一章-5>於（wū）緝（jī）熙，單（dǎn）厥（jué）心，肆（sì）其靖（jìng）之。

【毛傳】緝，明。熙，廣。單，厚。肆，固。靖，和也。

【鄭箋】廣當為光，固當為故，字之誤也（與毛不同）。於美乎，此成王之德也，既光明矣，又能厚其心矣，為之不解倦，故於其功終能和安之。謂夙夜自勤，至於天下太平。

【孔疏】箋"廣當"至"之誤也"。◇◇箋以《外傳》之訓與《爾雅》皆同，而《釋詁》云："熙，光也。肆，故也。"則是聲相涉而字因誤，故破之。

【孔疏-章旨】"昊天有成命"。此篇毛傳皆依《國語》，唯廣、固二

29

字，鄭不為別訓而破以同已，則是不異於毛，但意不必有感生之帝，與鄭小異。今既無迹可據，皆同之鄭焉。

①言昊天蒼帝，有此成就之命，謂降生后稷，為將王之兆。而經歷多世，至於文、武二君，乃應而受。二君既受此業，施行道德，以成此王功，而不敢暫自安逸，常早起夜臥，始於信順天命，不敢懈倦，行其寬仁安靜之政，以定天下。

②二君既能如此，於乎可歎美也。此二君成王之德既光明矣，又能篤厚其心，而為之不倦，故於其功業終能和而安之。以此之故，得至於太平，是乃昊天之德，故因其祭而歌之。

《昊天有成命》一章，七句。

我　將　【周頌七】

我將（jiāng）我享，維羊維牛，維天其右之。儀式刑文王之
典，日靖四方。伊嘏（gǔ）文王，既右饗（xiǎng）之。我其夙
夜，畏天之威，于時保之。

《我將》一章，十句。

【毛序】《我將》，祀文王於明堂也。

【樂道主人】周祭天，有兩種，一為效祭，二為明堂祭。

【樂道主人】明堂，據蔡邕《明堂月令論》，取其宗祀之貌則曰清
廟，取其正室之廟之貌則曰太廟，取其尊崇則曰太廟，取其堂則曰明堂，
取其四門之學則曰太學，取其四面周水圓如璧則曰辟雍，異名而同事，其
實一也。

【孔疏】“《我將》”至“明堂也”。

◇◇《我將》詩者，祀文王於明堂之樂歌也。謂祭五帝之神於明堂，
以文王配而祀之。以今之大平，由此明堂所配之文王，故詩人因其配祭，
述其事而為此歌焉。

◇◇經陳周公、成王法文王之道，為神祐而保之，皆是述文王之
事也。

◇◇此言祀文王於明堂，即《孝經》所謂“宗祀文王於明堂，以配上
帝”是也。文王之配明堂，其祀非一。此言祀文王於明堂，謂大享五帝於
明堂也。

◇◇《曲禮》曰，“大饗不問卜”，注云：“大饗五帝於明堂，莫適
卜。”《月令》“季秋，是月也，大享帝”，注云：“言大享者，遍祭五
帝。”《曲禮》曰“大饗不問卜”，謂此也。

◇◇是於明堂有總祭五帝之禮，但鄭以《月令》為秦世之書，秦法自
季秋，周法不必然矣，故《雜問志》云：“不審周以何月，於《月令》
則季秋正可。不審祭月必有大享之禮。”明堂是祀天之處，知大享當在

明堂。

◇◇又以《孝經》言之，明堂之祀，必以文王為配，故知祀文王於明堂，是大享五帝之時也。其餘明堂之祀，則法小於此矣。

◇◇《玉藻》注云："凡聽朔，必以特牲告其帝及神，配以文王、武王。"《論語》注云："諸侯告朔以羊，則天子特牛焉。"是告朔之在明堂，其祭止用特牛。

◇此經言"維牛維羊"，非徒特牲而已，故知非告朔之祭也。

◇◇《雜問志》云："四時迎氣於四郊，祭帝。還於明堂亦如之。"則四時迎氣，亦祀明堂，但迎氣於郊，已有祭事，還至明堂，不可不為禮耳。其盛乃在於郊，明堂之祭，不過與告朔同也。

◇何則？《堯典》說巡守之禮云："歸格於藝祖用特。"鄭以藝祖為文祖，猶周之明堂。巡守之歸，其告止用特牲，則迎氣之還，其祭亦不是過也，明亦用特牲矣。

◇◇此之"維牛維羊"，則是祭之大禮，故知此祀明堂，是大享五帝，非迎氣告朔也。此經雖有"維牛"之文，不言其牛之色。

◇◇《大宗伯》云："以玉作六器，以禮天地四方。以蒼璧禮天，以黃琮禮地，以青圭禮東方，以赤璋禮南方，以白琥禮西方，以玄璜禮北方，皆有牲幣，各放其器之色。"注云："◇禮東方以立春，謂蒼精之帝。◇禮南方以立夏，謂赤精之帝。◇禮西方以立秋，謂白精之帝。◇禮北方以立冬，謂黑精之帝。"

◇◇然則彼稱禮四方者，謂四時迎氣，牲如其器之色，則五帝之牲，當用五色矣。然則大享五帝，雖是施設一祭，必遍五種之牲（牛、羊、豕、犬、雞）。《國語》云："禘郊之事，則有全烝。"既總享五帝，明不用一，全烝而已。

◇◇《論語》云："敢用玄牡，敢昭告於皇皇后帝"者，彼謂告天之祭，故用天色之玄，與此別。

◇◇《祭法》云："祖文王而宗武王。"注云："祭五帝之神於明堂。"曰祖、宗，則明堂之祀，武王亦配之矣。此唯言祀文王者，詩人雖因祀明堂而作其辭，主說文王，故序達其意，唯言文王耳。

◇◇郊天之祭，祭天而以后稷配也。《昊天有成命》指說天之命周，辭不及稷；《思文》唯言后稷有德，不述天功，皆作者之心有異，序亦順經為辭，此之類也。

【樂道主人】"五帝"指誰？根據不同史料記載，有以下五種説法：

（1）黃帝、顓頊、帝嚳、堯、舜（《大戴禮記》《史記》）；

（2）庖犧、神農、黃帝、堯、舜（《戰國策》）；

（3）太昊、炎帝、黃帝、少昊、顓頊（《吕氏春秋》）；

（4）黃帝、少昊、顓頊、帝嚳、堯（《資治通鑒外紀》）；

（5）少昊、顓頊、帝嚳、堯、舜（偽《尚書序》）。

五方上帝

五方上帝：中國神話中的五位上天神靈，又稱"先天五帝""五方天帝"。即：

（1）東郊青帝。配帝：伏羲。從祀官：句芒。從祀星：歲星。另有從祀：三辰、東方七宿。（代表：春天。神獸：青龍。五行：木。）

（2）南郊赤帝。配帝：神農氏。從祀官：祝融。從祀星：熒惑。另有從祀：三辰、南方七宿。（代表：夏天。神獸：朱雀。五行：火。）

（3）中郊黃帝。配帝：軒轅。從祀官：后土。從祀星：鎮星。（五行：土。）

（4）西郊白帝。配帝：少昊。從祀官：蓐（rù）收。從祀星：太白。另有從祀：三辰、西方七宿。（代表：秋天。神獸：白虎。五行：金。）

（5）北郊黑帝。配帝：顓頊。從祀官：玄冥。從祀星：辰星。另有從祀：三辰、北方七宿。（代表：冬天。神獸：玄武。五行：水。）

<一章-1>我將（jiāng）我享，維羊維牛，維天其右之。

【毛傳】將，大。享，獻也。

【鄭箋】將，猶奉也（與毛不同）。我奉養我享祭之羊牛，皆充盛肥腯（dùn），有天氣之力助。言神饗其德而右助之。

【陸釋】《説文》云："羊曰肥，豕曰腯。"

【樂道主人】我，指周公與成王。

【樂道主人】此章為祭天，保佑者為天，下章言祭文王，保佑者為文王。

【孔疏】傳"將，大。享，獻"。皆《釋詁》文。

【孔疏】箋"將猶"至"助之"

◇◇以將與享相類，當謂致之於神，不宜為大。將者，送致之義，故

33

云"猶奉養"。謂以此牛羊奉養明神也。牛羊充盛肥腯，有天氣之助。有其為天佑助，故無病傷。

◇桓六年《左傳》云："奉牲以告曰'博碩肥腯'，謂其民力之普存也，謂其畜之碩大蕃滋也，謂其不疾瘯（cù）蠡也，謂其備腯咸有也。"彼傳言善於治民，不妄勞役，民之畜產無疾，故祭祀之牲得肥。

◇◇明牛羊肥而無疾，是天之力助。天之助人，唯德是與，故云神饗其德而佑助之。

◇維天佑之，當是右助於人而已。為右助牛羊者，以下句乃云"既佑饗之"，則此未是佑人，文連牛羊，知是右助牛羊，亦是饗人之德，故助之也。

◇◇此祀文王於明堂，則是祭天矣。《禮》稱郊用特牲，《祭法》云"燔柴於泰壇，祭天用騂犢"，則明堂祭天，亦當用特牛矣，而得有羊者，祭天以物莫稱焉，貴誠用犢，其配之人，無莫稱之義，自當用太牢也。

◇《郊特牲》云："帝牛不吉，以為稷牛。"是配者與天異饌，明其當用太牢。

◇此祀有文、武為配，於禮得其有羊也。《夏官·羊人》云："釁（xìn）積，共羊牲。"注云："積，積柴。"以祭天有羊牲者，彼釁在積上，明所云積柴非祭天，當謂槱（yǒu，《說文》："積木燎之也。"）燎（liáo）祀司中、司命之等有羊也。

<一章-4>儀式刑文王之典，日靖四方。伊嘏（gǔ）文王，既右饗（xiǎng）之。

【毛傳】儀，善。刑，法。典，常。靖，謀也。

【鄭箋】靖，治也（與毛不同）。受福曰嘏。我儀（與毛不同）則式象法行文王之常道（與毛不同），以日施政於天下（與毛不同），維受福於文王，文王既右而饗（xiǎng）之。言受而福之。

【樂道主人】鄭強調祭者與被祭者之間的互相關係，明確被祭者可"回報"祭者。

【孔疏】傳"儀善"至"靖謀"。皆《釋詁》文也。

◇◇刑既為法，則式不復為法，當訓為用。

◇◇毛於嘏字皆訓為大，此嘏亦為大也。王肅云："善用法文王之常道，日謀四方，維天乃大文王之德，既佑助而歆（xīn）饗之。"

【孔疏】箋"靖治"至"而福之"。

◇◇"靖,治",《釋詁》文。

◇◇《特牲》《少牢》皆祝以神辭嘏主人,與之以福,是受福曰嘏,儀者威儀,式者法式,故以儀式為則象,謂則象法行文王之常道也。

◇◇以此能治四方,所以蒙佑,不宜為謀之,故以靖為治,謂施於天下也。

◇◇既佑助饗之,是釋其所以致福之意,故云"言受而福之",謂神受其德,故降與之福也。

<一章-8>我其夙夜,畏天之威,于時保之。

【鄭箋】于,於。時,是也。早夜敬天,於是得安文王之道。

【樂道主人】我,指周公與成王。保,安行。之,指以文王之道以為常法。此章為前兩章的共同結果。

【孔疏-章旨】"我將我享"。

○毛以為,①周公、成王之時,祀於明堂,言我所美大,我所獻薦者,維是肥羊,維是肥牛也。以此牛羊所以得肥者,維為上天其佑助之,故得無傷病也。

②我周公、成王善用法此文王之常道,日日用之,以謀四方之政。維天乃大文王之德,既佑助文王,於我周公、成王之祭又歆饗之也。善法文王之常道,而得為天所佑。

③我周公、成王,而今而後,其常早起夜臥,畏敬天之威怒,於是安之。言安行文王之道以為常法也。

○鄭上三句唯一將字別,次四句云:②我周公、成王則法象行此文王之常道,以日日施於天下,以治此四方之民,維我得受此嘏福於文王。此文王既佑助我而歆饗之,故所以與我嘏福也。餘同。

《我將》一章,十句。

時 邁 【周頌八】

時邁其邦，昊天其子之，實右序有周。薄言震之，莫不震疊。懷柔百神，及河喬嶽（yuè）。允王維后！明昭有周，式序在位。載（zài）戢（jí）干戈，載櫜（gāo）弓矢。我求懿（yì）德，肆（sì）于時夏。允王保之。

《時邁》一章，十五句。

【毛序】《時邁》，巡守告祭柴望也。

【鄭箋】巡守告祭者，天子巡行邦國，至於方嶽之下而封禪（shàn）也。《書》曰："歲二月，東巡守，至於岱宗，柴。望秩於山川，徧於群神。"

【樂道主人】關於武王之時是否封禪，鄭語不詳，孔認為周只有成王封神，而武王沒有。

【樂道主人】鄭箋"徧於群神"一句，孔明確認為是後人所增，是孔疏中幾乎唯一的破箋之處。

【孔疏】"《時邁》"至"柴望也"。

◇◇《時邁》詩者，巡守告祭柴望之樂歌也。謂武王既定天下，而巡行其守土諸侯，至於方嶽之下，乃作告至之祭，為柴望之禮。

◇柴祭昊天，望祭山川。巡守而安祀百神，乃是王者盛事。

◇周公既致太平，追念武王之業，故述其事而為此歌焉。

◇◇宣十二年《左傳》云："昔武王克商，作頌曰：'載戢干戈。'"明此篇武王事也。

◇◇《國語》稱周文公之頌曰："載戢干戈。"明此詩周公作也。治天下而使之太平者，乃是周公為之。

◇得自作頌者，於時和樂既興，頌聲咸作，周公采民之意，以追述先王，非是自頌其身，故得親為之。

◇序不言周公作者，頌見天下同心歌咏，例皆不言姓名。

◇◇經之所陳，皆述巡守告祭之事。指文而言，"時邁其邦"，是巡守之辭也；"懷柔百神，及河喬嶽"，是告祭之事。柴望祭天，經不言天，百神以天為宗，其文可以兼之矣。

【孔疏】箋"巡守"至"群神"。

◇◇此解巡守之名及告祭之意。天子封建諸侯以為邦國，令之為王者守土。天子以時往行其邦國，至於其方嶽之下，為此告祭，而又為封禪（shàn）禮焉，以此故有柴望之事也。

◇◇"《書》曰"以下，《堯典》文。彼説舜受堯禪，即位之後巡守之事。其言柴望與此同，故引以證之。明此告祭柴望，是至方嶽而祭也。

◇◇所以為此巡守之禮者，以諸侯為王者守土，專制一國，告從令行。

◇而王者垂帷端拱，深居高視，一日二日，庶事萬機，耳目不達於遠方，神明不照於幽僻。或將強以陵弱，恃衆以侵寡，擁遏王命，冤不上聞，而使遠道細民受枉。聖世聖王知其如是，故制為此禮，時自巡之。

◇◇《大司馬職》曰："及師，大合軍，以行禁令，以救無辜，伐有罪。"注云："師謂巡守。若會同，是巡守之禮，有伐罪正民之事也。"

◇《堯典》説巡守之禮云："協時月正日，同律度量衡。"

◇《王制》説巡守之禮云："命太師陳詩，以觀民風。命市納賈，以觀民之所好惡。不敬者，君削以地。不孝者，君黜以爵。革制度衣服者為叛，叛者君討。有功德於民者，加地進律。"是其事也。

◇◇王者代天理民，今既為天遠行，所至不可不告。五嶽，地之貴神，今既來至其傍，又亦不可無禮，是故燔（fán）柴以告天，望祭山川。

◇《白虎通》云："巡守為祭天何？本巡守為天所告至也。"

◇《王制》注亦云："柴祭天，告至也。云望秩者，山川之神，望其所在，以尊卑次秩祭之。"

◇《堯典》注云"徧以尊卑次秩祭之"是也。

◇◇言至於方嶽之下者，每至其方之嶽，皆為告祭之禮，非獨東嶽而已。告祭則四嶽皆然。其封禪者，唯岱宗而已，餘嶽不封禪也。聚土曰封，除地曰墠（shàn）。變墠言禪，神之也。

◇◇封禪必因巡守，而巡守不必封禪。何則？

◇雖未太平，王者觀民風俗而可以巡守。

◇其封禪，必太平功成，乃告成於天，非太平不可也。

◇又封禪者，每一代唯一封而已。

◇其巡守，則唐、虞五載一巡守，周則十二年一巡守，以為常，非直一巡而已。此其所以異也。

◇封禪之見於經者，唯《大宗伯》云"王大封則先告后土"以外，更無封文也。

◇《禮器》云："因名山，升中於天，而鳳凰降，龜龍假，嘉，美）。"雖不言封，亦是封禪之事，故注云："升，上也。中，猶成也。謂巡守至於方嶽，而燔柴祭天，告以諸侯之成功而太平，陰陽和而致象物。"是則功成瑞至，然後可以升中，明未太平必不可也。

◇◇《白虎通》云："王者易姓而起，必升封太山何？告之義也。始受命之時，改制應天，天下太平，功成封禪，以告太平也。

◇所以必於太山何？萬物交代之處也。

◇必於其上何？因高告高，順其類也。故升封者，增高也；

◇下禪梁甫之山基，廣厚也。天以高為尊，地以厚為德。增太山之高以報天，附梁甫之基以報地，明天之所命，功成事就，有益於天地。若高者加高，厚者加厚矣。"是説封禪之義。

◇◇若然，巡守不必封禪，封禪必待太平，則武王之時未封禪矣（與鄭不同）。此詩述武王之事，而箋云"至方嶽之下而封禪"者，廣解巡守所為之事。言封禪者，亦因巡守為之，非言武王得封禪也。

◇《史記·封禪書》云，齊桓公欲封禪，管仲曰："古者封泰山、禪梁甫者七十二家，而夷吾所記者十有二焉。"乃數十二，於周唯言成王封泰山禪社首。是武必不封禪，其巡守則武王為之。

◇以《左傳》之文參之，此詩是武王巡守矣。《白虎通》曰："何以知太平乃巡守？以武王不巡守，至成王乃巡守。"其言違《詩》反傳，所説非也。

◇◇"徧於群神"一句，於《堯典》乃在上文"正月上日，受終於文祖"之時，云"類於上帝，禋於六宗，望於山川，徧於群神"，於二月巡守之下，唯有"柴，望秩於山川"而已，不言"徧於群神"。

◇此一句，衍字也。定本、《集注》皆有此一句。

◇案《王制》説巡守之禮，亦云"柴而望祀"，不言"徧群神"也。《堯典》注云："群神，丘陵墳衍之屬。"《般》序止云四嶽河海，經唯言墮（dù）山喬嶽，不言墳衍丘陵，是必不徧群神也。

◇其以《堯典》之文上下相校，正月所祭之神，多於祭岱之時，而至岱不禋六宗，何知當徧群神也？是由二文相涉，後人遂增之耳。

<一章-1>時邁其邦，昊天其子之，實右序有周。薄言震之，莫不震疊。懷柔百神，及河喬嶽（yuè）。允王維后！

【毛傳】邁，行。震，動。疊，懼。懷，來。柔，安。喬，高也。高嶽，岱宗也。

【鄭箋】薄，猶甫（fǔ）也。甫，始也。允，信也。武王既定天下，時出行其邦國，謂巡守也。天其子愛之，右助次序其事，謂多生賢知，使為之臣也。其兵所征伐，甫動之以威，則莫不動懼而服者。言其威武，又見畏也。王行巡守，其至方嶽之下，來安群神，望於山川，皆以尊卑祭之。信哉，武王之宜為君，美之也。

【程析】時，是，以時。子之，使之為子。實，是，助詞。序，同叙，有順助之意。有，名詞詞頭，冠詞。言，助詞。河，黃河。后，王。

【樂道主人】有周，即周代。

【孔疏】傳“邁行”至“岱宗”。

◇◇“邁，行”，“懷，來”，《釋言》文。“震，動”，“疊，懼”，“喬，高”，《釋詁》文。彼疊作“慴”，音義同。《釋詁》云：“柔，安也。”某氏引《詩》云：“懷柔百神。”定本作“柔”，《集注》作“濡”。柔是也。

◇◇言“高嶽，岱宗”者，以巡守之禮，必始於東方，故以岱宗言之，其實理兼四嶽，《般》祀四嶽是也。

◇謂之岱宗者，應劭《風俗通》云：“岱，始也。宗，長也。萬物之始，陰陽交代，故為五嶽長。”《白虎通》云：“岱者，言萬物相代於東方也。”

【孔疏】箋“薄猶”至“美之”。

◇◇《芣苢》傳云：“薄，辭。”箋云：“薄言，我薄。”其云薄欲如此，亦是初始之義，故轉之為甫，訓甫為始也。

◇◇“允，信”，《釋詁》文。

◇◇序言巡守，故知出行其邦國，謂巡守也。佑序之文承“昊天”之下，故知亦是昊天助之，次序其事。下云“式序在位”，故知謂“多生賢智，使為之臣也"。

◇◇時雖無敵可伐，但兵行主伐有罪，故云"其兵所征伐，甫動之以威，則莫不動懼而服"。言其威武，又見畏，謂不但為天所愛，復為人所畏，故言"又"也。

◇《樂記》說武王克定天下，其兵包以虎皮，示不復用，則伐紂之後，天下即服。至於巡守，始言莫不服者，以王者之為巡守，慮有不服之處，故美其無不服耳，非謂時有叛者，見兵乃服也。

◇◇又解巡守之行，得有動威之意。以王行巡守，以軍從故也。

◇知者，以《大司馬》云："及師，大合軍，以行禁令，以救無辜，伐有罪。"又曰："若大師，則掌其戒令，蒞釁主，及軍器。"

◇上云"及師"，下云"若大師"，則二者之師不同也。大師言"釁主，及軍器"，是征伐實事，則上云"及師"，非征伐也。明大師為征伐，及師為巡守，故"及師"之下注云："師謂王巡守。若會同，司馬起師合軍以從，所以威天下，行其政也。不言大者，未有敵，不尚武。"是巡守之禮，當師從也。

◇言大合軍，猶《大司樂》言大合樂。大合樂者，遍作六代之樂，則知大合軍者，亦六軍皆行也。

◇◇而《雜問志》云"天子巡守，禮無六軍之文"者，鄭意以巡守必有六軍，但禮無正文，故云"無六軍之文"耳。天子海內之主，安不忘危，且云"救無辜，伐有罪"，安得無六軍也？

◇◇百神者，謂天與山川之神。神以王為主，祭之則安，故云"來安群神"，謂望於山川。

◇《堯典》云："望秩於山川。"秩者，次秩，故云"皆以尊卑祭之"。

◇此解百神，止云山川而已，益明序下之箋無"徧於群神"也。

◇◇"允王維后"，總上事而歎之，故云"信哉，武王之德宜為君。美之也"。

<一章-9>明昭有周，式序在位。

【毛傳】明矣，知未然也。昭然，不疑也。

【鄭箋】昭，見（xiàn）也。王巡守，而明見天之子有周家也。以其有俊义（yì），用次第處位。言此者，著天其子愛之，右序之效也。

【樂道主人】式，用。

【孔疏】傳"明矣"至"不疑"。

◇◇明之與昭，俱是見義，但以達見遠事謂之為明，其昭者，大明之狀，故云"明矣，知未然也。昭然，不疑"。

◇◇言因此巡守，知天而今而後常愛周家，其事昭然不復為疑，與鄭明見之義同，但分而言之耳。

【孔疏】箋"明見"至"之效"。

◇◇"昭，見"，《釋詁》文也。以毛意微申使易曉，故云"王巡守，而明見天之子有周家"正以俊乂之人用，次第處位故也。

◇◇此經二句覆上"佑序有周"，故云"言此者，著天其子愛佑序之驗效也"。

<一章-11>載（zài）戢（jí）干戈，載櫜（gāo）弓矢。

【毛傳】戢，聚。櫜，韜也。

【鄭箋】載之言則也。王巡守而天下咸服，兵不復用，此又著震疊之效也。

【樂道主人】干和戈是古代常用武器。"干"指盾牌，春秋戰國時期，秦稱"盾"，山東六國稱"干"。"戈"指進攻的類似矛的武器。因以"干戈"用作兵器的通稱。

【孔疏】傳"戢，聚。櫜，韜"。

◇◇"戢，聚"，《釋詁》文。

◇◇櫜者，弓衣，一名韜，故內弓於衣謂之韜弓。

<一章-13>我求懿（yì）德，肆（sì）于時夏。

【毛傳】夏，大也。

【鄭箋】懿，美。肆，陳也。我武王求有美德之士而任用之，故陳其功，於是夏而歌之。樂歌大者稱夏。

【程析】時，是，這。

【孔疏】傳"夏，大"。《釋詁》文。

【孔疏】箋"懿美"至"稱夏"。

◇◇"懿，美"，《釋詁》文。

◇◇肆者，張設之，言故為陳也。

◇◇言求，是自此求彼之辭，故知求美德之士而用之。謂"式序在位"，是武王求而得之也。

41

◇◇以言陳之於夏，故知夏為樂名。又解名為夏之意，以夏者大也，樂歌之大者稱夏也。《思文》箋云："夏之屬有九。"與此意相足。言山《周禮》有九夏，知此夏為樂歌也。

◇《春官·鍾師》"凡樂事，以鍾鼓奏九夏：《王夏》《肆夏》《昭夏》《納夏》《章夏》《齊夏》《族夏》《陔（gāi，陔夏也。陔之言戒也。終日燕飲，酒罷，以陔為節，明無失禮也）夏（又為《祴夏》）》《驁（áo）夏》"，注云："夏，大也。樂之大歌有九，是九夏之名也。"（鄭玄《周禮·鍾師》注引杜子春云："祴讀為陔鼓之陔。"是《周禮》之《祴夏》。）

◇彼注引呂叔玉云："《肆夏》《繁遏》《渠》，皆《周頌》也。《肆夏》，《時邁》也；《繁遏》，《執競》也；《渠》，《思文》也。"

◇（鄭）玄謂以《文王》《鹿鳴》言之，則《九夏》皆詩篇名，頌之族類也。此歌之大者，載在樂章，樂崩亦從而亡，是以頌不能具。

◇然則鄭以九夏別有樂歌之篇，非頌也，但以歌之大者皆稱夏耳。

<一章-15>允王保之。

【鄭箋】允，信也。信哉，武王之德，能長保此時夏之美。

【孔疏-章旨】"時邁其邦"。周公以時既大平，追述武王之事。

①言武王既定天下，以時行其邦國。其出也，天行雲轉，六軍皆從，群臣賢智，各司其職。於是乃見昊天，其於武王子愛之矣，實佑助而次序我有周之事。謂生賢智之臣，使得以為用，是子愛之也。其所往之處，始欲我武王以軍威動之，莫不動懼而服，是威又可畏，不假用兵也。至於方嶽之下，其來乃為安寧百神及河與高嶽，皆次秩祭之。武王巡行邦國，而使人神得所信乎。武王之德如是，維宜為天下之君也。

②於此行也，明見天之愛我有周，使俊乂之臣用，次序在位。多生賢哲，令之在官，是其子愛之效，於此明見之也。

③動之以威，莫敢不服。武王於是則聚其干戈而納之，則韜其弓矢而藏之，是由往則震懼，故不用之也。

④我武王能如此，求有美德之士而任用之，其功其大美矣，故陳其功狀，於是大樂而歌之。

⑤信哉，我武王之德能長安之，言能安此大樂之美，故歌之也。

《時邁》一章，十五句。

執　競　【周頌九】

執競武王，無競維烈。不（pī/bù）顯成康，上帝是皇。自
彼成康，奄（yǎn）有四方，斤斤其明。鐘鼓喤（huáng）喤，磬
（qìng）筦（guǎn）將（qiāng）將，降福穰（ráng）穰。降福簡
簡，威儀反反。既醉既飽，福祿來反。

《執競》一章，十四句。

【毛序】《執競》，祀武王也。

【孔疏】"《執競》"至"武王也"。

◇◇《執競》詩者，祀武王之樂歌也。

◇◇謂周公、成王之時，既致太平，祀於武王之廟。時人以今得太
平，由武王所致，故因其祀，述其功，而為此歌焉。

◇◇經之所陳，皆述武王生時之功也。

<一章-1>執競武王，無競維烈。不（pī/bù）顯成康，上帝是皇。

【毛傳】無競，競也。烈，業也。不（pī）顯乎其成大功而安之也。
顯，光也。皇，美也。

【鄭箋】競，彊也。能持彊道者，維有武王耳。不彊乎其克商之功
業，言其彊也。不（bù）顯乎其成安祖考之道。言其又顯也。天以是故美
之。予之福祿。

【陸釋】執，持也。《韓詩》云："執，服也。"

【孔疏】傳"無競"至"皇美"。

◇◇無競，反其言故為競也。"烈，業。顯，光。皇，美"，皆《釋
詁》文。又曰"康，安"，故云"成大功而安之"。

◇◇大功，謂伐紂也。安之，謂安祖考也。

◇◇武王祖考，其心冀成王業，王業未就，心皆不安。武王既伐紂，
是成大功、安祖考，故云"成大功而安之"，其意與鄭同。

【孔疏】箋"競彊"至"福祿"。

◇◇"競，强"，《釋言》文。"時，是"，《釋詁》文。

◇◇武王大業在於伐紂，故知"維烈"是克商之功業。

◇◇《下武》云，"三后在天，王配于京"，"永言孝思"，"應侯順德"。故知成安是成安祖考之道也。

◇◇既强顯之，下乃言天美之，與之福祿，謂使之胤嗣長遠，享國不絕也。

<一章-5>**自彼成康，奄（yǎn）有四方，斤斤其明。**

【毛傳】自彼成康，用彼成安之道也。奄，同也。斤斤，明察也。

【鄭箋】四方，謂天下也。武王用成安祖考之道，故受命伐紂，定天下，為周明察之君斤斤如也。

【樂道主人】自，用。

【孔疏】傳"自彼"至"明察"。

◇◇訓自為用，故云"用彼成安之道"。

◇◇"奄，同"，《釋言》文。又云："奄，蓋也。"鄭於《閟宮》《玄鳥》箋皆以奄為覆。覆蓋四方，同為己有，與傳不異也。

◇◇《釋訓》云："明明、斤斤，察也。"此連"其明"，故云明察。

<一章-8>**鐘鼓喤（huáng）喤，磬（qìng）筦（guǎn）將（qiāng）將，降福穰（ráng）穰。降福簡簡，威儀反反。既醉既飽，福祿來反。**

【毛傳】喤喤，和（hè）也。將將，集也。穰穰，衆也。也。反反，難也。反，復也。

【鄭箋】反反，順習之貌。武王既定天下，祭祖考之廟，奏樂而八音克諧，神與之福又衆大，謂如嘏（gǔ）辭也。群臣醉飽，禮無違者，以重（chóng）得福祿也。

【程析】磬，古代的一種打擊樂器，用美石或玉製成，或成套懸掛進來，稱為編磬。筦，"管"的異體字，一種竹製的管樂器。簡簡，盛大貌。反反，慎重貌。

【樂道主人】祖考之廟，王肅：周之七廟，一祖廟，四親廟，二祧（tiāo）廟：考廟（禰，父），王考廟（祖父），皇考廟（曾祖），顯考廟（高祖），祖考廟（始祖），二祧（tiāo）廟。

【孔疏】傳"喤喤"至"反復"。

◇◇喤喤、將將，俱是聲也，故言"和"與"集"。謂與諸聲相和，與諸合集也。《釋訓》云：“喤喤，樂也。穰穰，福也。”舍人曰：“喤喤，鐘鼓之樂也。穰穰，衆多之福也。”某氏引此詩，明穰穰是福豐之貌也。

◇◇“簡簡，大”，《釋訓》文。李巡曰：“簡簡，降福之大也。”

◇◇箋以反反為順習之貌。傳言“反反，難”者，謂順禮閑習，自重難也。

◇◇《釋言》云：“復，反也。”是反得為復。定本作“覆”。

【孔疏】箋“武王”至“福祿”。

◇◇箋以文承“奄有”之下，降福是祭祀之事，故知是武王既定天下，祭祖考之廟也。

◇◇《少牢》大夫嘏辭尚云：“受祿於天，宜稼於田。”天子嘏辭，致福固宜衆且大矣，故云“謂如嘏辭也”。

◇◇《祭義》説祭祀之禮，主人慤（què，《説文》：“謹也。”）而趨，賓客則濟濟漆漆然，則“威儀反反”是即祭者之容也。

◇◇“既醉既飽”，文在“反反”之下，故知謂群臣醉飽也。祭末旅酬，下及群臣，故有醉飽之義。即《既醉》所云“醉酒飽德”，是也。

◇◇此時祭之末節，人多倦而違禮，故美其禮無違者，以重（chóng）得福祿，即經之“來反”也。此陳祭之事，止應一降福耳，但作者於樂音和集之下，以言降福；於群臣既醉之下，復言福祿，每於一事得禮，一言獲福，欲見善不虛作，福必報之，為節文之勢，故言福祿復來也。

◇◇祭祀宗廟，當有酒食之饌，此不言黍稷牲牢，唯云聲樂者，詩人意之所言，無義例也。

【孔疏-章旨】“執競武王”。

①言有能持强盛之道者，維武王耳。此武王豈為無强乎？◇維克商之功業，實為强也。豈不顯乎？其成安祖考之道，實為顯也。◇由其既强且顯，上天以是之故，嘉美之以大福，又重述武王强顯得福之事。

②武王用彼成安祖考之道，故得受命伐紂，同有天下四方之民，而斤斤然其為周家一代明察之君，是其顯而得福也。

③又武王之祭宗廟也，作鍾鼓之樂，其聲和樂喤喤然；奏磬管之音，其聲合集鏘鏘然。◇合於禮度，當於神明，故神下與之福衆多而穰穰然，下與福豐大而簡簡然，於時助祭之人又威儀順習反反然。◇其祭之末，

此群臣等既醉於酒矣，既飽於德矣，於祭之事終始無違，故致福祿復來
與之。

　　◇◇言武王受此多福，故今得太平，是以述而歌之。

　　《執競》一章，十四句。

思 文 【周頌十】

思文后稷，克配彼天。立我烝民，莫匪爾極。貽（yí）我來牟（móu），帝命率育。無此疆爾界，陳常于時夏。

《思文》一章，八句。

【毛序】《思文》，后稷配天也。

【樂道主人】此祭天為郊祭，周代所感之帝為東方蒼帝靈威仰，郊祭配后稷；祭上帝亦在明堂祭，明堂配文王，總祭五帝。

【孔疏】"《思文》"至"配天也"。

◇◇《思文》詩者，后稷配天之樂歌也。周公既已制禮，推后稷以配所感之帝，祭於南郊。既已祀之，因述后稷之德可以配天之意，而為此歌焉。

◇◇經皆陳后稷有德可以配天之事。《國語》云："周文公之為頌，曰：'思文后稷，克配彼天。'"是此篇周公所自歌，與《時邁》同也。

◇◇后稷之配南郊，與文王之配明堂，其義一也。

◇而此與《我將》序不同者，《我將》主言文王饗其祭祀，不說文王可以配上帝，故云"祀文王於明堂"。

◇此篇主說后稷有德，可以配天，不說后稷饗其祭祀，故言"后稷配天"。由經文有異，故為序不同也。

<一章-1>思文后稷，克配彼天。立我烝民，莫匪爾極。

【毛傳】極，中也。

【鄭箋】克，能也。立，當作"粒"（與毛不同）。烝，眾也。周公思先祖有文德者，后稷之功能配天。昔堯遭洪水，黎民阻饑，后稷播殖百穀，烝民乃粒，萬邦作乂，天下之人無不於女（rǔ）時得其中者。言反其性。

【樂道主人】爾，指后稷。反，同"返"。

【孔疏】傳"極，中"。

◇◇北極以居天之中，故謂之極，是為中之義也。

◇◇傳不解立，但毛無破字之理，必其不與鄭同，宜為存立衆民也。

【孔疏】箋"克能"至"其性"。

◇◇"克，能"，《釋言》文。

◇◇此"立我烝民"，與《尚書》"烝民乃粒"事義正同，故破立從粒。"烝，衆"，《釋詁》文。

◇◇《孝經》云："昔者周公郊祀后稷以配天。"是后稷配天，周公為之。此詩周公所作，故云"周公思先祖有文德者，后稷有文德，故周公思之，非謂遍思先祖，后稷獨有文德也"。

◇◇《堯典》云："帝曰：'咨，四嶽，湯湯洪水方割。'"是堯遭洪水也。又《舜典》云："帝曰：'弃，黎民俎饑。汝后稷播時百穀。'"注云："俎讀曰阻。阻，厄也。時讀曰蒔（栽種），始者，洪水時，衆民厄於饑，汝居稷官，種蒔百穀，以救活之。"是黎民阻饑，后稷播殖百穀也。

◇◇《益稷》云："禹曰：'予暨稷播，奏庶艱食鮮食，烝民乃粒，萬邦作乂。'"注云："禹復與稷教民種。"澤物菜蔬，難厄之食，授以水之衆。鮮食，謂魚鱉也。

◇◇粒，米也。乂，養也。衆民乃復粒食，萬國作相養之禮，是"烝民乃粒，萬邦作乂"也。

<一章-5>貽（yí）我來牟（móu），帝命率育。無此疆爾界，陳常于時夏。

【毛傳】牟，麥。率，用也。

【鄭箋】貽，遺。率，循。育，養也。

◇武王渡孟津，白魚躍入於舟，出俟（sì）以燎。後五日，火流為烏，五至，以穀俱來。

◇此謂遺我來牟（與毛不同），天命以是循存后稷養天下之功，而廣大其子孫之國，無此封竟於女（rǔ）今之經界，乃大有天下也。

◇用是故，陳其久常之功，於是夏而歌之。。

◇《書》說烏以穀俱來，云穀紀后稷之德。

【程析】來牟，泛指麥子。

【樂道主人】"來"之甲骨文來，是一種麥子。

【孔疏】傳"牟，麥。率，用"。

◇◇《孟子》云："麰（móu）麥播種而耰（yōu）之。"趙岐注云："麰麥，大麥也。"

◇◇《説文》云："來，周受來牟也。一麥二麰（lǐn）夆（fēng，鋒），象其芒刺之形，天所來也。"

◇◇《釋詁》云："率、由，自也。"由、自俱訓為用，故率為用也。

【孔疏】箋"貽遺"至"之德"。

◇◇"貽，遺"，《釋言》文。"率，循。育，養"，《釋詁》文。

◇◇"武王渡孟津"至"以穀俱來"，皆《尚書》文。

◇《太誓》云："惟四月，太子發上祭於畢，下至於孟津之上。"注云："孟津，地名。"

◇又云："大子發升舟中流，白魚入於王舟。王跪取，出涘以燎之。"注云："白魚入舟，天之瑞也。魚無手足，象紂無助。白者，殷正也。天意若曰，以殷予武王，當待無助。今尚仁人在位，未可伐也。得白魚之瑞，即變稱王應天命定號也。涘，涯也。王出於岸上，燔魚以祭，變禮也。"

◇又云："至於五日，有火自上復於下，至於王屋，流之為鵰，其色赤，其聲魄。五至以穀俱來。"注云："五日，燎後日數。王屋，所在之舍上。流猶變也。鵰當為鴉，鴉，烏也。燎後五日，而有火為烏。天報武王以此瑞。"《書説》曰："烏有孝名，武王卒父業，故烏瑞臻。赤，周之正。穀，記后稷之德。"

◇又《禮説》曰："武王赤烏穀芒，應周尚赤用兵。王命曰為牟。天意若曰：須暇紂五年，乃可誅之。武王即位，此時已三年矣。穀，蓋牟麥也。"

◇詩云'貽我來牟'。"是鄭所據之文也。周自后稷以來，得穀瑞者，唯彼云"以穀俱來"。此言"來牟"，彼云"穀至"，彼此交相證明，其事同也（孔解"來"有誤）。

◇《太誓》止云白魚，不言魚之大小。《中候·合符后》云："魚長三尺，赤文，有字題之目下授右。"注云："右，助也。天告以伐紂之意，是其助。"然則目下有此授右之字也。而彼"授右"之下，猶有一百二十餘字，乃云"王維退寫成以世字，魚文消"。蓋其鱗甲之上有此字，非云下所能容。直言出涘以燎，不言回舟，蓋在此岸燎也。

◇《太誓》之注不解五至，而《合符后》注云："五至，猶五來。"不知為一日五來，為當異日也。言"五至以穀"，則第五至時，乃有穀耳。彼穀此牟，理當為一，故云"此謂遺我來牟"也。

◇◇又解"帝命率育"之義。天命武王，正以是牟麥者，循而存記此后稷養天下之功。言后稷以穀養天下，故命武王以穀存記之也，是欲廣大其子孫之國也。

◇◇無此封境於汝今之經界者，謂當時經界已廣大萬裏，於汝此之內使無封疆，是乃大有天下之辭也。言"無此疆爾界"者，周公自據當時，故雲"此稱天之意"，故云"爾自汝當時之土境"也。

◇◇此與《時邁》皆周公所作，俱云"時夏"，則以此二者為大功，故於樂為大歌也。

◇◇之屬有，即《鍾師》"九九"是也。

◇◇《書說》"烏以穀具來"，云"穀以記后稷之德"者，《尚書旋機鈴》及《合符后》皆有此文。注云："稷好農稼，今烏銜穀，故云記之也。"

【孔疏-章旨】"思文后稷"（下列序號以經文兩句為一段譯解）。

○毛以為，①周公自言我思先祖之有文德者，后稷也。此后稷有大功德，堪能配彼上天。

②昔堯遭洪水，后稷播殖百穀，存立我天下眾民之命，使眾民無不於爾后稷得其中正。言民賴后稷復其常性。是后稷有大功矣。

③由后稷有穀養民之故，天乃遺我武王以所來之牟麥。正以牟麥遺我者，帝意所命，用此后稷養天下之物，表記后稷之功，欲廣其子孫之國，使無疆境於汝今之經界。

④言於此今之經界，其內不立封疆，是命大有天下，牢籠九服也。以是之故，陳其久常之功，於是夏樂而歌之。言后稷功為常久，永在歌樂，故所以配天共食也。○鄭唯以立為粒、率為循，其文義大同。

《思文》一章，八句。

《清廟之什》十篇，十章，九十五句。

臣 工　【周頌十一】

嗟（jiē）嗟臣工，敬爾在公。王釐（lí）爾成，來咨來茹。
嗟嗟保介，維莫（mù）之春。亦又何求？如何新畬（yú）。於
（wū）皇來牟，將受厥明。明昭上帝，迄（qì）用康年。命我衆
人，庤（zhì）乃錢（jiǎn）鎛（bó），奄觀銍（zhì）艾（yì）。

《臣工》一章，十五句。

◎ 臣工之什詁訓傳第二十七。

【毛序】《臣工》，諸侯助祭遣於廟也。

【樂道主人】傅亞庶《中國上古祭祀文化》言，四時之祭，只祭昭穆
之廟主及文武之廟。至於遷於二祧中的先王之主，不於祧廟中愛以四時之
祭。在四時中如有祈禱於先王之事，則應將其靈位出祧就壇而受祭。

【樂道主人】鄭之有不純臣之義，與毛有不同的見解。詳見句解。

【孔疏】“《臣工》”至“廟也”。

◇◇《臣工》詩者，諸侯助祭遣於廟之樂歌也。謂周公、成王之時，
諸侯以禮春朝，因助天子之祭。事畢將歸，天子戒敕而遣之於廟。詩人述
其事而作此歌焉。

◇◇此諸侯來朝，行朝享之禮已終，天子饗食燕賜之事又畢，唯待祭
訖而去，故於祭之末，因在廟中遣之。

◇◇經陳戒諸侯之臣，使助其公事。又戒車右，令及時勸農。天子賓
敬諸侯，不敕其身，戒其臣，亦所以戒諸侯，是其遣之事也。

◇◇此諸侯助祭，是下土諸侯自外來也。

◇《振鷺》《有客》序皆云“來”。此與《烈文》不言來者，《振
鷺》、《有客》經言“有客戾止”，主陳其來之意，故序言“來助”“來
見”。

◇此與《烈文》王告戒之以事，不說其來，但因助祭而戒之，當言其
助而已，不須言來也。

◇《載見》述其始見，故序亦指言始見，不言其來。

<一章-1>嗟（jiē）嗟臣工，敬爾在公。王釐（lí）爾成，來咨來茹。

【毛傳】嗟嗟，敕之也。工，官也。公，君也。

【鄭箋】臣，謂諸侯也。釐，理。咨，謀。茹，度也。諸侯來朝天子，有不純臣之義，於其將歸，故於廟中正君臣之禮，敕其諸官卿大夫云：敬女（rǔ）在君之事，王乃平理女之成功。女有事，當來謀之、來度之於王之朝，無自專。

【樂道主人】爾，指諸侯之諸官卿大夫。

【樂道主人】有不純臣之義：此句為此篇重點。周時天子與諸侯是不是"純臣"之關係？鄭、孔：天子對待諸侯，不能以"純臣"關係來對待，而在某種程度上要以"賓"之禮待之。而諸侯對待天子，則必須為純臣。此乃是血緣政治與德賢政治最大的區別之一。

【孔疏】傳"嗟嗟"至"公君"。

◇◇嗟嗟，歎聲。將敕而嗟歎，故云"嗟嗟，敕之"，非訓為敕也。

◇◇《皋陶謨》曰："百工惟時。天工人其代之。"皆謂官也，故以工為官。

【孔疏】箋"臣"至"自專"。

◇◇此遣諸侯之歌。敕臣之工，使敬君事，故知臣謂諸侯。

◇◇又解所以謂諸侯為臣者。諸侯來朝天子，有不純臣之義，於其歸，故於廟正其為臣之禮。明天子以主人之義不純臣於諸侯，其諸侯之心則當純臣於天子，恐彼不知，以不純為常，故於廟中稱之為臣，以正臣之禮。既正臣禮，而君臣分定，因以示義。

◇見事當上逸下勞，故敕其下諸官而警切之，使之敬其君事，有大事來謀於王。雖呼其臣而戒之，實亦戒諸侯之身也。

◇言諸侯朝天子有不純臣之義者，以《秋官·大行人》"掌大賓之禮與大客之儀"注云："大賓，要服以內諸侯。大客，謂其孤卿。"

◇然則天子之於諸侯，謂之為賓。賓者，敵主之辭，是不純臣之義也。

◇《異義》："《公羊》說'諸侯不純臣'。《左氏》說'諸侯者，天子蕃衛純臣'。謹案：《禮》，王者所不純臣者，謂彼人為臣，皆非己德所及。《易》曰：'利建侯。'侯者，王所親建，純臣也。玄之聞也，賓者，敵主人之稱，而《禮》，諸侯見天子稱之曰賓。不純臣，諸侯之明文矣。"唯鄭據《大行人》之文，以為不純之證也。

◇以賓客之文，明不純臣之義，則謂天子與諸侯對為賓主行禮，是為不純臣。君與朝廷之臣行禮，饗燕則使人為主。

◇諸侯燕其臣，使宰夫為獻。主不與臣對行禮，是純臣之也。《大行人》又云："九州之外，謂之蕃國，世一見。"注云："謂其君為小賓，臣為小客。"

◇《小行人》云："幾四方之使，大客則擯（bìn），小客則受其幣，聽其辭。見於夷狄，君臣亦稱賓客，則四夷諸侯亦不純臣也。此則天子於諸侯之義耳。若諸侯於天子，皆純臣矣。"

◇《北山》云："率土之濱，莫非王臣。"《皋陶謨》云："萬邦黎獻，共惟帝臣。"是彼於王者皆純臣也。《書傳》："周公謂越常氏之譯曰：'德澤不加焉，則君子不享其質。政令不施焉，則君子不臣。'"明政令之所及，盡為純臣，故此所以正臣之禮也。

◇◇何知不是臣之與工？君臣並敕，而以為獨敕其卿大夫者，以下敕保介，其文不與臣連，是獨敕保介，則知此亦獨敕其臣，不敕其君也。

◇且君臣禮絕（極也），尊卑不同。天子之戒諸侯，當正尊卑之禮，不可使人臣（指諸侯之臣）與君並受其命，以此知敕臣之工，不敕臣也。

◇諸侯之朝天子，必有卿與大夫隨之為介，故云"敕其諸官卿大夫"也。

◇◇《秋官·司儀》云："諸公相為賓。及將幣，每門止一相。及廟，唯上相入。"則諸侯朝天子，亦應唯上相入廟耳。此得卿大夫及車右俱在廟中受敕者，彼謂將幣饗食行禮之時，唯上相入耳。

◇此諸侯將歸，遣之於廟，是召入而戒之，非致幣之類也。

◇◇敬汝在君之事，王乃平理汝之成功，謂有大功，則賜之車服以寵章之。若《左傳》宣十六年，晉侯請於王，以黻（fú）冕命士會將中軍；襄十九年，鄭公孫蠆（chán）卒，范宣子言諸晉侯，以其善於伐秦，晉侯請於王，王追賜之大路以行禮。是有功，王平理之事也。

◇◇言來謀之、度之於王之廟者，以其在廟敕之而言來，故知來謀於王之廟也。且古者大事謀於廟中。《訪落》序云："嗣王謀於廟。"《國語》云："謀之廊廟，失之中原。"是大事必謀於廟也。定本、《集注》朝字作"廟"，於義為是。

<一章-5>嗟嗟保介，維莫（mù）之春。亦又何求？如何新畬（yú）。

【毛傳】田二歲曰新，三歲曰畬。

【鄭箋】保介，車右也。《月令》："孟春，天子親載耒耜（sì），措之於參（sān）保介之御間。"莫，晚也。周之季春，於夏為孟春。諸侯朝周之春，故晚春遣之。敕其車右以時事，女（rǔ）歸，當何求於民？將如新田、畬田何急？其教農趨時也。介，甲也。車右，勇力之士，被甲執兵也。

【孔疏】箋"保介"至"執兵"。

◇◇此所以敕人也。以《月令》準之，知保介為車右，故即引《月令》以證之。

◇◇盡"保介之御間"，皆《月令》文。彼說天子耕籍田之禮。

◇天子親載耒耜，措置之於參乘之人保介之與御者二人間。君之車上，止有御者與車右二人而已，今言保介與御，明保介即車右也。引之者，證保介為車右也。又明以農事敕車右之意，以諸侯耕籍勸農，則此人與之同車，而置田器於其間，常見勸農之事，故敕之也。

◇不敕御人，偏敕車右者，以御人本主於御車，不主輔君，故專敕車右，明其衛君車也。

◇言"保介之御間"者，以人君左載，御在中央，明其遠君措之，故繫於車右。因御字單言之，以便文。

◇耒耜不近君，而置御右之間者，彼注云"明己勸人，非農人"故也。

◇◇"暮，晚"者，古暮字作莫，《說文》云："日在茻{(}莽音{)}中為莫。"是晚之義也。時有三月，季為其晚，故以周之季春為晚春也。知非夏之季春者，以《月令》季冬命民修耒耜，具田器。農書稱孟春耕者急發，不得於建辰（地支第五）之月方始勸農，故知是夏之孟春也。

◇且此諸侯來朝而遣之，若是夏之季春，非復朝王之月，故云"諸侯朝周之春"，以明此為夏之正月也。

◇知諸侯之朝，必以夏之正月者。《明堂位》云："季夏六月，以禘禮記周公於太廟。"《雜記》云："七月而禘，獻子為之。"以六月為正，譏用七月，則祭用夏之孟月矣。

◇故《王制》注云："祭以首時，薦以仲月。"諸侯時祭用夏之正月。《王制》云："諸侯礿（yuè）則不禘，禘則不嘗，嘗則不烝，烝則不礿。"注云："虞夏之制，諸侯歲朝。廢一時祭，明是朝祭同月，故廢之也。"

◇《明堂位》云："夏礿，秋嘗，冬烝，天子之禮。"獨不言春祀，得不為朝王而闕之？故彼注云："魯在東方，朝必以春，或闕之。"以此而言，明諸侯之朝，皆用孟月可知。

◇◇由孟春耕期既逼，故敕其車右以其時事，即耕田是也。汝歸當何求於民？言無所可求於民，唯求其勤力於農耳。如新田、畬田何？如猶奈何也。當奈此田何？王意急其教農以趨時，恐時之晚過也。更解謂車右為保介之義。

◇◇介，甲也。車右，勇力之士，被甲執兵，故謂之保介也。《月令》注云："保猶衣也。"勇力之士，衣甲執兵。此云"被"，彼云"衣"，皆保之義。

<一章-9>於（wū）皇來牟，將受厥明。明昭上帝，迄（qì）用康年。

【毛傳】康，樂也。

【鄭箋】將，大。迄，至也。於美乎，赤烏以牟麥俱來，故我周家大受其光明。謂為珍瑞，天下所休慶也。此瑞乃明見於天，至今用之，有樂歲，五穀豐熟。

【程析】來牟，泛指麥子。

【孔疏】箋"將大"至"豐熟"。

◇◇於者，歎辭。皇訓為美。於美乎，歎其受麥瑞而得豐年也。大受其光明，謂為天下所休慶者，由受天瑞而人歸之，是其為所美慶也。

◇◇此瑞乃明見於上天，言既為人知，又為天知，美其瑞之著也。人知謂天下歸之，天知謂今之豐熟。

◇◇此瑞本自天來，而云見於天者，見天人相因，以為人見天瑞而歸之，天見人歸而降福，美此周德，賜之豐年。至今用之，常有樂歲，正謂五穀豐熟。

◇◇五穀者，五行之穀。《月令》："春食麥，夏食菽，季夏食稷，秋食麻，冬食黍。"《天官·疾醫》："以五穀養其病。"注云："五穀：麻、黍、稷、麥、豆也。"是鄭以五行之穀為五穀也。

◇《夏官·職方氏》："豫州其穀宜五種。"注云："五種：黍、稷、菽、麥、稻。"不以五行之穀為五種者，以《職方》辨九州土地生殖之所宜，每州不同，非五行常穀。

◇豫州之界，東接青州，宜稻、麥；西接雍州，宜黍、稷。明豫州宜黍、稷、稻、麥也。菽則土地多生，人所常種，明通菽為五也。

◇《職方》又云，“幽州宜三種”，注云：“黍、稷、稻。”“兗州宜四種”，注云：“黍、稷、稻、麥。”皆準約所與連接者言之也。

<一章-13>命我衆人，庤（zhì）乃錢（jiǎn）鎛（bó），奄觀銍（zhì）艾（yì）。

【毛傳】庤，具。錢，銚（yáo）。鎛，鎒（nòu）。銍，穫也。

【鄭箋】奄，久。觀，多也。教我庶民，具女（rǔ）田器，終久必多銍艾，勸之也。

【程析】庤，準備。錢，似今之鐵鍬。鎛，鋤頭。銍，本意鐮刀。艾，似今之大剪刀。奄，蓋，全。

【孔疏】傳“庤具”至“銍穫”。

◇◇《説文》云：“錢，銚，古田器。”《世本》云：“垂作銚。”宋仲子注云：“銚，刈也。”然則銚，刈物之器也。

◇◇《説文》云：“鎛，田器也。”《釋名》云：“鎛，鋤類也。鎛，迫地去草。”《世本》云：“垂作耨。”《釋器》云：“斫劚謂之定。”李巡曰：“鋤也。”郭璞曰：“鋤屬。”

◇◇《廣雅》云：“定謂之耨。”《呂氏春秋》云：“鎒柄尺，此其度也。其耨六寸，所以間稼也。”高誘注云：“鎒芸苗也，六寸所以入苗間。”此云鎛、耨當是一器，但諸文或以為耨即鋤，或云鋤類。古器變易，未能審之。

◇◇《釋名》云：“銍，穫禾鐵也。”《説文》曰：“銍，穫禾短鐮也。”然則銍器可以穫禾，故云“銍，穫也”。《管子》云：“一農之事，必有一銍一耨一銚然後成農。”是三者皆田器。

【孔疏】箋“奄，久。觀，多”。

◇◇《釋詁》文。

◇◇彼奄作“淹”。蓋鄭讀《爾雅》以淹為奄故也。王肅云：“奄，同也。”毛於《執競》之傳以奄為同，言同多銍刈，但無傳可據，故同之鄭焉。

【孔疏-章旨】“嗟嗟臣工”。此周公、成王於祭之末，將遣諸侯，不直戒其身，為其太斥，故戒其卿大夫及車右以警切之。

①將戒，先嗟而又嗟，重歡以呼之曰：我臣之下諸官，謂諸侯之卿大夫也。汝等皆當敬慎於汝在君之職事。

②汝能如此，則我王家當平理汝之成功，知其勤惰，亦不忘汝勞。汝若有大事賞罰，當來咨謀計度於我王之廟，無得自專。欲使諸侯聞之，亦敬其事而不自專也。

③④又敕其車右以農事，亦嗟而又嗟，重歡而呼之曰：爾從君之保介，謂車右，衣甲之人也，今已是維暮之春矣，汝若歸國，亦有何所求施於民乎？維汝如何於民之新田畲田。言汝當奈此民之新田畲田何，欲其勸民耕之也。

⑤所以令汝勸民耕田者何？於乎美哉，本赤烏所與俱來之牟麥，以瑞我周家，大受其光明，謂得此牟麥之瑞，而為天下所休慶也。

⑥此光明之事，乃見於上帝，言為上帝所聞知也。至今用以此瑞之故，常有樂歲，遂時和年豐，耕則必獲。

⑦是田不可舍，汝可命我衆民，令之具汝所用錢鎛之田器，勤力以事農畝，終久必多銍刈。宜以此告勸下民，使勤於田事。

《臣工》一章，十五句。

噫 嘻 【周頌十二】

噫嘻成王，既昭假（gé）爾，率時農夫，播厥百穀。駿發爾私，終三十里。亦服爾耕，十千維耦（ǒu）。

《噫嘻》一章，八句。

【毛序】《噫嘻》，春夏祈穀於上帝也。

【鄭箋】祈，猶禱也，求也。《月令》"孟春祈穀於上帝，夏則龍見（xiàn）而雩（yú）"是與？

【樂道主人】"祈"與"報"是古人祭祀的最重要的兩個方面。

【孔疏】"《噫嘻》"至"上帝也"。

◇◇《噫嘻》詩者，春夏祈穀於上帝之樂歌也。謂周公、成王之時，春郊夏雩，以禱求膏雨而成其穀實，為此祭於上帝。詩人述其事而作此歌焉。

◇◇經陳播種耕田之事，是重穀為之，戒民使勤農業，故作者因其禱祭而述其農事。

【孔疏】箋"祈猶"至"是與"。

◇◇《春官·太祝》"掌六祈之辭，以祈福祥，求永貞"。知祈為禱求，謂禱請求天降雨以成穀也。

◇◇《月令》"孟春祈穀於上帝"，及《左傳》"夏則龍星見而雩"，此二者，是此春夏祈穀於上帝之事與？

◇以孟春祈穀文與此同，以雩者又是為穀求雨之祭，故以二者為此祭也。"龍星見而雩"，桓五年《左傳》有其事。

◇此引之不言《左傳》者，以《月令》事在孟春，其時月分明，故顯言《月令》。《左傳》之言龍見，則時月不明，引取其意。言"夏"則非彼成文，故不云《左傳》也。言"是與"者，為若不審之辭，亦所以足句也。

◇必知雩祭亦是祈穀者，《月令》"仲夏，大雩帝以祈穀"，實是雩為祈穀之明文，但雩以龍見為之，當在孟夏之月，為《月令》者錯至於仲夏，失正雩之月，故不引之。

◇《左傳》稱"凡祀，啓蟄而郊，龍見而雩"。郊、雩文連，事正當此，不并引《左傳》者，又以傳無祈穀之文，故《月令》《左傳》各取其一也。

◇◇《郊特牲》云："郊之祭也，大報天而主日。"《書傳》曰："祀上帝於南郊，所以報天德。"然則郊以報天，而云祈穀者，以人非神之福不生，為郊祀以報其已往，又祈其將來，故祈、報兩言也。天者，至尊之物，善惡莫不由之，故於此一祭，可以為報天，可以為祈穀。

◇◇襄七年《左傳》曰："夫郊祀后稷，以祈農事，故啓蟄而郊，郊而後耕。"是郊為祈穀之事也。《孝經》云："郊祀后稷以配天，宗祀文王於明堂以配上帝。"止言配天，不言祈穀者，鄭《箴膏肓》云："《孝經》主說周公孝以必配天之義，本不為郊祈之禮出，是以其言不備。"

◇《月令》"孟春元日，祈穀於上帝"，是即郊天也。後乃"擇元辰，天子親載耒耜，躬耕帝籍"，是郊而後耕。二者之禮，獻子之言，合是郊天之與祈穀為一祭也。

◇案《禮記·大傳》注云："王者之先祖，皆感太微五帝之精以生。蒼則靈威仰，皆用正歲之正月郊祭之，蓋特尊焉。《孝經》曰：'郊祀后稷以配天'，配靈威仰也。"然則夏正（夏曆第一月第一日）郊天，祭所感一帝而已。

◇◇《月令》注云："雩祀五精之帝。"則雩祭總祀五帝矣。郊雩所祭，其神不同。

◇此序并云"祈穀於上帝"者，以其所郊之帝亦五帝之一，同有五帝之名，故一名上帝，可以兼之也。

◇《月令》"孟春祈穀於上帝"之下，注云："上帝大微五帝者，亦謂祈穀所祭也。"是大微之一，不言祈穀，總祀五帝也（雩祀）。

◇◇《春官·典瑞》云："四圭有邸（dǐ），以祀天旅上帝。"注云："祀天，夏正郊天也。上帝，五帝。"所郊亦五帝，殊言天者，尊異之。此不殊之者，非《周禮》相對之例，序者省以便文也。

<一章-1>噫嘻成王，既昭假（gé）爾，率時農夫，播厥百穀。

【毛傳】意，歎也。嘻，和也。成王，成是王事也。

【鄭箋】噫嘻，有所多大之聲也。假，至也。播，猶種也。噫嘻乎能成周王之功，其德已著至矣。謂光被四表，格於上下也。又能率是主田之吏農夫，使民耕田而種百穀也。

【樂道主人】時，是。

【樂道主人】成王，與《周頌・昊天有成命》之"成王不敢康"句中"成王"意同。

【孔疏】傳"噫歆"至"王事"。

◇◇孔子見顏淵死，曰："噫！天喪予。"成湯見四面羅者曰："嘻！盡之矣。"則噫嘻皆是歆聲。為歆以敕之，傳因其文，重分而屬之，非訓噫嘻為歆敕也。

◇◇此噫嘻猶上篇云嗟嗟耳。毛亦以上篇重農嗟嗟而敕保介，此文類之，明亦噫嘻而敕之。

【孔疏】箋"噫嘻"至"百穀"。

◇◇以噫嘻之下方美其成王明至，而"率時農夫"乃在下句，則噫嘻之言，未是敕戒，故以為"有所多大之聲"，謂作者有所裒（póu，聚集）多美大，而為聲以歆之，故言"噫嘻，有所多大之聲"。

◇◇"假，至"，《釋詁》文。彼假作格，音義同。言既明至，亦是君德著明而有所至，故引《尚書》以當之。

◇"光彼四表，格於上下"，《堯典》文也。注云："言堯德光耀，及四海之外，至於天地，所謂大人與天地合其德，與日月齊其明。"彼說堯德，而聖人道同，周公、成王，德亦如之，故美其能"昭假"也。

◇◇先言此者，人之恒性，莫不急於未就，惰於已成。今成王者，德既著至，而猶尚重農，以是而益可美矣，故云"又能率是主田之吏農夫，使民耕田而種百穀"，謂王者率農夫，教下民也。

◇◇知農夫是主田之吏者，以文承成王之下，則是王者率之。若田農之夫，非王所親率。而《釋言》云："畯，農夫也。"畯即《豳風》、小雅及《春官・籥章》所云"田畯"者也。田畯主典田之官，而《爾雅》謂之農夫，故知農夫是主田之吏也。

<一章-5>駿發爾私，終三十里。亦服爾耕，十千維耦（ǒu）。

【毛傳】私，民田也。言上欲富其民而讓於下，欲民之大發其私田耳。終三十里，言各極其望也。

【鄭箋】駿，疾也。發，伐也。亦，大服事也。使民疾耕，發其私田，竟三十里者，一部一吏主之，於是民大事耕其私田，萬耦同時舉也。《周禮》曰："凡治野田，夫間有遂，遂上有徑；十夫有溝，溝上有畛（zhěn）；百夫有洫，洫上有塗；千夫有澮（kuài），澮上有道；萬夫有川，川上有路。"計此萬夫之地，方三十三里少半里也。耜廣五寸，二耜為耦。一川之間萬夫，故有萬耦。耕言三十里者，舉其成數。

【程析】服，從事，做活。

【孔疏】傳"私民"至"其望"。

◇◇毛以此經皆敕民之言，故解其敕意，所在皆有。公田在民井田之間，亦當民所耕發，而云"駿發爾私"者，上意欲富其民而讓於下，欲民之大發私田，使之耕以取富，故言私而不及公，令民知君於己之專，則感而樂業故也。

◇《大田》云："雨我公田，遂及我私。"是民意之先公也。此雲"駿發爾私"，言不及公，上意之讓下也。以彼公私相對，知此言私對公，訓駿為大，故云"大發其私田"也。

◇◇又解正言三十里意。終三十里者，各極其望，謂人目之望所見，極於三十。每各極望，則遍及天下矣。

◇三十以極望為言，則"十千維耦"者，以萬為盈數，故舉之以言，非謂三十里內有十千人也。

◇王肅云："三十里天地合，所之而三十則天下遍。"此申毛之意也。言人目所望，三十里而天地合，於三十里外，不復見之，是為極望也。

【孔疏】箋"駿疾"至"成數"。

◇◇《冬官·匠人》云："一耦之伐。"伐，發地，故云"發，伐也"。言伐者，以耜擊伐此地，使之發起也。

◇◇箋以"播厥百穀"，是王者率約農夫之言。"駿發爾私，終三十里"，是農夫教民之言。故云"使民疾耕，發其私田"，謂農夫使之也。

◇終訓竟也。正使之竟三十里者，王者之立田官，每三十里分為一部，令一主田之吏主之。主田之吏，謂農夫是也。農夫自敕終己境界，故指言三十里也。

◇◇"亦服爾耕，十千維耦"，是民從農夫號令之事，故云"於是民大事耕其私田，萬耦同時舉足而耕也"。

61

◇◇知此三十里為部，使一吏主之者，以王者率農夫，使教民種穀，農夫即號令其人，令疾發私田，終三十里。明三十里者，此農夫所部之界，故知每三十里分為一部，使一吏主之。

◇《公羊傳》曰："三公者何？天子之吏。"則吏者，在官之通稱。《七月》傳云："畯，田大夫。"畯即此農夫也。三十里而有一吏，蓋皆以大夫為之。

◇◇箋又以萬人為耦，與三十里大數相應，故引《周禮》以證之。

◇◇所引《周禮》，盡"川上有路"，皆《地官·遂人》文也。彼意言，凡治郊外野人之田，

◇一夫之間有通水之遂，廣深各二尺也。此遂上即有一步徑，以通牛馬。

◇其十夫有通水之溝，廣深各四尺也。此溝上即有一徑畛，以通大車。

◇其百夫有通水之洫，廣深各八尺也。此洫上即有一大塗，以通乘車。

◇其千夫有通水之澮，廣丈六尺，深丈四尺也。此澮上即有一通道，以容二軌。

◇其萬夫有自然之大川。此川上即有一廣路，以容三軌。

◇是《周禮》以萬夫為限，與此十千相當。

◇◇又計此萬夫之地，一夫百畝，方百步，積萬夫方之，是廣長各百夫，以百百乘是萬也。既廣長皆百夫，夫有百步，三夫為一里，則百夫為三十三里餘百步，即三分里之一為少半里，是三十三里又少半里也。

◇◇"耜廣五寸，二耜為耦"，《冬官·匠人》文也。此一川之間有萬夫，故為萬人對耦而耕。此萬人受田計之乃三十三里少半里，正言三十里者，舉其成數也。以三十里與十千舉其成數，正足相充，故鄭首尾為一，**以易傳也。**

◇◇《遂人》注云："十夫二鄰之田，百夫一酇（zàn）之田，千夫二鄙之田，萬夫四縣之田。

◇遂、溝、洫、澮，皆所以通水於川也。遂廣深各二尺，溝倍遂，洫倍溝。溝廣二尋，深二仞。

◇徑、畛、塗、道、路，皆所以通車徒於國都也。徑容牛馬，畛容大車，塗容車一軌，道容二軌，路容三軌。

◇以南畝圖之，則遂從溝橫，洫從澮橫，九塗而川周其外焉。是鄭具

解五溝五塗之事也。

◇◇以遂人治野田，故還據遂中鄰、里、酇、鄙、縣而說之。四縣為一部，計六遂三十縣為七部猶餘二部，蓋與公邑埰地共為部也。何者？“遂人於川上有路”之下云：“以達於畿。”鄭云：“以至於畿，則中雖有都、鄙，遂人盡主其地。”是都、鄙與遂同制，此法明其共為部也。

◇◇《地官》序縣正每縣下大夫一人，鄙師每鄙上士一人，酇長每酇中士一人，里宰每里下士一人，鄰長五家則一人。計四縣有二十鄙，百酇，四百里，二千鄰，則鄰長以上，合有二千五百二十四人矣。

◇而云一吏主之者，彼謂主民之官，與典田者別職，其主田之吏，一部唯一人也。

◇◇《遂人》注所言遂、溝、洫、澮廣深之數，皆《冬官》之文也。徑、畛、塗、道、路所容，於《匠人》差約而為之耳，無正文。

◇言以南畝圖之，遂從溝橫，洫從澮橫者，以夫間有遂，則兩夫俱南畝，於畔上有遂，故遂從也。

◇其遂既從，則必注於橫者也，故溝橫也。

◇百夫方千步，除外畔，其間則南北者九遂，東西者九溝。其東西之畔，即是洫也。

◇從洫必注於橫澮，則南北之畔即是澮也。

◇萬夫方萬步，為方千步者百，除外畔，其間南北者九洫，東西者九澮，其四畔則川周之，故云“川周其外也”。

◇如是者九，則方百里，故《遂人》注又云：“萬夫者方三十三里少半里，九而方一同也。”此皆設法耳。

◇◇川者，自然之物，當逐地形而流，非於萬夫之外必有大川繞之。且川者流水，不得方折而匝之也。

表一　周時井田水、路系統

水渠	人數	長寬	道路	交通工具
遂（縱）	一夫之間	廣深各二尺	步徑	牛馬
溝（橫）	十夫	廣深各四尺	徑畛	大車
洫（縱）	百夫	廣深各八尺	大塗	乘車（一軌）
澮（橫）	千夫	廣丈六尺，深丈四尺	通道	容二軌
	萬夫	自然之大川	廣路	容三軌
一夫百畝，方百步				

【孔疏-章旨】 "噫嘻成王"。

○毛以為，①噫嘻然嗟歎而有所戒敕者，成是王事之王。謂周公、成王也。此王既已政教光明，至於天下，德既光明，顯著如此，猶能敬重農事，率是典田之官，令之教民耕田而種百穀。

②典田之官既受率約，即告民云：我欲得大發汝之私田，終於三十里，欲使各極其望，無不墾耕，汝等須大事汝所耕，及時趨農，十千人維為配耦，恐其失時，欲令萬夫俱作。天下既已太平，尚能重民如此，為之祈神，殷勤戒敕，故美而歌之。

○鄭唯"噫嘻"二字與"駿"字別，又三十里為一部一吏主之，實有十千之數，具説在箋。

《噫嘻》一章，八句。

振　鷺　【周頌十三】

振鷺于飛，于彼西雝。我客戾（lì）止，亦有斯容。在彼無惡（è），在此無斁（yì）。庶幾夙夜，以永終譽。

《振鷺》一章，八句。

【毛序】《振鷺》，二王之後來助祭也。

【鄭箋】二王，夏、殷也。其後，杞也，宋也。

【樂道主人】與《周頌·有客》同。

【樂道主人】傅亞庶《中國上古祭祀文化》言，周廟制，王者之後不作始封之君而立為太祖。如宋國的始祖為微子之父殷帝乙，而非微子。

【樂道主人】三恪（《爾雅·釋詁》：“敬也。”）之制是一種帝王之制。周朝新立，封前代三王朝的子孫，給以王侯名號，稱三恪，以示敬重。周封三朝説法有二。一説封虞、夏、商之後於陳、杞、宋。《左傳·襄公二十五年》：“昔虞閼父為周陶正，以服事我先王。我先王賴其利器用也，與其神明之後也，庸以元女大姬配胡公，而封諸陳，以備三恪。”杜預注：“周得天下，封夏、殷二王后，又封舜後，謂之恪，并二王后為三國。其禮轉降，示敬而已，故曰三恪。”一説封黃帝、堯、舜之後於薊（jì）、祝、陳。《詩·陳風譜》唐孔穎達疏：“案《樂記》云：‘武王未及下車，封黃帝之後於薊，封帝堯之後於祝，封帝舜之後於陳；下車乃封夏後氏之後於杞，投殷之後於宋。’則陳與薊祝共為三恪，杞宋別為二王之後矣。”後世帝王亦多承三恪之制。

【樂道主人】祝，今山東禹城，一説為山東長清祝阿故城，後建有祝國（今山東濟南），為子爵小國，亦稱鑄國、祝柯國、祝阿國、東阿國。

【孔疏】“《振鷺》”至“助祭也”。

◇◇《振鷺》詩者，二王之後來助祭之樂歌也。謂周公、成王之時，已致大平，諸侯助祭，二王之後亦在其中，能盡禮備儀，尊崇王室，故詩人述其事而為此歌焉。

◇◇天子之祭，諸侯皆助，獨美二王之後來助祭者，以先代之後，一旦事人，自非聖德服之，則彼情未適。今二王之後，助祭得宜，是其敬服時王，故能盡禮。客主之美，光益王室，所以特歌頌之。

【鄭箋】箋"二王"至"杞宋"。

◇◇《樂記》稱武王伐紂，既下車，封夏后氏之後於杞，投殷之後於宋，故知之也。

◇◇《史記·杞世家》云："武王克殷，求禹之後，得東樓公，封之於杞，以奉夏后氏之祀。"是杞之初封，即為夏之後矣。

◇其殷後，則初封武庚於殷墟，後以叛而誅之，更命微子為殷後。《書序》云："成王既黜殷命，殺武庚，命微子啓作《微子之命》。"是宋為殷後，成王始命之也。

◇《樂記》武王封先代之後，已言投殷之後於宋者，以微子終為殷後，作《記》者從後録之。其實武王之時，（微子）始封於宋，未為殷後也。《樂記》注云："投者，舉徙之辭。謂微子在殷，先有國邑，今舉而徙之，別封宋國也。"

◇若然，僖六年《左傳》曰："許僖公見楚子於武城。許男面縛，銜璧，大夫衰絰（dié），士輿櫬（chèn，親身棺也。以親近其身，故以櫬爲名）。楚子問諸逢伯。對曰：'昔武王克殷，微子啓如是。武王親釋其縛，受其璧而被（fú，《爾雅·釋詁》："被，福也。"）之，焚其櫬，禮而命之，使復其所。'"

◇《史記·宋世家》亦云："周武王克殷，微子乃持其祭器，造於軍門，肉袒面縛，左牽羊，右把茅，膝行而前，以告。於是武王乃釋微子，復其位。"如故言復位以還為微子，但微國本在紂之畿内，既以武庚君於畿内，則微子不得復封於微也。但微子自囚，以見武王，武王使復其位，正謂解釋其囚，使復臣位，不是復封微國也。

◇以《樂記》之文，知武王初即封微子於宋矣，但未知爵之尊卑，國之大小耳。至成王既殺武庚，命為殷後，當爵為公，地方百里。至制禮之後，當受上公之地，更方五百里。

◇《史記》以為成王之時始封微子於宋，與《樂記》文乖，其説非也。如《樂記》之文，武王始封夏後於杞，而《漢書》酈食其説漢王曰"昔湯伐桀，封其後於杞。武王伐紂，封其後於宋"者，主言夏、殷之

滅，其後得封耳。以伐夏者湯，克殷者武，故系而言之。其意不言湯即封
杞，武即封宋也。

◇◇王者所以必立二王之後者，以二代之先，受命之祖，皆聖哲之
君，故能克成王業，功濟天下，後世子孫，無道喪其國家，遂令宗廟絕
享，非仁者之意也。故王者既行天罰，封其支子，爵為上公，使得行其正
朔，用其禮樂，立祖王之廟，郊所感之帝，而所以為尊賢德，崇三統，明
王位，非一家之有也。

◇故《郊特牲》曰："王者存二代之後，猶尊賢也。尊賢不過二
代。"《書傳》曰："天子存二王之後，與己三，所以通天三統，立三
正。"鄭《駁異義》云："言所存二王之後者，命使郊天，以天子禮祭其
始祖受命之王，自行其正朔服色，此之謂通天三統。"是言王者立二王后
之義也。

<一章-1>振鷺于飛，于彼西雝。我客戾（lì）止，亦有斯容。

【毛傳】興也。振振，群飛貌。鷺，白鳥也。雝，澤也。客，二王
之後。

【鄭箋】白鳥集于西雝之澤，言所集得其處也。興者，喻杞、宋之君
有絜白之德，來助祭於周之廟，得禮之宜也。其至止亦有此容，言威儀之
善如鷺然。

【程析】戾，至。止，語氣詞。

【孔疏】傳"振振"至"之後"。

◇◇此鳥名鷺而已，振與鷺連，即言于飛。《魯頌》之言"振振
鷺"，故知"振振，群飛貌也"。言"鷺，白鳥"者，以言亦有斯容，則
義取絜白，故云白鳥也。

◇◇以鷺是水鳥，明所往為澤，故知"雝，澤"也。謂澤名為雝，故
箋云"西雝之澤"也。明在作者之西，有此澤，言其往向彼耳，無取於西
之義也（明鷺本非在西）。

◇◇序言二王之後，故知"客，二王之後"。客者，敵主之言。諸侯
之於天子，雖皆有賓客之義，但先代之後，時王遍所尊敬，特謂之客。

◇昭二十五年《左傳》云："宋樂大心曰：'我於周為客。'"《皋
陶謨》曰："虞賓在位，此及有瞽。"皆云我客。

◇《有客》之篇以微子為客，皆以二王之後特稱賓客也。

【孔疏】箋"白鳥"至"鷺然"。

◇◇以此詩美其助祭，明以在澤喻在廟，取其得所為義也。

◇◇以鷺鳥之白，興客之威儀。所雲絜白之德，即鷺鳥之容也。以上言飛往西雝，喻其鄉（嚮）京而朝，而其容之美未見，故又云"亦有斯容"，明上句興喻之中，亦有絜白之義，故云"杞、宋之君有絜白之德"也。言威儀之善如鷺然，正謂絜白是也。

<一章-5>在彼無惡（è），在此無斁（yì）。庶幾夙夜，以永終譽。

【鄭箋】在彼，謂居其國無怨惡之者；在此，謂其來朝，人皆愛敬之，無厭之者。永，長也。譽，聲美也。

【孔疏】斁音亦，厭也。終，善於終始。庶幾夙夜，猶復庶幾於善，夙夜行之。

【程析】庶幾，希望。

【孔疏-章旨】"振鷺于飛"。

①言有振振然絜白之鷺鳥往飛也，其往飛則集止於西雝之澤。色潔白之水鳥而集於澤，誠得其處也。以興有威儀之杞、宋。往，行也。其往而行，則來助祭於有周之廟。美威儀之人臣，而助祭王廟，亦得其宜也。此鷺鳥之色，有潔白之容，我客杞、宋之君，其來至止也，亦有此絜白之容。

②非但其來助祭有此姿美耳，又在於彼國國人皆悅慕之，無怨惡之者。今來朝周，周人皆愛敬之，無厭倦之者。猶復庶幾於善，夙夜行之，以此而能長終美譽。言其善於終始，為可愛之極也。

《振鷺》一章，八句。

豐　年　【周頌十四】

豐年多黍多稌（tú）。亦有高廩（lǐn），萬億及秭（zǐ）。為酒為醴（lǐ），烝畀（bì）祖妣（bǐ），以洽百禮，降福孔皆。

《豐年》一章，七句。

【毛序】《豐年》，秋冬報也。

【鄭箋】報者，謂嘗也，烝也。

【樂道主人】《禮記·王制》："天子諸侯宗廟之祭，春曰礿，夏曰禘，秋曰嘗，冬曰烝。"鄭玄注："此蓋夏、殷之祭名，周則改之，春曰祠，夏曰礿。"漢董仲舒《春秋繁露·四祭》："古者歲四祭。四祭者，因四時之所生孰，而祭其先祖父母也。故春曰祠，夏曰礿，秋曰嘗，冬曰蒸。此言不失其時，以奉祀先祖也。"

【孔疏】"《豐年》"至"冬報也"。

◇◇《豐年》詩者，秋冬報之樂歌也。謂周公、成王之時，致太平而大豐熟，秋冬嘗、烝，報祭宗廟。詩人述其事而為此歌焉。

◇◇經言年豐而多獲黍稻，為酒醴以進與祖妣，是報之事也。言"烝畀祖妣"，則是祭於宗廟。但作者主美其報，故不言祀廟耳。

◇◇不言祈而言報者，所以追養繼孝，義不祈於父祖。至秋冬物成，以為鬼神之助，故歸功而稱報，亦孝子之情也。作者見其然，而主意於報，故此序特言報耳。

◇其餘則不然，故《那》與《烈祖》實為烝嘗，而序稱為祀，以義不取於報故也。

◇◇其天地社稷之神，雖則常祭，謂之祈報，故《噫嘻》《載芟》《良耜》之等，與宗廟異也。

<一章-1>豐年多黍多稌（tú）。亦有高廩（lǐn），萬億及秭（zǐ）。

【毛傳】豐，大。稌，稻也。廩，所以藏齍（zī）盛（chéng）之穗也。數萬至萬曰億，數億至億曰秭。

【鄭箋】豐年，大有年也。亦，大也。萬億及秭，以言穀數多。

【程析】秬，小米。

【樂道主人】五穀，最主要的说法有两種：一種指稻、黍、稷、麥、菽，另一種指麻、黍、稷、麥、菽。兩者的區別是：前者有稻無麻，後者有麻無稻。古代經濟文化中心在黄河流域，稻的主要産地在南方，而北方種稻有限，所以"五穀"中最初無稻。

【孔疏】傳"豐大"至"曰秭"。

◇◇"豐，大"，《釋詁》文。

◇◇"秬，稻"，《釋草》文。郭璞曰："今沛國呼稻為秬，是也。"

◇◇言廩所以藏齍盛之穗者，器實（空）曰齍，在器（滿）曰盛，齍盛謂飯食也。以米粟為之，遠本其初出於禾穗，故謂廩之所藏，為齍盛之穗也。

◇《禹貢》"百里賦納總"，即禾稼也。"二百里銍，即穗也。禾稼當積而貯之，不在倉廩。其穗當在廩藏之，故言藏齍盛之穗。則自穗以往，秸及粟米，皆在倉廩矣。以穗鄰於禾稼，嫌不在廩，故特舉其穗，以下皆可知也。

◇◇又以經言"高廩"，則廩之高大，於藏穗為宜，故言穗也。此言藏穗，則廩唯藏粟也。

◇而《地官·廩人》注云"藏米曰廩"者，對則藏米曰廩，藏粟曰倉；其散即通也。彼廩人職掌萬民之食，四釜三釜皆是米事，故云藏米耳。彼注又云："廩人，舍人、倉人，司祿官之長。"是廩為倉之總，可以兼米粟也。

◇《明堂位》云："米廩，有虞氏之庠。"注云："魯謂之米廩，虞帝令藏齍盛之委焉。"《記》言米，鄭言委，則以廩之所容，兼米兼粟也。且此言為酒為醴，以米為之，明亦藏米可知。

◇◇祭祀酒食，當用籍田之粟，此言廩之所容，乃至萬億及秭，則是稅民之物，而云以為酒醴者，祭祀之禮，亦用稅物。《信南山》云"曾孫之穡，以為酒食，畀我尸賓"，是用稅物之文也。由其亦用稅物，故舉廩之多容，以為豐年之狀也。

◇◇言"數萬至萬曰億，數億至億曰秭"，於今數為然。定本、《集注》皆云"數億至萬曰秭"，毛以億云及秭，萬下不云及億，嫌為萬箇億，故辨之也。知然者，以億言及秭，則萬與億亦宜相累，但文不可再言及耳。

【孔疏】箋"豐年，大有年"。

◇◇年之豐熟，必大有物。豐訓為大，故云"豐年，大有之年"也。春秋宣十六年《穀梁傳》曰："五穀大熟為大有年。"《公羊》以為"大豐年"，是也。

◇◇桓三年經書"有年"，《穀梁傳》曰："五穀皆熟為有年。"《公羊傳》曰："僅有年。"彼《春秋》之文相對為例耳，他經散文不必然也。《魯頌》曰"歲其有年"，亦當謂大豐年矣。

<一章-4>為酒為醴（lǐ），烝畀（bì）祖妣（bǐ），以洽百禮，降福孔皆。

【毛傳】皆，徧也。

【鄭箋】烝，進。畀，予也。

【程析】烝，進獻。醴，甜酒，今之酒釀。洽，配合。百禮，指牲、幣、帛等祭品（應有玉）。祖妣，男女祖先。

【樂道主人】醴，《釋名》：禮也。釀之一宿而成，醴有酒味而已也。妣，原意為死去的母親，此指姜嫄廟。

【孔疏】傳"皆，徧"。"偕"訓俱也，亦遍之義。

【孔疏】箋"烝，進。畀，予"。皆《釋詁》文。

【孔疏-章旨】"豐年多黍"。

①言今為鬼神祐助，而得大有之豐年，多有黍矣，多有稻矣。既黍稻之多，復有高大之廩，於中盛五穀矣。其廩積之數，有萬與億及秭也。

②為神所祐，致豐積如此，故以之為酒，以之為醴，而進與先祖先妣，以會其百眾之禮，謂牲玉幣帛之屬，合用以祭，故神又下予之福，甚周遍矣。

《豐年》一章，七句。

有　瞽　【周頌十五】

有瞽（gǔ）有瞽，在周之庭。設業設虡（jù），崇牙樹羽。應（yìng）田縣（xuán）鼓，鞉（táo）磬柷（zhù）圉（yǔ）。既備乃奏，簫管備舉。喤喤厥聲，肅雝和（hé）鳴，先祖是聽。我客戾止，永觀厥成。

《有瞽》一章，十三句。

【毛序】《有瞽》，始作樂而合乎祖也。

【鄭箋】王者治定制禮，功成作樂。合者，大合諸樂而奏之。

【樂道主人】此篇可作為做古樂研究之重要文獻。

【孔疏】"《有瞽》"至"祖也"。

◇◇《有瞽》詩者，始作樂而合於太祖之樂歌也。謂周公攝政六年，制禮作樂，一代之樂功成，而合諸樂器於太祖之廟，奏之，告神以知和否。詩人述其事而為此歌焉。

◇◇經皆言合諸樂器奏之事也。言合於太祖，則特告太祖，不因祭祀，且不告餘廟。以樂初成，故於最尊之廟奏之耳。定本、《集注》直云"合於祖"，無"太"字。

◇此太祖謂文王也。

【孔疏】箋"王者"至"奏之"。

◇◇"王者功成作樂，治定制禮"，《樂記》文也。引之者，證此時成功，故作樂也。彼注云："功成治定同時耳。功主於王業，治主於教民。"然則武王雖已克殷，未為功成，故至於太平始功成作樂也。

◇◇大合諸樂而奏之，謂合諸樂器一時奏之，即經所云"鞉磬柷圉""簫管"之屬是也。

◇◇知不合諸異代樂者，以序者序經之所陳，止説周之樂器。言既備乃奏，是諸器備集，然後奏之，無他代之樂，故知非合諸異代樂也。

<一章-1>有瞽（gǔ）有瞽，在周之庭。設業設虡（jù），崇牙樹羽。應（yìng）田縣（xuán）鼓，鞉（táo）磬柷（zhù）圉（yǔ）。

【毛傳】瞽，樂官也。業，大板也，所以飾枸（xún）為縣也。捷業如鋸齒，或曰畫之。植者為虡，衡者為枸。崇牙上飾卷然，可以縣也。樹羽，置羽也。應，小鞞（pí）也。田，大鼓也。縣鼓，周（周代）鼓也。鞉，鞉鼓也。柷，木椌（qiāng）也。圉，楬（jiē）也。

【鄭箋】瞽，矇。以為樂官者，目無所見，於音聲審也。《周禮》"上瞽四十人，中瞽百人，下瞽百六十人"。有視瞭者相之。又設縣鼓。田當作"敒（yǐn）"（與毛不同）。敒，小鼓，在大鼓旁，應鞞之屬也，聲轉字誤，變而作田。

【程析】設，陳。業，掛樂器的木架橫梁上面的大版，刻如鋸齒狀。虡，掛鐘、磬的植木架。崇牙，也中縱，是業上突出的木齒，彎曲高聳，用來持樂器。樹，植，插著。樹羽，在崇牙上插著五彩的羽毛作為裝飾。磬，玉石做的版狀打擊樂器。圉，又作敔（yù），樂器名。

【樂道主人】椌，柷，古代一種打擊樂器，像方匣子，用木頭做成。柷以起樂，敔以止樂。

【樂道主人】鞞，古同"鼙"，鼓名。

【樂道主人】西周時已將當時的樂器按製作材料，分為金（鐘、鎛、鐃）、石（磬）、絲（琴、瑟）、竹（簫、篪）、匏（笙、竽）、土（塤、缶）、革（鞀、雷鼓）、木（柷、敔）八類。

【樂道主人】夏后氏加四足，謂之足鼓；楹鼓，擊奏膜鳴樂器。大鼓橫置，兩端蒙皮，以立柱穿鼓腔，柱底設座之鼓。約始於商代。

【孔疏】傳"瞽樂"至"圉楬"。

◇◇《周禮·瞽矇》為大師之屬，職掌"播鞉、柷、圉、簫、管、弦、歌"。是瞽為樂官也。

◇◇《釋器》云："大板謂之業。"是業為大板也。又解業之所用，所以飾枸為縣也。懸之橫者為枸，其上加之以業，所以飾此枸而為懸設也。其形刻之捷業然如鋸齒，故謂之業。或曰畫之，謂既刻又畫之，以無明文，故為兩解。

◇業即枸上之板，與枸相配為一，故通解枸虡之體，植者為虡，橫者為枸也。

◇知者，以《春官·典庸器》《冬官·梓人》及《明堂位》《檀弓》皆言栒虡，而不言業，此及《靈臺》言虡業，而無栒文，皆與虡相配，栒、業互見，明一事也。

◇名生於體，而謂之為業，則是其形捷業，宜橫以置懸，故知橫者為栒。既言業所以飾栒，則與之為一，據栒定其橫植，而業統名焉，故不言橫曰業也。

◇栒業既橫，則虡者自然植矣。《釋器》云："木謂之虡。"郭璞云："懸鍾磬之木，植者名虡。"虡既用木，則栒亦木為之也。

◇又知崇牙上飾，卷然可以為懸者，《靈臺》云："虡業維樅。"樅即崇牙上飾，卷然可以為懸者也。系於業而言"維"，明在業上為之，故與此二文以互言業，不言栒也。

◇◇虡者立於兩端，栒則橫入於虡。其栒之上，加施大板，則著於栒。其上刻為崇牙，似鋸齒捷業然，故謂之業牙，即業之上齒也，故《明堂位》云："夏后氏之龍簨（sǔn，古代懸掛鐘、磬、鼓的架子上的橫梁）虡，殷之崇牙。"注云：橫曰簨，飾之以鱗屬，以大板為之，謂之業；殷又於龍上刻畫之為重牙，以掛懸紘（hóng，帶）。是牙即業之上齒也，以其形卷然，得掛繩於上，故言可以為懸也。言掛懸紘者，紘謂懸之繩也。

◇◇"樹羽，置羽"者，置之於虡栒之上角。《漢禮器制度》云："為龍頭及頷口銜璧，璧下有旄牛尾。"

◇◇《明堂位》於崇牙之下又云："周之璧翣（shà）。"注云"周人畫繒（zèng）為翣（古代鐘、鼓、磬架橫木上的扇形裝飾），載以璧，垂五采羽其下，樹翣於簨之角上，飾彌多"是也。

◇◇知"應，小鞞"者，《釋樂》云："大鼓謂之鼖（fén），小者謂之應。"是應為小鼓也。《大射禮》應鞞在建鼓東，則為應和。建鼓、應鞞共文，是為一器，故知"應，小鞞"也。應既是小，田宜為大，故云"田，大鼓也"。

◇◇《明堂位》云："夏后氏之足鼓，殷人楹鼓，周人懸鼓。"是周法鼓始在懸，故云"懸鼓，周鼓"。解此詩特言懸意也。

◇若然，大射禮者，是周禮也。其樂用建鼓，建鼓則殷之楹鼓也。而大射用之者，以彼諸侯射禮略於樂，備三面而已，故無懸鼓也。

◇◇鞉者，《春官·小師》注云："鞉，如鼓而小，持其柄搖之，傍

74

耳還自擊是也。”

◇◇“柷，木椌也。圉，楬”者，以《樂記》有椌、楬之文，與此柷、圉為一，故辨之。言木椌者，明用木為之。言柷用木，則圉亦用木，以木可知而略之。

◇《大師》注：“大柷，敔也。”是二器皆用木也。

◇《皋陶謨》云：“合止柷敔。”注云：“柷，狀如漆筒，中有椎。合之者，投推於其中而撞之。敔狀如伏虎，背上刻之，所以鼓之以止樂。”

◇《釋樂》云：“所以鼓柷謂之止，所以鼓敔謂之籈（zhēn，古代敲敔用的木板）。”

◇郭璞云：“柷如漆筒，方二尺四寸，深一尺八寸，中有椎，柄，連底挏之，令左右擊。止者，其椎名也。敔如伏虎，背上有二十七鉏（zū）敔，刻以木。長尺櫟之，籈者，其名也。”

◇此等形狀，蓋依漢之大予樂而知之。其枸籈、圉敔，古今字耳。

【孔疏】箋“瞽矇”至“作田”。

◇◇瞽矇相對，則目有小異。《周禮》謂其官為瞽矇，故連言之，解以瞽矇為樂官之意。以目無所見，思絕外物，於音聲審故也。

◇◇《周禮》“上瞽四十人，中瞽百人，下瞽百六十人”，《春官》序官文也。彼注云：“命其賢智者以為太師、小師。”是以才智為差等，不以目狀為異也。又解此無目而可用者，有視瞭者相之。又使此視瞭設懸鼓，因明設業以下，皆視瞭設之，非瞽自設也。

◇《春官》序於“瞽矇”之下云：“視瞭三百人。”則一瞽一視瞭也。注云：“瞭，目明者也。”其職云：“掌大師之懸。凡樂事相瞽。”注云：“大師當懸則為之。相謂扶工。”是主相瞽，又設懸也。

◇◇以經、傳皆無田鼓之名，而田與應連文，皆在懸鼓之上，應者應大鼓，則田亦應之類。《大師職》云：“下管，播樂器，令奏鼓棘。”注云：“為大鼓先引。”是古有名棘引導鼓，故知田當為棘，是應鞞之屬也。

◇◇又解誤為田，意棘字以柬為聲，聲既轉去柬，唯有申在，申字又誤去其上下，故變作田也。

<一章-7>既備乃奏，簫管備舉。喤喤厥聲，肅雝和（hé）鳴，先祖是聽。

【鄭箋】既備者，懸也，棟也，皆畢已也。乃奏，謂樂作也。簫，編小竹管，如今賣餳者所吹也。管如邃，并而吹之。

【程析】簫、管，都是竹製樂器。古簫是排簫，一種編管樂器。喤喤，形容樂器聲音宏亮。肅雝，形容樂聲宏亮和諧。

【孔疏】管如笛，形小，并兩而吹之。肅雍，形容樂聲恭敬和諧。

【孔疏】箋"簫編"至"吹之"。

◇◇《釋樂》云："大簫謂之言，小者謂之筊（jiǎo，用竹子編的繩索）。"

◇李巡曰："大簫聲大者言言也。小者聲揚而小，故言筊筊（jiǎo），小也。"郭璞曰："簫大者，編二十三管，長尺四寸。小者十六管，長尺二寸。一名籟。"《易通卦驗》云："簫長尺四寸。"《風俗通》云："簫，參差象鳳翼，十管，長二尺。"

◇其言管數長短不同，蓋有大小故也。要是編小竹管為之耳，如今賣餳者所吹。其時賣餳之人吹簫以自表也。

◇《史記》稱伍子胥鼓腹吹簫，乞食吳市，亦為自表異也。《方言》云："餳謂之張惶，或云餬糖。凡飴謂之餳，關東之通語也。"然則餳者，餭（huáng，《玉篇》"乾飴也"）之類也。

◇◇管如笛，并而吹之，謂并吹兩管也。《小師》注云"管如笛，形小，并兩而吹之。今大予樂官有之"是也。

◇《釋樂》云："大管謂之簥（jiāo，古代一種發音洪亮的管樂器）。"李巡曰："聲高大故曰簥。簥，高也。"郭璞曰："管長尺，圍寸，并漆之，有底。賈氏以為如篪，六孔。"

<一章-12>我客戾止，永觀厥成。

【鄭箋】我客，二王之後也。長（cháng）多其成功，謂深感於和樂，遂入善道，終無愆過。

【程析】戾，至。止，語氣詞。永，長。厥，其，指大合樂。成，指一曲終了。

【孔疏-章旨】"有瞽有瞽"。

○毛以為，①始作《大武》之樂，合於太廟之時，有此瞽人，有此瞽人，其作樂者，皆在周之廟庭矣。既有瞽人，又使人為之設其橫者之業，又設其植者之虡，其上刻為崇牙，因樹置五采之羽以為之飾。既有應之小鼓，又有田之大鼓，其鼓懸之虡業，為懸鼓也。又有鞉有磬，有柷有圉，皆視瞭設之於庭矣。

②既備具，乃使瞽人擊而奏之。又有吹者，編竹之簫，并竹之管，已備舉作之，喤喤然和集其聲。此等諸聲，皆恭敬和諧而鳴，不相奪理，先祖之神於是降而聽之。

③於時我客二王之後，適來至止，與聞此樂，其音感之，長令多其成功。謂感於和樂，遂入善道也。此樂能感人神，為美之極，故述而歌之。

〇鄭唯應田俱為小鼓為異。餘同。

◇◇文須如此者，以樂皆瞽人為之，故先言"有瞽有瞽"，於瞽下言於周之庭，則樂皆在庭矣。周人初改為懸，故於諸樂先言懸事。於虡業言設，則柷圉以上皆蒙設文。其簫管則執以吹之，非所當設，於"乃奏"之下別言"備舉"。

◇◇助祭之人蓋應多矣，獨言我客者，以二王之後尊，故特言之也。

《有瞽》一章，十三句。

潛　【周頌十六】

猗（yī）與漆沮（jū），潛（qián）有多魚。有鱣（zhān）有鮪（wěi），鰷（tiáo）鱨（cháng）鰋（yǎn）鯉。以享以祀，以介景福。

《潛》一章，六句

【毛序】《潛》，季冬薦魚，春獻鮪（wěi）也。

【鄭箋】冬魚之性定，春鮪新來，薦獻之者，謂於宗廟也。

【孔疏】“《潛》”，至“獻鮪也”。

◇◇《潛》詩者，季冬薦魚，春獻鮪之樂歌也。謂周公、成王太平之時，季冬薦魚於宗廟，至春又獻鮪。澤及潛逃魚皆肥美，獻之先祖，神明降福。作者述其事而為此歌焉。

◇◇經總言冬春，雜陳魚鮪，皆是薦獻之事也。先言季冬，而後言春者，冬即次春，故依先後為文，且冬薦魚多，故先言之。冬言季冬，春亦季春也。

◇《月令》“季春薦鮪於寢廟”。《天官‧漁人》：“春獻王鮪。”注引《月令》季春之事，是薦鮪在季春也。

◇不言季者，以季春鮪魚新來，正月未有鮪，言春則季可知，且文承季冬之下，從而略之也。

◇◇冬言薦，春云獻者，皆謂子孫獻進於先祖，其義一也。經言“以享”，是冬亦為獻。《月令》季春言薦鮪，是春亦有薦，因時異而變文耳。

◇◇冬則眾魚皆可薦，故總稱魚。春唯獻鮪而已，故特言鮪。

【孔疏】箋“冬魚”至“宗廟”。

◇◇冬魚之性定者，冬月既寒，魚不行，乃性定而肥充，故冬薦之也。《天官‧庖人》注云“魚雁水涸而性定”，則十月已定矣。但十月初定，季冬始肥，取其尤美之時薦之也。

◇◇《月令》季冬，乃“命漁師始漁，天子親往，乃嘗魚，先薦寢廟"，注云："此時魚絜美，故特薦之。"

◇◇《白虎通》云："王者不親取魚以薦廟。"故親行非此則不可。故隱五年"公矢魚於棠"，《春秋》譏之是也。

◇◇《魯語》里革（人名）云，古者大寒降，土蟄發，水虞於是乎講罛（gū）罶（liǔ），取名魚，而嘗之廟。言"大寒降"，與此"季冬"同。其言"土蟄發"，則孟春也。

◇◇以春魚始動，猶乘冬先肥，氣序既移，故又取以薦。然則季冬、孟春皆可以薦魚也（以上講"薦鮪在季春也"不為衝突）。

◇韋昭以為，薦魚唯在季冬。《國語》云"孟春"者，誤。案《月令》孟春"獺祭魚"，則魚肥而可薦，但自《禮》文不具，無其事耳。里革稱古以言，不當謬也。

◇◇言春鮪新來者，陸機云："河南鞏縣東北崖上山腹有穴，舊説云此穴與江湖通，鮪從此穴而來，北入河，西上龍門，入漆沮。故張衡云'王鮪岫居，山穴為岫'，謂此穴也。"然則其來有時，以春取而獻之，明新來也。

◇陸機又云："大者為王鮪，小者為鮛（wèi）鮪。"言王鮪，謂鮪之大者也。

◇◇序止言薦獻，不言所在，故言薦獻之者，謂於宗廟也。

<一章-1>猗（yī）與漆沮（jū），潛（qián）有多魚。有鱣（zhān）有鮪（wěi），鰷（tiáo）鱨（cháng）鰋（yǎn）鯉。

【毛傳】漆、沮，岐周之二水也。潛，糝（shēn）也。

【鄭箋】猗與，歎美之言也。鱣，大鯉也。鮪，鮥（luò）也。鰷，白鰷也。鰋，鮎也。

【程析】潛（qián），放在水中供魚棲息的柴堆，又名魚池。鱣（zhān），鰉魚。《爾雅》郭注：大魚，口在頷下，體有邪行中，無鱗，肉黃，江東稱之為黃魚。鮪，鱏魚。鰷，也叫白鰷、白絲，銀白色，背有硬鰭。鱨，亦名鮰魚，無鱗。

【樂道主人】鰋，頭大嘴寬，尾圓而短，皮有黏質，無鱗，背部蒼黑色，腹白色，上下頷有四根鬚。晝伏泥中，夜出活動。肉可食，鰾入藥。

【孔疏】傳"漆沮"至"潛糝"。

◇◇漆、沮自豳歷岐周以至豐、鎬，以其薦獻所取，不宜遠於京邑，故不言豳。言岐周者，鎬京去岐不遠，故繫而言之。其實此為潛之處，當近京邑。

◇◇《釋器》云："槮（shēn）謂之涔。"

◇李巡曰："今以木投水中養魚曰涔。"

◇孫炎曰："積柴養魚曰槮。"

◇郭璞曰："今之作槮者，聚積柴木於水中，魚得寒入其裏藏隱，因以簿圍捕取之。"

◇槮字諸家本作"米"邊，《爾雅》作"木"邊，積柴之義也。然則槮用木，不用米，當從木為正也。涔、潛，古今字。

【孔疏】箋"鱣大"至"鰋鯰"。◇◇鱣、鮪已釋於《衛風》。言白鰷、鰋鯰，以時驗而言之也。《釋魚》有鰋，郭璞曰："今鰋，額白魚也。"

<一章-5>以享以祀，以介景福。

【鄭箋】介（與毛不同），助。景，大也。

【程析】享，祭獻，上貢。

【孔疏-章旨】"猗與漆沮"。

○毛以為，①可猗嗟而歎美與，此漆、沮之二水！其中有養魚之潛，此潛之內乃有多眾之魚，有鱣有鮪，又有鰷、鱨、鰋、鯉，是其多也。

②我太平王者以獻之先祖，以之祀宗廟，神明饗之，以此得大大之福也。

○鄭唯介為助。餘同。

《潛》一章，六句。

雝 【周頌十七】

有來雝雝，至止肅肅。相（xiàng）維辟（bì）公，天子穆穆。於（wū/yú）薦廣牡，相予肆祀。假（xià）哉皇考！綏予孝子。宣哲維人，文武維后。燕（yàn）及皇天，克昌厥後。綏我眉壽，介以繁祉。既右烈考，亦右文母。

《雝》一章，十六句。

【毛序】《雝》，禘（dì）大（tài）祖也。

【鄭箋】禘，大（dà）祭也。大於四時，而小於祫（xiá）。大祖，謂文王。

【樂道主人】祫，古代天子或諸侯把遠近祖先的神主集合在太廟裏進行祭祀。禘，祇在太廟中祭太祖，以三年為一祫，五年為一禘，周而復始。因每五年為一周期，故祫各相距五年，禘亦各相距五年。

【孔疏】"《雝》，禘大祖也"。

◇◇《雝》者，禘大祖之樂歌也。謂周公、成王太平之時，禘祭大祖之廟。詩人以今之太平，由此大祖，故因其祭，述其事，而為此歌焉。

◇◇經言祭祀文王，諸侯來助，神明安孝子，予之多福，皆是禘文王之事也。毛於禘祫其言不明，唯《閟宮》傳曰："諸侯夏禘則不礿（yuè），秋祫則不嘗。"然則天子亦有禘祫。

◇◇禘祫者，皆殷祭，蓋亦如鄭"三年一祫，五年一禘"也。武王以周十二月崩，其明年周公攝政，稱元年十二月小祥，二年十二月大祥，三年二月禫（dàn，古代除去孝服時舉行的祭祀），四年春禘，蓋此時也。若復五年，則成王即政之年，頌之大例皆是元年前事，此不應獨在五年禘時也。

◇◇鄭以武王十二月崩，成王三年二月禫，周公避流言而出，明年春禘，於時周公未反（返），時非太平，必不得為此頌也。又明年，周公反（返）而居攝，是為元年。至三年而祫，五年禘。

◇◇常禘當以夏，此即攝政五年之夏禘也。然則此禘毛以春，鄭以夏，又不同。

【孔疏】箋"禘大"至"文王"。

◇◇"禘，大祭"，《釋天》文。嫌祭之最大，故又辨之云："大於四時，而小於祫。"

◇《禮記·祭法》"禘嚳而郊稷"，禘謂祭天圓丘也。

◇《大傳》曰："王者禘其祖之所自出。"禘謂祭感生之帝於南郊也地（周為木，蒼帝）。然則圓丘與郊，亦為禘祭。

◇◇知《釋天》所云"非祭天"者，以《爾雅》之文即云"繹，又祭"，繹是宗廟之祭，故知禘亦宗廟之禘也。但宗廟尚為大祭，則郊丘大祭可知，故《鄭志》云"禘，大祭，天人共之"，是也。

◇◇若然，禘既大祭，宜大不是過，而得小於祫者，以四時之外，特為此祭，大於四時，故云大祭。

◇◇但此大祭，五年再為，一則合聚祭之一，則各就其廟，故以合祭為祫，就廟為禘。禘尚大祭，祫大可知，是舉輕以明重，故鄭每云"五年再殷祭"。殷，大也，謂祫、禘二者俱為大祭也。

◇◇禮宜小者稠，大者稀。而《禮緯》言"三年一祫，五年一禘"，反禘稀而祫數者，聖人因事見法，以天道三年一閏，五年再閏，故制禮象之，三年一祫，五年一禘。每於五年之內，為此二禮，據其年端數之，故言三年、五年耳。

◇其實禘、祫自相距各五年，非祫多而禘少也。

◇◇知禘小於祫者，《春秋》文二年"大事於大廟"，《公羊傳》曰："大事者何？祫也。毀廟之主陳於大祖，未毀廟之主皆升合食於大祖。"是合祭群廟之主謂之大事。

◇昭十五年"有事於武宮"，《左傳》曰："禘於武公。"是禘祭一廟，謂之有事也。祫言大事，禘言有事，是祫大於禘也。

◇◇知大祖謂文王者，以經云"假哉皇考"，又言"文武維后"，是此皇考為天下之人后，明非后稷。若是后稷則身非天子，不得言"維后"也。

◇◇大祖謂祖之大者，既非后稷，明知謂文王也。文王雖不得為始祖，可以為大祖也。

◇◇若此祭文王，則於禮當諱（文王名"昌"），而經云"克昌厥后"者，以此詩自是四海之人歌頌之聲，本非廟中之事，故其辭不為廟諱。及采得之后，即為經典，《詩》《書》不諱，故無嫌耳。《烝民》云"四方爰發"，亦此類也。

<一章-1>**有來雝雝，至止肅肅。相（xiàng）維辟（bì）公，天子穆穆。於（wū/yú）薦廣牡，相予肆祀。**

【毛傳】相，助。廣，大也。

【鄭箋】雝雝，和也。肅肅，敬也。有是來時雝雝然，既至止而肅肅然者，乃助王禘祭百辟與諸侯也（與毛不同）。天子是時則穆穆然。於進大牡之牲，百辟與諸侯又助我陳祭祀之饌，言得天下之歡心。

【程析】維，是。穆穆，容止端莊肅穆貌。於，歎詞。薦，獻。予，主祭之周王。肆，陳。

【樂道主人】毛衹言諸侯，鄭則指諸侯及在朝之卿士。鄭意不僅僅為親也，鄭義為大。

【孔疏】傳"相，助。廣，大"。

◇◇《釋詁》云："相、助，勴（lǜ）也。"俱訓為勴，是相得為助。

◇◇廣是寬博，亦大之義。

◇◇傳於《烈文》辟公皆斥諸侯，無卿士之義，則此辟亦非卿士，當謂國君諸公也。故王肅云："來助祭者，維國君諸公。天子穆穆然，以美德為之王。"

【孔疏】箋"雝雝"至"歡心"。

◇◇"雝雝，和。肅肅，敬"，《樂記》文也。和在色，敬在心。和敬，賢者之常，因未至異文而分之耳，其實常雝肅也。

◇以序言禘，故云助。王禘祭，孝子當愨（què，《說文》：謹也。《廣韻》：善也，願也，誠也。）而趨，言穆穆者，以孝子於祖父則為子孫之容，若非對神前，則可為穆穆也。

◇◇言於薦大牡之牲，舉其祭時所用，《楚茨》所謂"潔爾牛羊，以往烝嘗，或剝或烹"之類，是助王陳祭祀之饌，言其得天下之歡心。

◇◇此言"肆祀"，箋以為陳祭祀之饌。《牧誓》云："商王受昏弃厥肆祀。"注云"肆祀，祭名"者，以祭必肆之，故言肆祀。《尚書》指言紂之所弃，故知祭名。此言所助，是其為肆，故不以為祭名，理亦相通也。

83

<一章-7>假（xià）哉皇考！綏予孝子。宣哲維人，文武維后。

【毛傳】假，嘉也。

【鄭箋】宣，遍也。嘉哉群考，斥文王也。文王之德，乃安我孝子，謂受命定其基業也。又遍使天下之人有才知（zhì），以文德武功為之君故。

【程析】后，君。維，為。

【樂道主人】綏，安。文武，非指文王、武王。

【樂道主人】成王祭時，文王廟為其王考廟。王肅說：周之七廟，一祖廟，四親廟，二祧（tiāo）廟：考廟（禰，父），王考廟（祖父），皇考廟（曾祖），顯考廟（高祖），祖考廟（始祖），二祧（tiāo）廟。（《祭法》）

【孔疏】傳“假，嘉”。《釋詁》文。

【孔疏】箋“宣遍”至“君故”。

◇◇“宣，遍”，《釋言》文。

◇◇《釋詁》云：“皇，君也。”此大祖宜為一代始王，故知嘉哉君考斥文王也。《閔予小子》皇考與皇祖相對，故知皇考為文王。此則下有“烈考”為武王，故知皇考為文王。考者，成德之名，可以通其父祖故也。

◇《祭法》云：“父曰考，祖父曰王考，曾祖曰皇考。”

◇此與《閔予小子》非曾祖，亦云皇考者，以其散文取尊君之義，故父祖皆得稱之。

◇◇安我孝子，言其享有天下，故知謂受命定其基業。

◇◇述皇考一人之德，而言文武，故知謂文德武功，即《文王有聲》所云“文王受命，有此武功”。是文王有文有武也。并舉文武者，文以教化，武以除暴，暴止教興，故人皆有才智也。

<一章-11>燕（yàn）及皇天，克昌厥後。綏我眉壽，介以繁祉。

【毛傳】燕，安也。

【鄭箋】繁，多也。文王之德，安及皇天，謂降瑞應，無變異也。又能昌大其子孫，安助之以考壽與多福禄。

【程析】後，後代，子孫。昌，興盛。介，助，佑。祉，福。

【孔疏】箋“繁多”至“福禄”。

◇◇昭二十八年《左傳》曰：“惡直醜正，實繁有徒。”繁為眾之義，故為多也。

◇◇天之監下，作為徵祥。今言皇考之德，能安及皇天，故知謂降瑞應也。

◇◇以此福慶，流及後昆，故言又能昌大其子孫。子孫既蒙其福，今祭而得禮，故文王之神安我孝子以壽考，予之以福祿。

◇◇上言“綏予孝子”，是皇考綏之。今言“綏我眉壽”，亦是皇考綏之，以覆成上意也。

<一章-15>既右烈考，亦右文母。

【毛傳】烈考，武王也。文母，大（tài）姒也。

【鄭箋】烈，光也。子孫所以得考壽與多福者，乃以見右助於光明之考與文德之母，歸美焉。

【樂道主人】右，同“祐”。

【孔疏】傳“烈考”至“大姒”。

◇◇以大祖為文王，皇考當之矣。而別言烈考，故知為武王，即《洛誥》所云“烈考武王，宏朕恭”，一也。彼注以烈為威，此箋以烈為光者，義得兩通故也。

◇◇文母繼文言之，雖大姒自有文德，亦因文王而稱之也。此非頌所主，而言之者，明時得祐之多，故歸美焉。

【孔疏-章旨】“有來雝雝”。

○毛以為，①有是從彼本國而來，其顏色雝雝然而柔和，既至止於此，則容貌肅肅然而恭敬，助祭事者，維為國君之諸公。於是時，天子之容則穆穆然而美。言助祭者敬和，祭者又美，賓主各得其宜。又指言助祭之事，於我天子薦進大牡之牲，其時辟公助祭，陳其祭祀之饌，言得天下之歡心。由大祖德及使之然，可嘉美哉！君考文王，其德彼於後世，能安定我之孝子，故今為天下所歸，是可嘉也。皇考遍使之有才智者，維天下之人。謂皇考行化教之，令之有智。所以然者，由以文德武功維為之君故也。

②由皇考能遍使民智，故孝子得安皇考之德，又能安及皇天，使無三辰之災，而有徵祥之瑞。以此為天所祐，故能昌大其後之子孫，令長有天下。以今禘祭，則皇考又安祐我之孝子，得年有秀眉之壽，光大孝子以繁多之福也。

③我孝子非徒為皇考所福，既見祐助於光明之考，亦見祐助於文德之母。言武王大姒以皇考之故，亦祐助孝子也。

○鄭唯辟為卿士，公謂諸侯，又以介為助為異。餘同。

《雝》一章，十六句。

載　見　【周頌十八】

載見辟王，曰求厥章。龍旂（qí）陽陽，和鈴央央。鞗（tiáo）革有鶬（qiāng），休有烈光。率見昭考，以孝以享。以介眉壽，永言保之，思皇多祜（hù）。烈文辟公，綏以多福，俾（bǐ）緝（jī）熙于純嘏（gǔ）。

《載見》一章，十四句。

【毛序】《載見（jiàn）》，諸侯始見（xiàn）乎武王廟也。

【樂道主人】孔以為是四時之祭。

【孔疏】"《載見》"至"廟也"。

◇◇《載見》詩者，諸侯始見武王廟之樂歌也。謂周公居攝七年，而歸政成王。成王即政，諸侯來朝，於是率之以祭武王之廟。詩人述其事而為此歌焉。

◇◇經言諸侯來朝，車服有法，助祭得福，皆為見廟而言，故舉見廟以總之。案經"載見辟王"，謂見成王也。又言"率見（xiàn）昭考"，乃是見於武王之廟。

◇今序唯言始見於武王廟，不言始見成王者，以作者美其助祭，不美朝王，主意於見廟，故序特言之。

◇但諸侯之來，必先朝而後助祭，故經"始見君王"與"率見昭考"為首引耳。

◇◇武王之崩，至於成王即政，歷年多矣，立廟久矣，諸侯往前之朝，已應嘗經助祭。於此乃言始見於武王廟者，以成王初即王位，萬事改新，成王之於此時親為祭主，言諸侯於成王之世始見武王，非謂立廟以來諸侯始見也。

◇◇《烈文》："成王即政，諸侯助祭。"此詩言既朝成王，乃後助祭，則與《烈文》異時也。要言始見君王，不宜過後淹久，蓋以夏之正月來朝，即助春祀之祭也。

87

◇◇四時之祭，遍祭群廟，獨言見武王者，作者特言"昭考"，其意主於武王故也。

<一章-1>載見辟王，曰求厥章。龍旂（qí）陽陽，和鈴央央。鞗（tiáo）革有鶬（qiāng），休有烈光。

【毛傳】載，始也。龍旂陽陽，言有文章也。和在軾前。鈴在旂上。鞗革有鶬，言有法度也。

【鄭箋】諸侯始見君王，謂見成王也。曰求其章者，求車服禮儀之文章制度也。交龍為旂。鞗革，轡首也。鶬，金飾貌。休者，休然盛壯。

【程析】曰，聿，發語詞。陽陽，色彩鮮明貌。和鈴，即和鑾，掛在車軾上的鈴曰和，掛在車衡上的鈴稱鈴，即鑾。央央，鈴聲。烈光，光明。

【樂道主人】厥，其，指諸侯。

【樂道主人】《小雅·蓼蕭》毛傳：鞗，轡也。革，轡首也。休，美。

【孔疏】傳"載始"至"法度"。

◇◇《釋詁》云："載，始也。"哉、載義同，故亦為始。

◇◇龍旂者，旂上畫為交龍，故知陽陽言有文章。

◇◇和亦鈴也，言在軾前，相傳為然，無正文也。《釋天》云："有鈴曰旂。"李巡曰："以鈴著旒（liú）端。"郭璞曰："懸鈴於竿頭，畫交龍於旒。"是鈴在旂上。

◇◇鞗革有鶬，鶬為革之貌，言有法度，雖在有鶬之下，主為鞗革而言，其意亦兼言旂、鈴皆有法也。

【孔疏】箋"諸侯"至"盛壯"。

◇◇以辟公文見於下，故先言諸侯。

◇◇此詩成王時事，故知始見君王謂見成王也。

◇◇曰求其章者，將自說其事，故言"曰"以目之。作者所稱曰，非諸侯自言曰也。諸侯謹慎奉法，即是自求其章。旂、鈴是在車之物，故知車服禮儀文章制度也。

◇◇"交龍為旂"，《春官·司常》文。

◇◇《釋器》云："轡首謂之革。"故知"鞗革，轡首也"。轡用皮革，而云"有鶬"，故知鶬為金飾貌，即《韓奕》所云"鞗革金厄"是也。

◇◇休與烈光連文，故為盛壯。

<一章-7>**率見昭考，以孝以享。以介眉壽，永言保之，思皇多祜**（hù）。

【毛傳】昭考，武王也。享，獻也。

【鄭箋】言，我。皇，君也。諸侯既以朝禮見於成王，至祭時，伯又率之見於武王廟，使助祭也，以致孝子之事，以獻祭祀之禮，以助考壽之福（與毛不同）。長我安行此道，思使成王之多福。

【程析】永，長。

【樂道主人】武王是周第十五代，故廟為昭。皇，此指成王。

【孔疏】傳"昭考，武王。享，獻"。

◇◇見武王而言昭考，故知為武王。

◇◇"享，獻"，《釋詁》文。

【孔疏】箋"言我"至"多福"。

◇◇"言，我。皇，君"，皆《釋詁》文。

◇◇又上謂諸侯見成王，即云"率見昭考"，明是率此諸侯。

◇"以孝以享"，是祭祀之事也，故知於祭時，伯又率之見於武王廟，使助祭也。以《顧命》畢公、召公為二伯率諸侯，故知此亦伯率之也。

◇◇三言"以"者，皆以諸侯為此也。

◇以致孝子之事，孝子即成王也。之事，謂祭事。諸侯致之，謂助行之也。以獻祭祀之禮，亦是孝子之事，但所助非一，別言之耳。

◇以助壽考之福，謂助行其禮，使孝子得壽考之福。三者相通，為一事也。

◇◇長我安行此道，叙諸侯之意，此道即"以孝以享，以介眉壽"之道也。長安行之，庶當神明之意。

◇◇思使成王之多福，言諸侯之愛成王，即經之"思皇"也。

<一章-12>**烈文辟公，綏以多福，俾**（bǐ）**緝**（jī）**熙于純嘏**（gǔ）。

【鄭箋】俾，使。純，大也。祭有十倫之義，成王乃光文百辟與諸侯（與毛不同），安之以多福，使光明於大嘏之意。天子受福曰大嘏，辭有福祚（zuò）之言。

【樂道主人】烈，光。文，文理。祚，福。

【程析】烈，有武功。文，有文德。綏，《說文》車中靶（把）也。引申為安、賜。俾，使。緝熙，光明。

【樂道主人】此句鄭箋認為成王是光文的主角，正與上文相對，言王與辟公互相祝神也。而孔認為神是主角。鄭意大矣。

【孔疏】箋"俾使"至"之言"。

◇◇ "俾，使。純，大"，《釋詁》文。

◇◇十倫之義者，《祭統》文也。彼云："夫祭有十倫焉：①見事鬼神之道焉，②見君臣之義焉，③見父子之倫焉，④見貴賤之等焉，⑤見親疏之殺焉，⑥見爵賞之施焉，⑦見夫婦之別焉，⑧見政事之均焉，⑨見長幼之序焉。⑩見上下之際焉。此之謂十倫。"引之者，解其言俾意。以祭祀大而難明，有十種倫理之義，是為難曉，故言使光明之也。

◇◇此光文百辟，與諸侯助祭得禮，當於神明，昭考之神乃安之以多福，又使之光明於大嘏之意，謂神使之光明之也。所以得光明大嘏意者，天子受福，故曰大嘏。

◇嘏辭有福祚之言，以諸侯之意，思使成王得多福，令嘏辭以福予成王。

◇是稱滿諸侯之意，則諸侯曉解神心，故云使之光明之也。

◇俾緝熙是神，使辟公光明之，則綏以多福。

◇是神安辟公以多福，非謂安孝子也。

◇知天子受福曰大嘏者，《禮運》曰："天子祭天地，諸侯祭社稷，祝嘏莫敢易其常古，是謂大嘏。"案《特牲》《少牢》皆祝以福慶之言告主人謂之嘏，故知《禮運》大嘏是天子受福之事也。彼天子與諸侯連文，獨言天子者，以此天子之事，故言天子耳，不可謂諸侯不然。

◇《魯頌》曰"天錫公純嘏"，是諸侯亦為大嘏也。此經雖無毛傳，但毛於辟公皆不言百辟，嘏皆為大，不為嘏辭，則此辟公指謂諸侯，純嘏謂大大也。

【孔疏-章旨】"載見辟王"。

○毛以為，①諸侯始來朝而見君王，作者美而述之，曰：此等皆能自求其章，謂能內脩諸己，自求車服禮儀文章，使不失法度。以此之故，其所建交龍之旂陽陽然而有文章；其在軾之和，與旂上之鈴，央央然而有音聲；又以脩皮為鞗首之革，其末以金為飾，有鎗然而美。此旂、和鈴、革如是休然盛壯而有顯光，是能自求文章，故無所不美也。

②既能朝見以禮，至於祭時，伯又率之以見於明德之考，謂令入武王之廟，使之助祭，以致孝子之事，以獻祭祀之禮，以光大我王，使得秀眉

之壽。又叙諸侯之意，言此孝享介壽之道，長我諸侯能安而行之，思使我君成王得衆多之福也。

③是光明文章之君公能得禮如是，我昭考之神乃安此諸侯以多福，使之皆有光明之德以至於大。大謂令傳世無窮，長為國君也。

○鄭以介為助，辟公謂百辟與諸侯，俾緝熙于純嘏謂使之皆光明於大嘏之意，唯此為異。餘同。

《載見》一章，十四句。

有　客　【周頌十九】

有客有客，亦白其馬。有萋有且（jū），敦（diāo）琢其旅。有客宿宿，有客信信。言授之縶（zhí），以縶其馬。薄言追之，左右綏之。既有淫威，降福孔夷。

《有客》一章，十二句。

【毛序】《有客》，微子來見祖廟也。

【鄭箋】成王既黜殷命，殺武庚，命微子代殷後。既受命，來朝而見也。

【樂道主人】周時三恪，見65頁《振鷺》注。

【孔疏】"《有客》"至"祖廟也"。

◇◇《有客》詩者，微子來見於祖廟之樂歌也。謂周公攝政二年，殺武庚，命微子代為殷後，乃來朝而見於周之祖廟。詩人因其來見，述其美德而為此歌焉。

◇◇經之所陳，皆說微子之美，雖因見廟而歌，其意不美在廟，故經無廟事。為周太平之歌，而述微子之美者，言王者所封得人，即為王者之美，故歌之也。

◇◇言見於祖廟，必是助祭，序不言所祭之名，不指所在之廟，無得而知之也。

【孔疏】箋"成王"至"而見"。

◇◇自"命微子"以上，皆《書》序文。彼注云"黜殷命，謂殺武庚也。微，采地名。微子啓，紂同母庶兄也。武王投之於宋，因命之封為宋公，代殷後，承湯祀"是也。彼言作《微子之命》所由。

◇◇微子先封於宋，但未得為殷後耳。於此時命為宋公，故作此命辭。或召來命之，或遣使就命，史傳無文，未可知也。要是既受命來朝而見也。

◇◇知非此時召來受命見祖廟者，以經言"亦白其馬""敦琢其旅"，是自國而來之辭。若未受命，不得已乘白馬，明是受命而後乃來，與上《有瞽》《振鷺》或亦一時事也。

<一章-1>有客有客，亦白其馬。有萋有且（jū），敦（diāo）琢其旅。

【毛傳】殷尚白也。亦，亦周也。萋且，敬慎貌。

【鄭箋】有客有客，重言之者，異之也。亦，亦武庚也（與毛不同）。武庚為二王后，乘殷之馬，乃叛而誅，不肖之甚也。今微子代之，亦乘殷之馬，獨賢而見尊異，故言亦駁（bó）而美之。其來威儀萋萋且且，盡心力於其事。又選擇衆臣卿大夫之賢者，與之朝王。言"敦琢"者，以賢美之，故玉言之。

【程析】有，詞頭。萋，《玉篇》："草盛貌。"且，同"裾"，《說文》衣袍也。衣服的大襟。裾裾，盛服貌。引申為人之盛謂之萋且。

【樂道主人】駁，"駁"。《山海經》中曲山有獸，如馬而身黑，二尾一角，虎牙爪，音如鼓，名曰駁，食虎豹，可以御兵。

【孔疏】傳"殷尚"至"慎貌"。

◇◇解言"亦白其馬"意，以殷尚白故也。《檀弓》曰："殷人戎事，乘翰翰白色馬。"雖戎事，乘之亦以所尚，故白言"亦白其馬"，則是一代所尚，宜以代相亦，故云"亦，亦周也"。

◇◇萋萋且且承白馬之下，則是微子威儀，故云敬慎貌。

【孔疏】箋"有客"至"言之"。

◇◇客止一人，而重言有客有客，是丁寧殊異以尊大之。

◇◇以亦為亦武庚者，此自周人而言有客，為彼此之勢，則是據周為辭，不宜反以亦己，故為亦武庚也。

◇◇白馬，武庚所當乘，乃叛而誅之，不肖之甚。今微子亦乘殷之白馬，不應乘而得乘之，獨賢而見尊異，故丁寧美大之。

◇◇言亦者，駁武庚之惡，而反以美之。此箋申明易傳之意也。既言有客，見其乘馬，則萋且為來至之貌，故云"其來也威儀萋萋且且"威儀多之狀，故複言之。威儀出於心，而以力行之，故言"盡心力於其事"也。

◇◇旅是從者之衆。

◇◇敦琢，治玉之名。人而言敦琢，故為選擇。明尊其所往，故擇卿大夫之賢者，與之朝王。從亦有士，舉卿大夫而士同可知。

◇又解人而言敦琢之意，以其此人賢，故以玉言之，謂以治玉之事言擇人也。

◇《釋器》云："玉謂之雕。"又云："玉謂之琢。"是雕琢皆治玉之名。

◇敦、雕，古今字。

<一章-5>有客宿宿，有客信信。言授之縶（zhí），以縶其馬。

【毛傳】一宿曰宿，再宿曰信。欲縶其馬而留之。

【鄭箋】縶，絆（bàn）也。周之君臣皆愛微子，其所館宿，可以去矣，而言絆其馬，意各殷勤。

【程析】縶，本意馬繮繩，此處用作動詞。

【孔疏】傳"一宿"至"曰信"。◇◇《釋訓》云："有客宿宿，再宿也。有客信信，四宿也。"彼因文重而倍之。此傳分而各言之，其意同也。

【孔疏】箋"周之"至"殷勤"。

◇◇言其所館宿可以去矣，是宿宿、信信之後也。古之朝聘，留停日數不可得而詳。

◇◇《易·豐卦·初九》"遇其配主，雖旬無咎"，注云："初脩禮上朝，四四以匹敵，恩厚待之，雖留十日不為咎。"正以十日者，朝聘之禮，止於主國以為限。《聘禮》畢歸大禮曰"旬而稍"，旬之外為稍，久留非常。

◇◇如鄭此言，似諸侯之朝鄰國，其留以十日為限。案《春秋》相朝動經時月，雖復亂世之法，正禮亦應當然。

◇◇又《聘禮記》曰："致饔（yōng）。明日夕，夫人歸禮。既致饔則旬而稍。"於大禮之後，每旬而稍，稍供其芻秣，亦非一旬即歸。

◇且諸侯朝王，必待助祭，祭前齋，齋猶十日，明非一旬而反（返）。

◇◇但鄭以雖旬之言，故云十日為限，不必從來至去唯十日也。故此唯言可以去矣，亦不知於信信之後幾日乃可去也。

<一章-9>薄言追之，左右綏之。

【鄭箋】追，送也。於微子去，王始言餞送之，左右之。臣又欲從而安樂之，厚之無已。

【孔疏】箋"追送"至"無已"。

◇◇追謂已發上道，逐而送之，故以追為送客。以王為主，故知於微子去，王始言餞送。亦以王意不欲其去，故留之以久，於是始言餞送之。明先不言送，故稱始也。

◇◇左右之諸臣又從而安樂之，亦猶顯父（fǔ）餞之，與之歡燕，以安樂其心，是厚之無已。

<一章-11>**既有淫威，降福孔夷。**

【毛傳】淫，大。威，則。夷，易也。

【鄭箋】既有大則，謂用殷正朔行其禮樂如天子也。神與之福，又甚易也。言動作而有度。

【孔疏】傳"淫，大。威，則。夷，易"。◇◇"淫，大。夷，易"，《釋詁》文。"威，則"，《釋言》文。

【孔疏-章旨】"有客有客"。

○毛以為，①微子來至京師，為周人所愛，故述而歌之。言我周家，今有承先代之客。此客亦如我周，自乘所尚而白其馬，其來則有萋萋然，有且且然。言能敬慎威儀，盡心力於其事也。身既如此，又敦琢其從行之徒旅。言選擇從者，如敦琢玉然，是從者皆賢，故為周人所愛。

②有客已一宿，又一宿。有客經一信，複一信，至已多日，可以去矣。我周人授之縶絆，以絆其馬，愛而留之，不欲使去也。

③至於將去，王始言餞送之，左右之，臣又從而安樂之。謂與之餞燕，厚之無已。

④又歎美微子得為王者之後，用其正朔，行其禮樂，既有大法則矣。神明降與之福，則又甚易。言有德故易福。

○鄭唯亦白其馬、亦武庚為異。餘同。

《有客》一章，十二句。

武 【周頌二十】

於（wū）皇武王，無競維烈。允文文王，克開厥後。嗣武受之，勝殷遏（è）劉，耆（zhǐ/qí）定爾功。

《武》一章，七句。

【毛序】《武》，奏《大武》也。

【鄭箋】《大武》，周公作樂所為舞也。

【孔疏】"《武》，奏《大武》也。"

◇◇《武》詩者，奏《大武》之樂歌也。謂周公攝政六年之時，象武王伐紂之事，作《大武》之樂既成，而於廟奏之。詩人睹其奏而思武功，故述其事而作此歌焉。經之所陳，皆武王生時之功也。

◇◇直言其奏，不言其所奏之廟。作者雖因奏作歌，其意不在於廟，故不言廟。此與《有瞽》及《酌》或是一時之事，但作者之意，各有主耳。

【孔疏】箋"大武"至"為舞"。

◇◇以王者功成作樂，必待太平。《明堂位》云："周公攝政六年，制禮作樂。"故知《大武》是周公作樂所為舞也。

◇◇謂之《武》者，《禮器》云："樂也者，樂其所自成。"注云："作樂者，緣民所樂於己之功。"

◇◇然則以武王用武除暴，為天下所樂，故謂其樂為《武》樂。《武》樂為一代大事，故歷代皆稱大也。

<一章-1>於（wū）皇武王，無競維烈。允文文王，克開厥後。

【毛傳】烈，業也。

【鄭箋】皇，君也。於乎君哉，武王也，無強乎其克商之功業，言其強也。信有德哉，文王也，能開其子孫之基緒。

【程析】競，強。維，是。烈，功績。允，信。克，能。

【孔疏】傳"烈，業"。《釋詁》文。

96

【孔疏】箋"皇君"至"基緒"。

◇◇"皇,君",《釋詁》文。《臣工》"於皇",箋以為美,此為君者,以其述伐紂之事,是為君之道故也。

◇◇文王能開其子孫之基緒,謂受命作周,七年五伐皆是也。

<一章-5>嗣武受之,勝殷遏(è)劉,耆(zhǐ/qí)定爾功。

【毛傳】武,迹。劉,殺。耆(zhǐ),致也。

【鄭箋】遏,止。耆(qí),老也(與毛不同)。嗣子武王(與毛不同),受文王之業,舉兵伐殷而勝之,以止天下之暴虐而殺人者,年老乃定女(rǔ)之此功。言不汲汲於誅紂,須暇五年。

【孔疏】傳"武迹"至"耆致"。

◇◇"武,迹",《釋訓》文。"劉,殺",《釋詁》文。

◇◇宣十二年《左傳》引此云"耆定爾功","耆昧也"。其意言致紂於昧,故以耆為致。王肅云:"致定其大功,謂誅紂定天下。"

【孔疏】箋"遏止"至"五年"。

◇◇"遏,止",《釋詁》文。《曲禮》"六十曰耆",耆為老也。

◇◇既言文王開後,即云嗣武受之,其文相承,故以為嗣子武王受文王之業也。

◇◇其勝殷,已是殺紂,而別言"遏劉"者,則所遏非紂也,故以止天下之暴虐而殺人者。

◇言天下,為眾多之辭,謂紂時諸官亦化紂暴虐而殺害善人,紂身既已被誅,此等亦皆貶黜,故得止殺人者。

◇《論語》云,"如有王者,必世而後仁",謂積世始得去殺。此武王才始伐紂,即得止殺人者,《論語》所云:"謂令天下盡仁,不復刑殺。"此謂遏止其時枉殺人者,非止天下之用刑也。

◇◇年老乃安定汝之功者,言武王之意,不汲汲於早誅紂也。紂惡久矣,武王嗣位,即應誅之,猶尚冀紂變改,須待寬暇,積年始誅之。文王受命七年而崩,武王以八年即位,至十三年乃誅紂,是須暇五年也。

◇《多方》云:"維爾商後王,逸厥逸,天惟降時喪。惟聖罔念作狂,惟狂克念作聖。天惟五年,須暇之子孫。"注云:天待暇其終,至五年,欲使傳子孫。五年者,文武王受命八年,至十三年,是須暇五年之事也。如《尚書》之言,是天須暇紂。

◇此箋意以為武王須暇紂者，武王知天未喪，故亦順天不伐。據人事而言，亦是武王須暇之也。天生此紂，故以滅殷。下愚不移，非可待變。而云"克念作聖，須暇子孫"者，設教勸誘之言耳。

◇◇**易傳者**，以其美武王能老乃定功，不汲汲於誅紂，以為不得已而取天下，是美之深，故易之。

【孔疏-章旨】"於皇武王"。

○毛以為，①於乎可美而君哉者，武王也。此武王可謂無強乎，維其克商之功業。言克商之功業，實最為強也。所以能致此業，而得為強者，由於信有文德者之文王，以聖德受命，能開其後世子孫之基緒，

②故武王繼嗣其迹而受之，謂復受天命以伐紂，勝此殷家，止於殺人之害，以致安定。汝武王之大功，其盛業如此，故象而制樂，是以美而歌之。

○鄭下三句為異。言嗣子武王受其業而行之，舉兵伐紂，勝殷而止其殺人，至年老乃定汝之大功。言不汲汲誅紂，是其功業之盛，故作樂象之。

《武》一章，七句。

《臣工之什》十篇，十章，一百六句。

閔予小子　【周頌二十一】

閔予小子，遭家不造，嬛（qióng）嬛在疚（jiù）。於（wū）乎皇考，永世克孝！念茲皇祖，陟（zhì）降庭止。維予小子，夙夜敬止。於乎皇王，繼序思不忘！

《閔予小子》一章，十一句。

◎ 閔予小子之什。

【毛序】《閔予小子》，嗣王朝於廟也。

【鄭箋】嗣王者，謂成王也。除武王之喪，將始即政，朝於廟也。

【樂道主人】毛認為此講周公歸政，成王嗣位，則去武王崩之日七年矣；而鄭則認為此篇為武王崩之第三年，成王十三歲，而周公未攝政之時。以天下方定，武王即崩，成王尚難於統領朝內四方，心之憂矣。鄭說為長。鄭認為此篇與《訪落》《敬之》皆為周公攝政前之事，皆以周公為臨危受命，仍成王之真心也。此三篇皆為成王為尋能主持當時之大局者而憂心勞力，為周公的攝取奠定了法理基礎。應為在祖廟。

【孔疏】“《閔予小子》”至“廟也”。

◇◇《閔予小子》詩者，嗣王朝於廟之樂歌也。謂成王嗣父為王，朝於宗廟，自言當嗣之意。詩人述其事而作此詩歌焉。

◇◇此朝廟早晚，毛無其說。毛無避居之事，此朝廟事武王崩之明年，周公即已攝政，成王未得朝廟，且又無政可謀，此欲夙夜敬慎，繼續先緒，必非居攝之年也。

◇王肅以此篇為周公致政，成王嗣位，始朝於廟之樂歌。毛意或當然也。

◇此及《小毖》四篇，俱言嗣王，文勢相類，則毛意俱為攝政之後，成王嗣位之初，有此事，詩人當即歌之也。

◇◇鄭以為，成王除武王之喪，將始即政，則是成王十三，周公未居攝。於是之時，成王朝廟，自言敬慎，思繼先緒。

◇《訪落》與群臣共謀敬之，則群臣進戒，文相應和，事在一時，則俱是未攝之前。後至太平之時，詩人追述其事，為此歌也。

◇《小毖》言懲創往時，則是歸政之後，元年之事。以其居攝之日，抗禮世子。今始即政，周之新王，故亦與此為類，稱嗣王也。

◇◇經云"於乎皇考"，下篇群臣進謀，云"率時昭考"，皆以武王為言。計歲首合諸群廟皆朝，此特謀政，故在武王廟也。

◇◇此篇王所自言，亦是謀政之事。但謀者與人之辭，故下篇言謀。此則獨述王言，故稱為朝。且此三篇，一時之事，以一人之作，皆因朝廟而有此事，故首篇言朝以冠之。

【孔疏】箋"嗣王"至"朝於廟"。

◇◇以頌皆成王時事，故知嗣王謂成王。

◇◇《曲禮》云："內事曰孝王某，外事曰嗣王某。"彼謂祝之所言以告神，因其內外而異稱。此非告神之辭，直以嗣續先王稱嗣王耳。

◇◇古者，天子崩，百官聽於冢宰，世子以三年之內不言政事。此嗣王朝廟，自謀為政，則是即政之事，故知除武王喪，將始即政，朝於廟也。

◇《曲禮》稱"天子在喪曰予小子"，若已除喪，當為吉稱。而經言小子在疚，為喪中辭者，以其服雖除，去喪日近，又序其在喪之事，故仍同喪稱。

◇言將始即政者，始欲即政，先朝於廟。既朝而即聽政，故言將也。

◇◇《烈文》箋云："新王即政，必以朝享之禮祭祖考，告嗣位。"然則除喪朝廟，亦用朝享之禮祭於廟矣。

◇序不言祭者，以作者主述王言，其意不在於祭，故略而言朝，則祭可知。

【樂道主人】冢宰，官名。即太宰。西周置，位次三公，為六卿之首。太宰原為掌管王家財務及宮內事務的官。周武王死時，成王年少，周公曾以冢宰之職攝政。鄭玄注："變冢言大，進退異名也。百官總焉，則謂之冢，列職於王，則稱大。冢，大之上也。山頂曰冢。"

<一章-1>閔予小子，遭家不造，嬛（qióng）嬛在疚（jiù）。

【毛傳】閔，病。造，為。疚，病也。

【鄭箋】閔，悼傷之言也（與毛不同）。造，猶成也。可悼傷乎，我小子耳。遭武王崩，家道未成，嬛嬛然孤特在憂病之中（與毛不同）。

【程析】不造，不幸。嬛嬛，同煢煢，孤獨哀傷，無所依靠貌。在疚，在憂患痛苦中。

【孔疏】傳"閔病"至"疚病"。

◇◇"閔，病。疚，病"，皆《釋詁》文。"造，為"，《釋言》文。

◇◇言毛意若在歸政之後，則武王崩已多載。今言小子在疚，遭家不為，追述武王初崩之時也。言遭家不為，謂家事無人為之，賴周公為之。

◇◇已得太平，將欲躬行，故上念父祖，追述此事，為下言發端。故王肅云："病乎我小子，乃遭家之不為。言先王崩，則家事莫為，徒嬛嬛在憂而病，故周公代為家事，以致太平。"傳意或然。

【孔疏】箋"閔悼"至"之中"。

◇◇閔者，哀閔之辭，故為悼傷之言。

◇◇有所造為，終必成就，故造猶成也。人之所行，死則事廢，後主當更造立，故云"家道未成"。

◇◇父在則有所依恃，無之則己身孤特，故云"嬛嬛孤特在憂病之中"。

◇◇易傳者，以閔疚并訓為病，於文太重。孫毓云："傳以閔為病，以造訓為，雖義不異，於辭不便。箋說為長。"

<一章-4>於（wū）乎皇考，永世克孝！念茲皇祖，陟（zhì）降庭止。

【毛傳】庭，直也。

【鄭箋】茲，此也。陟降，上下也。於乎我君考武王，長世能孝，謂能以孝行為子孫法度，使長（cháng）見（xiàn）行也。念此君祖文王，上以直道事天，下以直道治民，言無私枉。

【程析】止，語氣詞。

【樂道主人】皇考，指武王。皇祖，指文王。

【樂道主人】《周頌·雝》孔疏：《祭法》云："父曰考，祖父曰王考，曾祖曰皇考。"此與《閔予小子》非曾祖，亦云皇考者，以其散文取尊君之義，故父祖皆得稱之。

【孔疏】傳"庭，直"。《釋詁》文。

【孔疏】箋"茲此"至"私枉"。

◇◇"茲，此"，《釋詁》文。

◇◇又云："陟，升也。"《釋言》云："降，下也。"故以陟降為上下也。

◇◇武王身為孝子耳，而云長世，是其孝之法可後世長行，故知謂以孝行為子孫法度，使長見行之也。

◇◇文王身為王矣，無人得在其上，故為上以直道事天。為君所以牧民，故為下以直道治民。即與《文王》所云"文王陟降"一也。以"庭止"與"陟降"共文，則二者皆用直道，故分而屬之。

◇直者即不私枉之謂，故云"言無私枉"。《論語》云："舉直措諸枉。"是枉者不直也。《禮記》曰："奉三無私。"是直者無私。

<一章-8>維予小子，夙夜敬止。於乎皇王，繼序思不忘！

【毛傳】序，緒也。

【鄭箋】夙，早。敬，慎也。我小子早夜慎行祖考之道，言不敢懈倦也。於乎君王，歎文王、武王也。我繼其緒，思其所行不忘也。

【樂道主人】皇王，指文王、武王。

【孔疏】傳"序，緒"。《釋詁》文。

◇◇以王世相繼，如絲之端緒，故轉為緒。

【孔疏】箋"敬慎"至"不忘"。

◇◇敬者必慎，故言"敬，慎也"。以上有皇考、皇祖，故云"慎行祖考之道"。

◇◇上文之意，言皇考自念皇祖，非成王念之。此言"繼緒思不忘"，宜為繼武王之緒，思不忘武王耳。而以為兼念文王者，以成王美武王能念文王，明成王亦當念之。此文處末，可以總前祖考，故知兼念文王也。

【孔疏-章旨】"閔予小子"。

〇毛以為，成王將涖政而朝於廟，乃追悼於已過，欲自強於未然，故感傷而言曰：

①困病乎我小子也，往日遭此家道之不為。言先王既崩，家事無人為之，使己孤特，嬛嬛然在於憂病之中。賴周公代為家事，得致太平。今將自為政，故追述其父。

②於乎可歎美者，我之君考，謂武王也。此武王之道，長可後世法之，能為孝行。常能念此君祖文王，上事天，下治民，以正直之道而行止。子行父業，是能孝也。皇考以念皇祖，而能同其德行。

③維我之小子，當早起夜臥，敬慎而行此祖考之道止，言將不敢懈倦

也。於乎可歎美者，我文武之君，以有此道德，故我當繼其緒業，思其所行，不敢遺忘也。由不敢忘，故夙夜行之。

　　○鄭以為，周公未攝之前，成王因朝廟而感傷，言曰：可悼傷乎，我小子耳，今遭此家道之不成。唯此為異。餘同。

　　《閔予小子》一章，十一句。

訪 落 【周頌二十二】

訪予落止，率時昭考。於乎悠哉，朕未有艾（ài）。將予就之，繼猶判渙。維予小子，未堪家多難（nàn/nán）。紹庭上下，陟降厥家。休矣皇考，以保明其身。

《訪落》一章，十二句。

【毛序】《訪落》，嗣王謀於廟也。

【鄭箋】謀者，謀政事也。

【樂道主人】按鄭箋，此篇接上篇，皆為武王初崩，成王初嗣位，周公未居政之時。以鄭之意，此篇明講成王年幼，不堪大任，有尋賢之心，為周公攝政尊定合法基礎。

【孔疏】“《訪落》”至“廟也”。◇◇《訪落》詩者，嗣王謀於廟之樂歌也。謂成王既朝廟，而與群臣謀事。詩人述之而為此歌焉。

<一章-1>訪予落止，率時昭考。於乎悠哉，朕未有艾（ài）。將予就之，繼猶判渙。

【毛傳】訪，謀。落，始。時，是。率，循。悠，遠。猶，道。判，分。渙，散也。

【鄭箋】昭，明。艾，數。猶，圖也（與毛不同）。

◇成王始即政，自以承聖父之業，懼不能遵其道德，故於廟中與群臣謀我始即政之事。群臣曰：當循是明德之考所施行。

◇故答之以謙曰：於乎遠哉，我於是未有數。言遠不可及也。女（rǔ）扶將我，就其典法而行之，繼續其業，圖我所失，分散者收斂之（與毛不同）。

【樂道主人】昭考，武王廟為昭廟，故此指武王。

【孔疏】傳“訪謀”至“渙散”。

◇◇“訪，謀。落，始。率，循。時，是。悠，遠。猶，道。”，皆《釋詁》文。

◇◇《春秋》莊三年，"紀季以酅（xí，中國春秋時紀地，在今山東省青州市西北）入於齊"。《左傳》曰："紀於是乎始判。"是判為分之義也。

◇◇渙然是散之意，故為散也。王肅云："將予就繼先人之道業，乃分散而去，言己才不能繼。"傳意或然。

【孔疏】○箋"昭明"至"收斂之"。

◇◇《釋詁》云："昭，光也。"光即明義，故為明也。《釋詁》云："艾，歷也。歷，數也。"轉以相訓，故艾為數。"猶，圖"，《釋言》文。

◇◇此篇所述，皆是王言。獨知"率時昭考"一句為群臣言者，以王方謀於臣，不得自言率考。且"於乎悠哉，朕未有艾"，是報答"率時昭考"之言。序云"謀於廟"，明此句是臣為君謀也。

◇◇率時昭考，猶曰儀刑文王，欲令法效之也。就其典法而行之，謂就昭考之法也。

◇◇圖我所失，分散者，謂己不能行，分張散失者，欲令群臣圖謀而收斂聚之，以助己也。

◇◇易傳者，以謀於群臣，當是求臣之助，不宜過自謙退，言己不堪繼續，故易之。

<一章-7>維予小子，未堪家多難（nàn/nán）。

【鄭箋】多，眾也。我小子耳，未任統理國家眾難成之事，心有任賢待年長大之志（與毛不同）。難成之事，謂諸政有業未平者。

【樂道主人】堪，《說文》：勝也。又任也，可也。

【孔疏】箋"多眾"至"未平者"。

◇◇"多，眾"，《釋詁》文。

◇◇此"未堪家多難"，文與《小毖》正同。但鄭以此篇在居攝之前，《小毖》在致政之後。下箋云："謂使周公居攝時。"與此異者，各準時事而為說，故不同也。

◇◇又重解難成之事，謂諸政教已有，基業未得平。平亦成也。謂若制禮作樂、營洛之等，於時未成也。

◇◇此經雖無傳，但毛以此篇為致政之後，不得言年幼而未堪也。當自謂才智淺短而未堪耳。言未者，言己得臣之助則堪之，故以無助為未堪也。

<一章-9>紹庭上下，陟降厥家。休矣皇考，以保明其身。

【鄭箋】紹，繼也。厥家，謂群臣也。繼文王陟降庭止之道，上下群臣之職以次序者，美矣，我君考武王，能以此道尊安其身。謂定天下，居天子之位。

【樂道主人】《周頌·閔予小子》毛傳：庭，直也。鄭箋：陟降，上下也。君祖文王，上以直道事天，下以直道治民，言無私枉。

【程析】休，美。

【樂道主人】《周頌·雝》孔疏：《祭法》云："父曰考，祖父曰王考，曾祖曰皇考。"此與《閔予小子》皆非曾祖，亦云皇考者，以其散文取尊君之義，故父祖皆得稱之。

【孔疏】箋"紹繼"至"之位"。

◇◇"紹，繼"，《釋詁》文。

◇◇以大夫稱家，其家謂其群臣之家，故知謂群臣也。

◇◇上言"昭考"，此言皇考，皆斥武王也。武王所繼者，文王耳，故知繼文王陟降庭止之道。上篇"陟降庭止"與此文相協，故全引而說之。上云"念茲皇祖"，此言"紹庭上下"，文義正同，彌似一人之作。

◇◇上下群臣之職以次序者，謂以德詔爵，以功詔祿，隨才任之，不失次序也。

◇◇言尊安其身，則以"保"為"安"，"明"為"尊"。《禮運》云："君者所明。"注云："明猶尊也。"

◇以此道尊安其身，謂用此文王之道，以定天下，居天子之位，是安而且尊也。

◇◇言此者，以武王美道如是，己欲謀而行之，故以此事告群臣令，為己謀之也。

【孔疏-章旨】"訪予落止"。

○毛以為，成王始即王政，恐不能繼聖父之業，故於廟中與群臣謀事。

①汝等當謀我始即政之事止。群臣對王曰：當循是明德之考。令效武王所施而為之。王又謙而答曰：於乎可嗟歎也，此昭考之道悠然至遠哉！我去之懸絕，未有等數。言其遠不可及，不能循之。汝若將我就之，使我繼此先人之業，則先人之道乃分散而去矣。言己之才不足以繼之也。

②維我小子，才智淺短，未任統理國家眾難成之事，所以不能循是昭

考也。

③又述昭考之德，言武王能繼其父文王，以直道施於上下，又能上下其家之職事。謂治理群臣，使有次序也。美矣，我之君考武王，能以此文王之道，自安尊其身，是昭考德同文王，己不能及，欲令群臣助謀之也。

○鄭唯"繼猶判渙"，謂繼續其業，圖我所失，分散者而收斂之。未堪家多難，謂年幼未堪。以此為異。餘同（"未堪家多難"不同）。

《訪落》一章，十二句。

敬 之 【周頌二十三】

敬之敬之，天維顯思，命不易哉！無曰高高在上，陟降厥士，日監在茲。維予小子，不聰敬止。日就月將，學有緝熙于光明。佛（fú/bì）時仔（zī）肩，示我顯德行（xìng）。

《敬之》一章，十二句。

【毛序】《敬之》，群臣進戒嗣王也。

【樂道主人】綜合此篇及以上兩篇，根據鄭子的思想，講周公攝政乃天意人願。

【孔疏】"《敬之》"至"嗣王也"。◇◇謂成王朝廟，與群臣謀事，群臣因在廟而進戒嗣王。

<一章-1>敬之敬之，天維顯思，命不易哉！無曰高高在上，陟降厥士，日監在茲。

【毛傳】顯，見。士，事也。

【鄭箋】顯，光。監，視也。群臣見王謀即政之事，故因時戒之曰：敬之哉，敬之哉，天乃光明，去惡與善，其命吉凶，不變易也。無謂天高又高在上，遠人，而不畏也。天上下其事，謂轉運日月，施其所行，日日瞻視，近在此也。

【程析】思，語氣詞。

【孔疏】傳"顯，見。士，事"。◇◇士，察也。獄官謂之士者，言其能察理衆事，是士為事之義也。

【孔疏】箋"顯光"至"在此"。

◇◇以此承上篇，事相首尾，故言群臣見王謀即政之事，故因時戒之。

◇◇天乃光明，去惡與善，謂天道去惡人，與善人，其事光明，不暗昧也。其吉凶不可變易，謂善則予之吉，惡則加之凶，此事一定，終不變易，言天之可畏也。

◇◇天高又高在上，言遠人之意。勿以天為極高，謂其不見人之善惡，而不畏之。言天上下其事，謂以日月行於晝夜，自上至下照知其事，故云轉運日月，施其所行，日日瞻視，其神近在於此，故須敬也。

◇天神察物，不必以日月而知，以人事所見，舉驗者言之。

<一章-7>維予小子，不聰敬止。日就月將，學有緝熙于光明。佛（fú/bì）時仔（zī）肩，示我顯德行（xíng）。

【毛傳】小子，嗣王也。將，行也。光，廣也。佛（fú），大也。仔肩，克也。

【鄭箋】緝熙，光明也。佛（bì），輔也（與毛不同）。時，是也。仔肩，任也（與毛不同）。

◇群臣戒成王以"敬之敬之"，故承之以謙云：我小子耳，不聰達於敬之之意。日就月行，言當習之以積漸也。

◇且欲學於有光明之光明者，謂賢中之賢也。

◇輔佛是任，示道我以顯明之德行。

◇是時自知未能成文、武之功，周公始有居攝之志。

【孔疏】傳"小子"至"肩克"。

◇◇《釋言》云："將，送也。"孫炎曰："將行之送。"是將亦行之義，故為行也。

◇◇以光之照耀，所及廣遠，故以光為廣。佛之為大，其義未聞。

【孔疏】箋"緝熙"至"之志"。

◇◇鄭讀佛為輔弼之弼。

◇◇《釋詁》云："肩，勝也。"即堪任之義，故為任也。

◇◇敬止者，止謂恭敬其事而已。言不聰達者，敬雖由己，隨事而生，事有不知，無所施敬。言不聰達，其意也。

◇◇日就，謂學之使每日有成就。月將，謂至於一月，則有可行，言當習之以積漸也。

◇◇王身當理政事，而言學有光明，是王意以己不達於政，未能即任其事，且欲學作有光明於彼光明之人，謂選擇賢中之賢，乃從之學。以賢者必有光明之德，故以光明表賢也。

◇◇身方學之，未堪為政，故輔佛是任，示導我以顯明之德行，欲使輔弼之人示語己也。

◇◇王既謙虛如是，是自知未能成文、武之功，周公於是之時，始有居攝之志。知者，以周公若已居攝，則王不得朝廟謀政，明於此時未攝政也。

◇◇周公之攝，必當有因。

◇王自知不堪，思任輔弼，周公之志，宜因此興，故於是乃有攝意也。若然，成王本欲任賢，周公因之以攝。

◇所以管、蔡流言，復為疑惑者，成王本欲身自為主，委任賢臣，及周公居攝，乃代之為主。

◇人臣而代天子，曠世之所罕聞。成王既幼，復為管、蔡所惑，故致疑也。周公不為臣輔之，必攝其政者，若使為臣奉上，每事稟承，雖可以盡心，而不得行意，欲制禮作樂，非攝不可，故不得已而居之也。

◇◇《中庸》曰："非天子不議禮，不制度，不考文。"又曰："雖有其德，苟無其位，不敢作禮樂焉。"周公之攝王政，其意在於此也。

【孔疏-章旨】"敬之敬之"。

○毛以為，成王既謀於廟，群臣進而戒之曰：

①王當敬其事而行之。敬其事而行之，天之臨下，乃光明顯見，去惡與善，其命吉凶，不變易哉。

②王無得稱曰：此天乃高而又高在上，以為不見人之善惡而不畏。天乃升降以行其事，謂轉運日月，照臨四方，日日視人，其神近在於此，不為遠也。

③王既承其戒，答之以謙曰：維我小子，不聰達於此敬之之意。言己心不能達，將欲以漸學之，今日有所成就，月有所可行。

④且欲學作有光明之事，於彼光明之人，謂賢中之賢，乃從之學。又大是相克勝之道。

⑤汝等群臣，當示導我以顯明之德行。

◇◇是王求戒之言也。

○鄭唯"佛時仔肩"一句別，義具在箋。

《敬之》一章，十二句。

小 毖　【周頌二十四】

予其懲而毖後患。莫予荓（píng）蜂，自求辛螫（shì）。肇允
彼桃蟲，拚（fān）飛維鳥。未堪家多難，予又集于蓼（liǎo）。

《小毖》一章，八句。

【毛序】《小毖》，嗣王求助也。

【鄭箋】毖，慎也。天下之事，當慎其小。小時而不慎，後為禍大，
故成王求忠臣早輔助己為政，以救患難。

【樂道主人】毛鄭不同，以鄭為長。《豳風·狼跋》鄭箋：致大
（太）平，復成王之位，又為之大（太）師，終始無愆，聖德著焉。此篇
與彼相呼應。

【孔疏】传"《小毖》"至"求助也"。

◇◇《小毖》詩者，嗣王求助之樂歌也。謂周公歸政之後，成王初始
嗣位，因祭在廟，而求群臣助己。詩人述其事而作此歌焉。

◇◇經言創艾往過，戒慎將來，是求助之事也。

◇◇毛以上三篇亦為歸政後事，於《訪落》言謀於廟，則進戒求助，
亦在廟中，與上一時之事。

◇◇鄭以上三篇居攝之前，此在歸政之後，然而頌之大例，皆由神明
而興，此蓋亦因祭在廟而求助也。

【孔疏】箋"毖慎"至"患難"。

◇◇"毖，慎"，《釋詁》文。

◇◇箋以經文無"小"字，而名曰《小毖》，故解其意。此意出於
"允彼桃蟲，翻飛維鳥"而來也。

◇◇言早輔助者，初嗣王位，而即求之，是其早也。

<一章-1>予其懲而毖後患。莫予荓（píng）蜂，自求辛螫（shì）。

【毛傳】毖，慎也。荓蜂，摩曳也。

【鄭箋】懲，艾也。

111

◇始者，管叔及其群弟流言於國，成王信之，而疑周公。至後三監叛而作亂，周公以王命舉兵誅之，歷年乃已。

◇故今周公歸政，成王受之，而求賢臣以自輔助也。曰：我其創艾於往時矣，畏慎後復有禍難。群臣小人無敢我牽曳，謂為譎（jué）詐誆欺，不可信也。女（rǔ）如是，徒自求辛苦毒螫之害耳，謂將有刑誅。

【程析】懲，警戒。荓蜂，牽引（輔助）。

【樂道主人】螫，《說文》蟲行毒也。艾，所以療疾。

【孔疏】傳“荓蜂，牽曳”。《釋訓》文。孫炎曰：“謂相掣曳入於惡也。”彼作“甹（pīng）夆”，古今字耳。

◇◇王肅云：“以言才薄，莫之藩援，則自得辛毒。”孫毓云：“群臣無肯牽引扶助我，我則自得辛螫之毒。”此二家以荓蜂為掣曳為善，自求為王身自求。案傳本無此意，故同之鄭說。

【孔疏】箋“懲艾”至“刑誅”。

◇◇懲與創艾，皆嘗有事思自改悔之言。此云“予其懲而”，明是有事可創，故鄭迹其創艾之所由。

◇◇管叔及其群弟流言於國，成王信之而疑周公，《金縢》有其事也。三監叛而作亂，周公以王命誅之，《書序》有其事也。

◇成王年十，周公自東都反而居攝，稱元年。其年即舉兵東伐，至二年滅殷，三年踐奄，叛逆之事始得平定，是歷年乃已也。

◇◇既創往時，畏慎後禍，恐其將複如是，故戒群臣小子無敢掣曳我也。

◇掣曳者，從傍牽挽之言，是挽離正道，使就邪僻，故知謂譎詐誆欺不可信，若管、蔡流言之類也。

◇◇毒螫，如彼毒蟲之螫，故言謂將有刑誅。

<一章-4>肇允彼桃蟲，拚（fān）飛維鳥。

【毛傳】桃蟲，鷦（jiāo）也，鳥之始小終大者。

【鄭箋】肇，始。允，信也。始者信以彼管、蔡之屬，雖有流言之罪，如鷦鳥之小，不登誅之，後反叛而作亂，猶鷦之翻飛為大鳥也（與毛不同）。鷦之所為鳥，題肩也，或曰鴞，皆惡聲之鳥。

【樂道主人】鷦鷯，鳥。體長約三寸，羽毛赤褐色，略有黑褐色斑點；尾羽短，略向上翹。以昆蟲為主要食物。登，此處為立刻。《說文》：上車也。引伸之凡上陞曰登。

【孔疏】傳"桃蟲鷦"至"終大"。

◇◇《釋鳥》云："桃蟲，鷦。其雌鴱（ài）。"舍人曰："桃蟲名鷦，其雌名鴱。"郭璞曰："鷦鷯亡消反，桃雀也，俗名為巧婦。鷦鷯小鳥，而生雕鶚者也。"陸機《疏》云："今鷦鷯是也。微小於黃雀，其雛化而為雕，故俗語鷦鷯生雕。"

◇◇言始小終大者，始為桃蟲，長大而為鷦鳥，以喻小惡不誅，成為大惡。傳言始小終大，其文得與箋同。

◇但毛以周公為武王崩之明年即攝政，為元年時，即管、蔡流言，成王信之，周公舉兵誅之，成王猶尚未悟。既誅之後，得風雷之變，啓金縢之書，始信周公。

◇箋言王意以管、蔡流言為小罪，恨不登時誅之。**毛不得有此意耳，**是其必異於鄭。當謂將來之惡，宜慎其小耳。故王肅云"言患難宜慎其小"，是謂將來患難，非悔不誅管、蔡也。

【孔疏】箋"肇始"至"之鳥"。

◇◇"肇，始。允，信"，《釋詁》文。

◇◇管、蔡初為流言，成王信之。既信其言，自然不得誅之。今悔於不登時誅之者，此謂啓金縢後，既信周公之心，已知管、蔡之妄，宜即執而戮之，乃迎周公。當時以管、蔡罪小，不即誅殺，至使叛而作亂，為此大禍，故所以為創也。

◇◇箋又言鷦之所為鳥題肩，或曰鴟，皆惡聲之鳥，定本、《集注》皆云"或曰鴟（chī），皆惡鳥也"。案《月令》季冬云："征鳥厲。"注云："征鳥，題肩，齊人謂之擊征，或曰鷹。"

◇然則題肩是鷹之別名，與鴟不類。鴟自惡聲之鳥，鷹非惡聲，不得云皆惡聲之鳥也。《說文》云："鷦鷯，桃蟲也。"

◇郭璞云："桃蟲，巧婦也。"《方言》說巧婦之名，"自關而東謂之桑飛，或謂之工雀，或謂之過羸，或謂之女匠。自關而西，謂之桑飛，或謂之襪雀"。郭璞注云："即鷦鷯是也。"諸儒皆以鷦為巧婦，與題肩又不類也。

◇今箋以鷦與題肩及鴟三者為一，其義未詳。且言鷦之為鳥題肩，事亦不知所出，遺諸後賢。

<一章-7>未堪家多難（nàn），予又集于蓼（liǎo）。

【毛傳】堪，任。予，我也。我又集于蓼，言辛苦也。

【鄭箋】集，會也。未任統理我國家眾難成之事，謂使周公居攝時也。我又會於辛苦，遇三監及淮夷之難也（與毛不同）。

【樂道主人】淮夷之難，據《尚書·周官》序，周公歸政成王后，淮夷反叛，成王平之。

【孔疏】傳“堪任”至“辛苦”。

◇◇《釋詁》云“堪，勝”，亦任之義也。“予，我”，《釋詁》文。

◇◇毛不得有追悔管、蔡之事。上經謂慎將來，則此亦謂將來之事，不得與鄭同也。當言己才智淺短，未任國家多難之事。既已多難，又會辛苦，故王肅云：“非徒多難而已，又多辛苦。”是說將來之事，對多難為文。

◇◇蓼（liǎo），辛苦之菜，故云又集於蓼，言辛苦也。

【孔疏】箋“集會”至“之難”。

◇◇“集，會”，《釋言》文。會謂逢遇之也。

◇◇世道未平，戰鬥不息，於王者為辛苦之事，故言又會於辛苦也。

◇◇上以翻飛為喻，謂長惡使成。此云“又集于蓼”，謂逢其叛逆，故上箋言管、蔡，此箋言三監，猶是一事，但指憶有先後耳。言三監及淮夷之難者，淮夷之叛，亦三監使然，故連言之也。

【孔疏-章旨】“予其懲而”。

○毛以為，①成王即政，求助於群臣，告之云：我其懲創於往時而。謂管、蔡誤己，以為創艾，故慎彼在後，恐更有患難。汝等群臣，莫復於我掣曳，牽我以入惡道。若其如是，我必刑誅於汝。是汝自求是辛苦毒螫之害耳。以管、蔡誤己，尋被誅戮，故自說懲創，戒使勿然。

②既言將欲慎患，又說當慎其小惡之初始。信如彼桃蟲耳，為惡不已，於後更大。似桃蟲翻然而飛，維為大鳥矣。其意言管、蔡始則讒毀周公，後遂舉兵謀叛逆，是積小成大。言後有此類，當小即誅之，勿使至大。

③又言求助之意，以我才智淺薄，未任獨當國家多難之事，恐我又集止於患難，似蓼菜之辛苦然，故須汝等助我慎之。言“又”者，非徒多難，又集辛苦。以此之故，求人助己也。

○鄭於下四句文勢大同，屬意小異。②言己所以創於往時者，往始之時，信以管、蔡之讒為小，如彼桃蟲耳，故不即誅之，乃叛而作亂，為王室大患。如桃蟲翻然而飛，維為大鳥矣。

③於時我年幼少，未任統理國家衆難成之事，故使周公攝政，即有三監及淮夷作亂，使我又會於辛苦，皆由不慎其小，以致使然。我今欲慎小防患，故須汝等助我。言己求助之意也。

《小毖》一章，八句。

載 芟 【周頌二十五】

載芟（shān）載柞（zé），其耕澤（shì）澤。千耦（ǒu）其
耘，徂（cú）隰（xí）徂畛（zhěn）。侯主侯伯，侯亞侯旅，侯
彊（qiáng）侯以。有嗿（tǎn）其饁（yè），思媚其婦，有依其
士。有略其耜（sì），俶（chù）載南畝。播厥百穀，實函斯活。
驛驛其達，有厭其傑。厭厭其苗，緜緜其麃（biāo）。載穫濟
（jǐ）濟，有實其積，萬億及秭。為酒為醴（lǐ），烝畀（bǐ）祖妣
（bǐ），以洽百禮。有飶（bì）其香，邦家之光。有椒其馨，胡考
之寧。匪且有且，匪今斯今，振古如茲。

《載芟》一章，三十一句。

【毛序】《載芟》，春籍田而祈社稷也。

【鄭箋】籍田，甸師氏所掌。王載耒耜所耕之田，天子千畝，諸侯百
畝。籍之言借也，借民力治之，故謂之籍田。

【樂道主人】所謂籍田，就是天子、諸侯供支付祭祀費用的土地，規
定天子千畝，諸侯百畝。每年春耕開始的時候由天子和諸侯親自先耕自己
的那份田地，稱作天下耕田之始，爾後靠徵用民力耕之。辦法就是，天子
和諸侯親自執耒在籍田上，天子三推，諸侯五推，卿大夫則是九推，這叫
作"籍禮"，以此來表示天子對家業生產的重視。這種籍田制，從西周以
來，已經成了慣例，但到了戰國時期，由於戰亂頻發，便沒有一個諸侯再
舉行這種儀式了，直到漢文帝登基之後的第二年才開始恢復。

【孔疏】"《載芟》"至"社稷也"。

◇◇《載芟》詩者，春籍田而祈社稷之樂歌也。謂周公、成王太平之
時，王者於春時親耕籍田，以勸農業，又祈求社稷，使獲其年豐歲稔（《說
文》穀熟也）。詩人述其豐熟之事，而為此歌焉。

◇◇經陳下民樂治田業，收穫弘多，釀為酒醴，用以祭祀。是由王者
耕籍田、祈社稷、勸之使然，故序本其多獲所由，言其作頌之意。

116

◇◇經則主說年豐，故其言不及籍、社，所以經、序有異也。

◇《月令》"孟春，天子躬耕帝籍。仲春，擇元日，命民人社"。《大司馬》"仲春，教振旅，遂以蒐田，獻禽以祭社"。然則天子祈社亦以仲春，與耕籍異月。而連言之者，雖則異月，俱在春時，故以春總之。

◇《祭法》云："王為群姓立社曰泰社。王自為立社曰王社。"此二社皆應以春社之，但此為百姓祈祭，文當主於泰社，其稷與社共祭，亦當謂泰社社稷焉。

【孔疏】箋"籍田"至"籍田"。

◇◇《天官·甸師》"掌耕耨（nòu，鋤草的農具）王籍"。《月令》孟春云："天子親載末耜，躬耕帝籍。"是籍田者，甸師所掌，王所耕也。

◇◇"天子千畝，諸侯百畝"，《祭義》文。王親耕者，一人獨發，三推而已，借民力使終治之，故謂之籍田也。

◇《月令》說耕籍之事云："天子三推，公五推，卿、諸侯九推。"《周語》說耕籍之事云："王耕一發，班三之，庶人終於千畝。"韋昭云："王無耦，以一耜耕。班，次也。三之者，下各三。其上王一發，公三，卿九，大夫二十七。"

◇然則每耕人數如《周語》，其推之數如《月令》，則王一人發而三推，公三人發各五推，卿九人發各九推，大夫推數則無文，因以三孤并六卿是為九，其大夫雖多，見相三之數，取二十七人為之耳。其士蓋八十一人為之耳。

◇《月令》止有卿，而韋昭兼言大夫，明亦宜有士也。庶人終於千畝，謂甸師之屬徒也。

◇◇《天官》序云："甸師下士二人，府一人，史二人，胥三十人，徒三百人。"其職云："掌帥其屬而耕耨王籍。"注云："其屬，府、史、胥、徒也。耨，芸芓也。王以孟春躬耕帝籍，天子三推，三公五推，卿、諸侯九推，庶人終於千畝。"庶人謂徒三百人。籍之言借也。王一耕之，而使庶人芸芓終之。是借民者，謂借此甸師之徒也。

◇王者役人，自是常事，而謂之借者，言此田耕耨皆當王親為之，但以聽政治民有所不暇，故借人之力以為己功，是以謂之借也。

◇◇《漢書》孝文二年開籍田。應邵曰："籍田千畝，典籍之田。"

臣瓚案："景帝詔曰：'朕親耕，后親桑，率天下先'，本不得以假借為稱。"

◇而鄭以為借民力者，凡言典籍者，謂作事設法，書而記之，或復追述前言，號為典法。此籍田在於公地，歲歲耕墾，此乃當時之事，何故以籍為名？若以事載典籍，即名籍田，則天下之事無非籍矣，何獨於此偏得籍名？瓚見親耕之言，即云不得假借。豈籍田千畝，皆天子親耕之乎？

◇聖王制法，為此籍田者，萬民之業，以農為本，五禮之事，唯祭為大。以天子之貴，親執耒耜，所以勸農業也。祭之所奉，必用己力，所以敬明神也。《祭義》云："天子為籍千畝，躬秉耒耜，以事天地山川社稷。先古以為醴酪齍（zī）盛，於是乎取之，敬之至也。"是説籍田之意也。

<一章-1>載芟（shān）載柞（zé），其耕澤（shì）澤。千耦（ǒu）其耘，徂（cú）隰（xí）徂畛（zhěn）。侯主侯伯，侯亞侯旅，侯彊（qiáng）侯以。

【毛傳】除草曰芟。除木曰柞。畛，場也。主，家長也。伯，長子也。亞，仲叔也。旅，子弟也。彊，强力也。以，用也。

【鄭箋】載，始也。隰謂新發田也。畛謂舊田有徑路者。彊，有餘力者。《周禮》曰："以强予任民。"以謂閒民，今時傭賃也。《春秋》之義，能東西之曰以。成王之時，萬民樂治田業。將耕，先始芟柞其草木，土氣炁達而和，耕之則澤澤然解散，於是耘除其根株。董作者千耦，言趨時也。或往之隰，或往之畛。父子餘夫俱行，强有餘力者相助，又取傭賃，務疾畢已當種也。

【程析】耘，除草，此指耕耘之意。畛，田邊的小道，即田界。

【孔疏】"除草"至"以用"。

◇◇隱六年《左傳》云："如農夫之務去草焉，芟夷蘊崇之。"是除草曰芟也。

◇◇《秋官·柞氏》"掌攻草木及林麓"，是除木曰柞。

◇◇《地官·遂人》云"十夫有溝，溝土有畛"，則畛謂地畔之徑路也。至此而易之主，故以畛為場，《信南山》云"疆場翼翼"是也。

◇◇《坊記》云："家無二主。"主是一家之尊，故知"主，家長也"。

◇◇主既家長，而別有伯，則伯是主之長子也。亞訓次也，次於伯，故知仲叔也。不言季者，以季幼少，宜與諸子為類也。

◇◇令旅中兼之，旅訓衆也，謂幼者之衆，即季弟及伯仲叔之諸子，故云"旅，子弟也"。此子弟謂成人堪耕芸者，若幼則從餉（《説文》饟也。《玉篇》餽也）而行，下云"有依其士"是也。

◇◇彊謂力能兼人，故云"彊，強力也"。

◇◇以者，傭賃之人，以意驅用，故雲"用也"。

【孔疏】箋"載始"至"當種"。

◇◇此本其開地之初，故載為始。

◇◇原隰者，地形高下之別名。隰指田形而言，則是未嘗墾發，故知謂新發田也。

◇◇畛是地畔道路之名，故知謂舊田有徑路者。

◇◇彊有餘力，謂其人彊壯，治一夫之田仍有餘力，能佐助他事者也。

◇"周禮曰以强予任民"，《地官·遂人》文。彼注云："强予，謂民有餘力，復予之田。"引之以證强有餘力。彼"民"作"甿"，注云："變民言甿，異外內也。"然則甿民是一，故以民言之。

◇以謂閑民，今時備賃者，《太宰》"以九職任萬民，其九曰閑民，無常職，轉移執事"，鄭司農云："閑民謂無事業者。轉移為人執事，若今時傭力也。"是有閑民備賃之事也。

◇◇又解云以之意。《春秋》之義，能東西之曰以。此傭力隨主人所東西，故稱以也。僖二十六年《左傳》曰："凡師能左右之曰以。"左右即東西也。彼雖為師發例，要以者，任其東西，故引之以證此。

◇太平之世，而得有閑民者，人之才度等級不同，自有不能存立，於為人所役者，聖人順而任之，《周禮》列於九職。是雖太平之世，必為人備，故此得有之也。

◇◇土氣烝達者，《周語》説將耕之事云："陽氣俱烝，土膏其動。"韋昭云："烝，升也。"《月令》"孟春，天氣下降，地氣上騰"，注云："此陽氣烝達，可耕之候。"然則土氣烝達者，謂陽氣升上達出，於是耕之，故土得釋釋然而散也。《釋訓》云："釋釋，耕也。"舍人曰："釋釋猶藿藿，解散之意。"

◇◇言輩作者，闔家盡行，輩輩俱作，言趨時也。

◇◇千耦謂為耦者千，是二千人為千耦，與"十千維耦"異也。

◇◇或往之隰，或往之畛，言其所往皆遍也，故王肅云："有隰則有原，言畛新可見，美其陰陽和，得同時就功也。"又解所以闔家俱作之意。

◇◇務疾畢已當種也，已猶了，欲疾耕使畢了，故下經而種之。

<一章-8>有噴（tiǎn）其饁（yè），思媚其婦，有依其士。

【毛傳】噴，眾貌。士，子弟也。

【鄭箋】饁，饋饟（xiǎng）也。依之言愛也。婦子來饋饟其農人於田野，（農人）乃逆而媚愛之。言（農人）勸其（婦子）事勞不自苦。

【詩集傳】噴，眾飲食聲也。思，發語詞。媚，美盛貌。

【樂道主人】饟，孔疏：食人曰饟，自家之野也。逆，迎也。

【孔疏】傳"噴眾"至"子弟"。

◇◇以耘者千耦，饟者必多，故知噴為眾貌。

◇◇士者男子之稱，而不在耕芸之中，宜是幼者行饟，故為子弟。

◇◇此經言"有噴其饁"，以目之婦士，俱是行饟之人。《七月》云"同我婦子"，子即此之士也。

【孔疏】箋"饁饋"至"自苦"。

◇◇"饁，饋"，《釋詁》文。孫炎曰："饁，野之饋也。"

◇◇"依"文與"媚"相類，媚為愛，故知依亦愛也。

<一章-11>有略其耜（sì），俶（chù）載南畝。播厥百穀，實函斯活。

【毛傳】略，利也。

【鄭箋】"俶載"當作"熾（chì）菑（zī）"。播猶種也。實，種子也。函，含也。活，生也。農夫既耘除草木根株，乃更以利耜熾菑之，而後種其種，皆成好含生氣。

【樂道主人】菑，開荒。

【孔疏】箋"實種"至"活生"。

◇◇此說初種，故知實為種子。

◇◇函者，容藏之義，故轉為含，猶人口含之也。

◇◇活者，生活，故為生。言種子內含生氣，種之必生也。

<一章-15>驛驛其達，有厭其傑。厭厭其苗，緜緜其麃（biāo）。

【毛傳】達，射也。有厭其傑，言傑苗厭然特美也。麃，耘也。

【鄭箋】達，出地也。傑，先長者。厭厭其苗，眾齊等也。

【程析】驛驛，指苗陸續出土，很茂盛。厭厭，整齊茂盛。麃，指禾穀的未稍，即穗。

【孔疏】傳“達射”至“麃耘”。

◇◇苗生達地則射而出，故以達為射。《釋訓》云：“驛驛，生也。”舍人曰：“穀皆生之貌。”是“驛驛其達”謂苗生達地也。

◇◇厭者，苗長茂盛之貌。

◇◇其傑，苗之傑者，亦是苗也，而與其苗異文，傑謂其中特美者，苗謂其餘齊等者，二者皆美茂，故俱稱厭。但以齊等苗多，重言厭厭耳。以二者相涉，故傳詳其文，故云“有厭其傑，言苗傑然特美也”。箋申特美之意，故云“先長者傑”。既是先長，明厭厭，其餘眾苗齊等者。

◇◇麃是芸之別名，緜緜是麃之貌。《釋訓》云：“緜緜，麃也。”孫炎曰：“緜緜，言詳密也。”郭璞曰：“芸不息也。”王肅云：“芸者，其眾緜緜然不絕也。”

<一章-19>載穫濟（jǐ）濟，有實其積，萬億及秭。

【毛傳】濟濟，難也。

【鄭箋】難者，穗眾難進也。有實，實成也。其積之乃萬億及秭，言得多也。

【程析】有實，即實實，廣大貌。積，露積，又名庚，露天的圓倉。

【孔疏】傳“濟濟，難”。

◇◇《釋訓》云：“濟濟，容止也。”在田穫刈，不得有濟濟之容，但容止濟濟者，必舉動安舒，此刈者以禾稠難進，不能速疾，故亦以濟濟言之。

◇◇言難者，箋申之云：“穗眾難進也。”

<一章-22>為酒為醴（lǐ），烝畀（bǐ）祖妣（bǐ），以洽百禮。

【鄭箋】烝，進。畀，予。洽，合也。進予祖妣，謂祭先祖先妣也。以洽百禮，謂饗（xiǎng）燕之屬（與毛不同）。

【樂道主人】醴，《釋名》：禮也。釀之一宿而成，醴有酒味而已也。

【樂道主人】燕，《集韻》：與宴通。安也，息也。

【孔疏】箋“烝進”至“之屬”。

◇◇“烝，進。畀，予。洽，合”，皆《釋詁》文。箋以下云“有飶”“有椒”，重設其文，則是二事，故分此以當之。

◇◇以“洽百禮”為合聚眾禮。其用酒醴者，祭祀以外，唯饗燕耳，故言"謂饗燕之屬"。

◇《賓之初筵》與《豐年》皆有"以洽百禮"之文，與此同。而《賓之初筵》其文之下即云"有壬有林"，林謂諸侯之君，故箋以為合見百國所獻之禮。《豐年》止言報祭，無饗燕之義，故箋不為説，則與"烝畀祖妣"共為祭祀之禮。此以有二事，故以為饗燕之禮。皆觀文為義，故三者皆異。

◇毛既無饗燕之言，明皆據祭祀，與鄭不同。

<一章-25>有飶（bì）其香，邦家之光。

【毛傳】飶，芬香也。

【鄭箋】芬香之酒醴，饗燕賓客（與毛不同），則多得其歡心，於國家有榮譽。

【孔疏】傳"芯，芬香"。飶者，香之氣，故為芬香也。

【孔疏】箋"芬香"至"榮譽"。

◇◇箋以此充饗燕，下充祭祀者，以言邦家之光，謂國有光榮，是於賓客之辭也。胡考之寧，言身得壽考，與祭之祝慶萬壽無疆義同，是於鬼神之辭也，故知此為饗燕，下為祭祀。以饗燕施於賓客，故云"得其歡心，於國家有榮譽"。

◇◇祭祀進於祖妣，故云"多得福禄，於身得壽考"。

<一章-27>有椒其馨，胡考之寧。

【毛傳】椒，猶飶也。胡，壽也。考，成也。

【鄭箋】寧，安也。以芬香之酒醴，祭於祖妣（與毛不同），則多得其福右。

【程析】馨，傳播很遠的香氣。

【孔疏】傳"椒猶"至"考成"。

◇◇椒是木名，非香氣也。但椒木之氣香，作者以椒言香，故傳辨之，云"猶如飶也"。

◇◇僖二十二年《左傳》曰："雖及胡耉（guǒ）。"《周書·謚法》"保民耆艾曰胡"。胡為壽也。

◇◇"考，成"，《釋詁》文。言考者，明老而有成德。《蕩》曰"雖無老成人"是也。

<一章-29>**匪且有且，匪今斯今，振古如茲。**

【毛傳】且，此也。振，自也。

【鄭箋】匪，非也。振亦古也（與毛不同）。饗燕祭祀，心非云且而有且，謂將有嘉慶禎祥先來見也。心非云今而有此今，謂嘉慶之事不聞而至也。言修德行禮，莫不獲報，乃古而如此，所由來者久，非適今時（與毛不同）。

【樂道主人】非臨時抱佛腳也。謂其誠也，信也。

【程析】且，上"且"指此時，下"且"批耕種之事。

【孔疏】傳"且，此。振，自"。毛雖有此訓，其義與鄭不殊。

【孔疏】箋"振亦"至"今時"。

◇◇箋以《爾雅》有此正訓，故易傳以為"振亦古也"。以上陳祭饗二事，此承上文，故云饗燕祭祀。直言饗燕祭祀，謂為之得其所也。

◇◇有天下者，主於敬待神人，接之以禮，則人神慶悅，至誠感物，祥瑞必臻，故知"非且有且，非今斯今"，謂嘉慶、禎祥之事，非謂其有而已有之，以言報應之疾也。且實語助，但今謂今時，則且亦今時，其實是一，作者美其事而丁寧重言之耳。

◇◇嘉慶謂王者所得美善之實事，禎祥謂嘉慶之前，先見為徵應者也。以其分為二文，故屬禎祥於上句，屬嘉慶於下句。但禎祥為嘉慶而先見，故言將有嘉慶禎祥先來見也。以禎祥是事之先應，故言先來見。嘉慶是善之實事，故云不聞而至。二者意亦同也。此禎祥、嘉慶自天為之，享燕之禮得所，不謂其至而已至。

◇◇言修德行禮，莫不獲報，乃古又古以來當皆如此，非適今時美此大平之主，能重於農業，獲此福慶，故歌之也。

【孔疏-章旨】"載芟載柞"。

○毛以為，①周公、成王之時，耕籍以勸下民，祈社而求穀實，故其時之民樂治田業，於是始芟其所田之草，始柞其所田之木，待其土氣烝達，然後耕之。其耕則釋釋然土皆解散，又二人相對者有千耦之人，其皆耘除此所芟柞草木之根株也。其耘之時，或往之隰，或往之畛。其所往之人，維為主之家長，維處伯之長子，維次長之仲叔，維眾之子弟，維強力之兼士，維所以備賃之人。此等俱往畛隰，芸除草木，盡家之眾，皆服作勞。

②有嗿然而衆其來餉饁之人，即其婦之與士也。此農人不以其身為苦，乃謂餉己為勞，思逆而媚其行餉之婦，有愛其從來子弟，是王化之深，務農之至也。

③此農人既去草木根株，有略然而利者，其所用之耜。以此利耜，始耕於南畝之中，以種其百穀之穀。此穀之種實，皆含此當生之活氣，故從土中驛驛然其鑽土以射出，其士也。

④乃有厭然而特茂者，其傑立之苗也。厭厭然而長大者，其齊等之苗也。於是農人則緜緜然用其力厭芸之，

⑤以此至於大熟，則獲刈之，濟濟然穗衆而難進。有成實而多者，其此民之積聚也，乃有萬與億而及秭，言其多無數也。

⑥天下豐熟，而此在上稅而取之，以為三種之酒，以為五齊之醴，進予先祖先妣，又以會聚其百穀之禮，而為祭祀。

⑦此所為之酒醴，有飶然其氣芬香，用之以祭祀，為鬼神所饗，為我國家之光榮也。

⑧此所為之酒醴，有如椒之馨香，用之以祭祀，為鬼神降福，則得年壽與成德之安寧也。既治田得穀，用之祭祀，而使鬼神歡悅，邦國安寧，祭祀得所，故能誠感天地。

⑨心非云此而有此，謂禎祥之應，事未至而先來也。心非雲今而有今，謂嘉慶之事不先聞而即至也。此事乃自古以來當如此，言修德行禮莫不獲報，非獨於此周時。

○鄭以"俶載"為"熾菑"，熾然入地而菑殺其草於南畝之中。又以"烝畀祖妣"為祭祀之禮，以事宗廟；"以洽百禮"，為饗燕之禮，以待賓客。既言二禮，又反而申之，言此所為之酒醴，有飶然其氣芬香，用之以饗燕賓客，為賓所悅，為我國家光榮也。又其為酒醴，有如椒之香馨，用之以祭祀鬼神，為鬼神降福，則得年壽與成德之安寧也。又以且為辭，以振為古。餘同。

《載芟》一章，三十一句。

良　耜　【周頌二十六】

畟（cè）畟良耜，俶載南畝。播厥百穀，實函斯活。或來瞻
女（rǔ），載筐及筥（jǔ）。其饟（xiǎng）伊黍，其笠伊糾。其鎛
（bó）斯趙，以薅（hāo）荼蓼。荼蓼朽止，黍稷茂止。獲之挃
（zhì）挃，積之栗栗。其崇如墉（yōng），其比如櫛（zhì），以開
百室。百室盈止，婦子寧止。殺時犉（chún）牡，有捄（qiú）其
角。以似以續，續古之人。

《良耜》一章，二十三句。

【毛序】《良耜》，秋報社稷也。

【孔疏】“《良耜》”至“社稷也”。

◇◇《良耜》詩者，秋報社稷之樂歌也。謂周公、成王太平之時，年
穀豐稔，以為由社稷之所祐，故於秋物既成，王者乃祭社稷之神。以報生
長之功。詩人述其事而作此歌焉。

◇◇經之所陳，其末四句是報祭社稷之事。

◇◇“婦子寧止”以上，言其耕種多獲，以明報祭所由，亦是報之事
也。經言“百室盈止，婦子寧止”，乃是場功畢入，當十月之後，而得言
秋報者，作者先陳人事使畢，然後言其報祭。

◇◇其實報祭在秋，寧止在冬也。本或“秋”下有“冬”，衍字，與
《豐年》之序相涉而誤。定本無“冬”字。

<一章-1>畟（cè）畟良耜，俶載南畝。播厥百穀，實函斯活。

【毛傳】畟畟，猶測測也。

【鄭箋】良，善也。農人測測以利善之耜，熾菑是南畝也，種此百
穀，其種皆成好。含生氣，言得其時。

【程析】耜，犁頭。

【樂道主人】菑，開荒。

【樂道主人】《周頌・載芟》鄭箋：“俶載”當作“熾菑”。播猶種

也。實，種子也。函，含也。活，生也。農夫既耘除草木根株，乃更以利
耜熾菑之，而後種其種，皆成好含生氣。

【孔疏】箋"實種"至"活生"。此說初種，故知實為種子。函者，
容藏之義，故轉為含，猶人口含之也。活者，生活，故為生。言種子內含
生氣，種之必生也。

【孔疏】傳"畟畟猶測測"。◇◇以畟畟文連良耜，則是刃利之狀，
故猶測測以為利之意也。《釋訓》云："畟畟，耜也。"舍人曰："畟
畟，耜入地之貌。"郭璞曰："言嚴利也。"

<一章-5>或來瞻女（rǔ），載筐及筥（jǔ）。其饟（xiǎng）伊黍，其笠
伊糾。其鎛（bó）斯趙，以薅（hāo）荼蓼。

【毛傳】笠，所以禦暑雨也。趙，刺也。蓼，水草也。

【鄭箋】瞻，視也。有來視女，謂婦子來饁者也。筐筥，所以盛黍
也。豐年之時，雖賤者猶食黍。饁者，見戴糾然之笠，以田器刺地，薅去
荼蓼之事。言閔其勤苦。

【程析】載，背。筐筥（jǔ），都是竹制盛物器，筐形方，筥形圓。
饟，送來的食物。伊，是。黍，糜子，小米飯。糾，編織。鎛，鋤頭。
趙，剗除。薅，拔田草。

【樂道主人】《周頌·載芟》鄭箋：饁（yè），饋饟（xiǎng）。疏：食
人曰饟，自家之野也。

【孔疏】傳"笠所"至"水草"。

◇◇笠之為器，暑雨皆得禦之，故兼言也。

◇◇其鎛斯趙，則趙是用鎛之事。鎛是鋤類，故趙為刺地也。

◇◇又《釋草》云："薔，虞蓼。"某氏曰："薔一名虞蓼。"孫炎
曰："虞蓼是澤之所生，故為水草也。"蓼是穢草，荼亦穢草，非苦菜
也。《釋草》云："荼，委葉。"舍人曰："荼，一名委葉。某氏引此
詩，則此荼謂委葉也。"王肅云："荼，陸穢。蓼，水草。"然則所由田
有原有隰，故并舉水陸穢草。

【孔疏】箋"瞻視"至"勤苦"。

◇◇"瞻，視"，《釋詁》文。下言"婦子寧止"，明此以為不寧，
故知有來視汝，謂婦子來饁者也。

◇◇筐筥之下，即雲饟黍，故知筐筥所以盛黍也。《少牢》《特牲》

大夫士之祭禮食有黍，明黍是貴也。《玉藻》云："子卯，稷食菜羹。"為忌日貶而用稷，是為賤也。賤者當食稷耳，故云"豐年之時，雖賤者猶食黍"。

◇◇瞻汝，是見彼農人之時，而陳其笠其鎛，故知見農人戴糾然之笠，以田器刺地，薅去荼蓼之草。定本、《集注》皆云"薅去荼蓼之事，言閔其勤苦"，與俗本不同。

【樂道主人】稷，穀物，脫殼前叫粟，脫殼後叫小米。又說粢（jì）米。大體分為黏或不黏兩類，本草綱目稱黏者為黍，不黏者為稷；民間又將黏的稱黍，不黏的稱穈。黍，①子實叫黍子，碾成米叫黃米，性黏，可釀酒；②蜀黍，高粱，玉蜀黍；③一年生草本植物，也叫"玉米"。

<一章-11>荼蓼朽止，黍稷茂止。獲之挃（zhì）挃，積之栗栗。其崇如墉（yōng），其比如櫛（zhì），以開百室。

【毛傳】挃挃，獲聲也。栗栗，衆多也。墉，城也。

【鄭箋】百室，一族也。草穢既除而禾稼茂，禾稼茂而穀成熟，穀成熟而積聚多。如墉也，如櫛也，以言積之高大，且相比迫也。其已治之，則百家開戶納之。千耦其耘，輩作尚衆也。一族同時納穀，親親也。百室者，出必共洫間而耕，入必共族中而居，又有祭酺（pú）合醵（jù）之歡。

【程析】朽，腐爛。止，語氣詞。崇，高。比，排列。櫛，梳子。開，開戶。百室，泛指家家戶戶的倉庫。

【孔疏】傳"挃挃"至"墉城"。

◇◇《釋訓》云："挃挃，獲也。栗栗，衆也。"李巡曰："栗栗，積聚之衆。"孫炎曰："挃挃，獲聲也。"皆取此為說也。

◇◇城之與牆，俱得為墉，但此比高大，故為城。

【孔疏】箋"百室"至"之歡"。

◇◇《周禮》"五家為比，五比為閭，四閭為族"，是百室為一族。於六鄉則一族，於六遂則一酇（zàn）。是鄭以鄉尊於遂，故舉鄉言耳。

◇上篇言千耦，此篇言百室，雖未必一人作，而其文千百不同，故解其意。千耦其芸，輩作者尚衆，故舉多言也。一族同時納穀，見聚居者相親，故舉少言也。

◇又解族、黨、州、鄉皆為聚屬，獨以百室為親親之意，由百室出必共洫間而耕，入必共族中而居，又有同祭酺合醵之歡也，故偏言之也。

127

◇《遂人》云："百夫有洫。"故知百室共洫間而耕。彼注云："百夫一鄰之田，為六遂之法。族在六鄉，而引彼者，《小司徒》注云："鄉之田制與遂同。"故得舉鄰之制以言族也。

◇◇祭酺者，《族師職》云："春秋祭酺。"注云："酺（pú）者，為人物災害之神也。故書酺為步。杜子春云：'當為酺。'玄謂《校人職》又有'冬祭馬步'，則未知此世所云蝝螟之酺與？人鬼之步與？蓋亦為壇位如雩禜。云族無飲酒之禮，因祭酺而與其民以長幼相酬酢焉。"鄭於彼雖以酺步為疑，而以酺為正，故此以酺言之。

◇蝝（yuán）螟，食穀之蟲，害及人物，此神能為災害，故祭以止之。因此祭酺聚錢飲酒，故後世聽民聚飲，皆謂之酺。《漢書》每有嘉慶，令民大酺五日，是其事也。彼注云"因祭酺而與其民長幼相酬"，即此合醵也。《禮器》云："曾子曰：'《周禮》其猶醵與？'"注云"合錢飲酒為醵（jù）。王居明堂之禮，乃命國醵"是也。《族師》雖云祭酺，不言即為醵；《飲酒禮記》自有醵語，不云醵是族法。

◇鄭知祭酺必有飲酒，合醵（jù）是族法者，以《族師》上文云月吉，則屬民而讀邦法，書其孝悌睦姻有學者，即云春秋祭酺亦如之。是於祭酺亦屬民讀法，因祭而聚族民，明其必為行禮，不可徒然。

◇又以族無飲酒之禮，故知因祭酺，必合錢飲酒，與其民長幼相酬酢也。《鄉飲酒》之禮，州長於春秋有屬民射於州序之禮，黨正於國索鬼神而祭祀，有屬民飲酒於序以正齒位之禮，此皆禮有飲酒，當以公物供之，無為須合錢也。唯族無飲酒之禮，明合錢飲酒，是《族師》之法，故箋以為同族之禮。

<一章-18>百室盈止，婦子寧止。殺時犉（chún）牡，有捄（qiú）其角。以似以續，續古之人。

【毛傳】黃牛黑脣曰犉。社稷之牛角尺。以似以續，嗣前歲，續往事也。

【鄭箋】捄，角貌。五穀畢入，婦子則安，無行饁之事，於是殺牲報祭社稷。嗣前歲者，復求有豐年也。續往事者，復以養人也。續古之人，求有良司嗇也。

【程析】止，語助詞。寧，安。時，是，這。有捄，獸角彎曲貌。

【樂道主人】嗇，《說文》愛濇也。從來從靣。來者，靣而藏之，故

128

田夫謂之嗇夫。【詩·小雅·田畯至喜箋】田畯，司嗇，今之嗇夫也。

【孔疏】傳"黃牛"至"往事"。

◇《釋畜》直云"黑唇犉"，以言黑唇，明不與身同色。牛之黃者衆，故知黃牛也。某氏亦云"黃牛黑唇曰犉"，取此傳為説也。

◇《地官·牧人》云："凡陰祀，用黝牲毛之。"注云："陰祀，祭地北郊及社稷也。"然則社稷用黝，牛色以黑。而用黃者，蓋正禮用黝，至於報功，以社是土神，故用黃色，仍用黑唇也。

◇◇以經言角，辨角之長短，故云"社稷之牛角尺"也。《王制》云："祭天地之牛，角繭（jiǎn）栗。宗廟之牛，角握。賓客之牛，角尺。"無社稷之文。卑於宗廟，宜與賓客同尺也。《禮緯·稽命徵》云："宗廟社稷角握。"此箋不易毛傳，蓋以《禮緯》難信，不據以為正也。（《漢書·禮樂志》："牲繭栗，粢盛香。"顏師古注："言角之小，如繭及栗之形也。"後借指牛犢、植物的幼芽或蓓蕾及泛指祭品。）

◇社稷太牢，獨云牛者，牛三牲為大，故特言之。

◇◇"以似以續"，似訓為嗣，嗣續俱是繼前之言，故為嗣前歲、續往歲之事。前、往，一也，皆求明年，使續今年，據明年而言，故謂今年為前、往也。

【孔疏】箋"捄角"至"司嗇"。

◇◇此"有捄其角"，與"兕觥其觩""角弓其觩"皆與角共文，故為角貌。

◇◇以上言"其饟"，是婦子所為，此言"寧止"，遙結上句，故知安無行饁之事。

◇◇序云"秋報社稷"，故云"於是殺牲以報祭社稷"也。

◇◇此為年豐報祭，而云更求嗣續，故知嗣前歲者，復求有豐年也。續往事者，複求以養人也。言今歲已有豐年，得穀養人，求今後歲復然也。嗣、續一義也，豐年、養人亦一事，箋因其異文而分屬之耳。

◇《甫田》云"以介我稷黍"，是求有年也。"以穀我士女"，是求養人也。"續古之人"，文連犉牡之末，則亦祭求之。非人無以續人，明求將來之人，使續往古之人。

◇◇農事須人，唯司嗇耳，故知求有良司嗇，謂求善田畯也。言得善官教民，可以益使年豐故也。司嗇，己所選擇，而祭神求之者，得賢以否，亦是神明所助，故因祭求之。

【孔疏-章旨】"畟畟良耜"。

○毛以為，①農人以畟畟然利刃善耜，始事於南畝而耕之，種其百衆之穀，其實皆含此當時生之氣，故生而漸長。

②農人事而芸之，於是有來視汝之農人者，載其方筐及其圓筥，其筐筥所盛以饟者，維是黍也。既饟到田，見其農夫所戴之笠維糾然，其田器之鎛以此趙而刺地，以薅去荼蓼之草。

③其荼蓼之草既朽敗止，黍稷乃茂盛止。及其成熟，乃獲刈之，挃挃然為聲。既獲訖，乃積聚之，粟粟然衆多。所積聚者，其大如城雉之峻壯，其比迫如櫛齒之相次。既蹂踐而治之，則以開百室，一時而納之。

④於是百室皆盈滿而多穀粟止，婦子皆不行而安寧止。天下大熟，民安如此，國家乃殺是犉牡之牲，有捄然者此牲之角。用此牲以報祭社稷。所以報祭之者，以嗣繼其先歲，復求其豐年，以續接其往事，複得以養人。又求良善司嗇以續古昔之人，庶其常勤勸農，常得豐年也。

鄭唯"俶載"為"熾菑"為異。餘同。

《良耜》一章，二十三句。

絲 衣 【周頌二十七】

絲衣其紑（fóu），載弁俅（qiú）俅。自堂徂基，自羊徂牛。
鼐（nài）鼎及鼒（zī），兕（sì）觥（gōng）其觩（qiú），旨酒思
柔。不吳不敖（ào），胡考之休。

《絲衣》一章，九句。

【毛序】《絲衣》，繹賓尸也。高子曰："靈星之尸也。"

【鄭箋】繹，又祭也。天子諸侯曰繹，以祭之明日。卿大夫曰賓尸，
與祭同日。周曰繹，商謂之肜（róng）。

【孔疏】"《絲衣》"至"尸也"。

◇◇《絲衣》詩者，繹賓尸之樂歌也。謂周公、成王太平之時，祭宗
廟之明日，又設祭事，以尋繹昨日之祭，謂之為繹。以賓事所祭之尸，行
之得禮。詩人述其事而為此歌焉。經之所陳，皆繹祭始末之事也。

◇◇子夏作序，則唯此一句而已。後世有"高子"者，別論他事。云
"靈星之尸"，言靈星之時，以人為尸。後人以高子言靈星尚有尸，宗廟
之祭有尸，必矣，故引高子之言，以證賓尸之事。子夏說受聖旨（指孔
子），不須引人為證。

◇毛公分序篇端，於時已有此語，必是子夏之後，毛公之前，有人著
之，史傳無文，不知誰著之，故《鄭志》答張逸云："高子之言，非毛公
後人著之。"止言"非毛公後人"，亦不知前人為誰也。以鄭言"非毛公
後人著之"，不云《詩》序本有此文，則知**鄭意不以此為子夏之言也**。

◇鄭知非毛公後人著之者，鄭玄去毛公未為久遠，此書有所傳授，故
知毛時有之。若是後人著之，則鄭宜除去，答之以此，明己不去之意，以
毛公之時，已有此言故也。

◇高子者，不知何人。孟軻弟子有公孫丑者，稱高子之言以問孟子，
則高子與孟子同時。趙岐以為齊人。此言高子，蓋彼是也。

◇靈星者，不知何星。《漢書·郊祀志》云："高祖詔御史：其令天

131

下立靈星祠。"張晏曰："龍星左角曰天田，則農祥也。晨見而祭之。"史傳之説靈星，唯有此耳。未知高子所言，是此以否。

【孔疏】箋"繹又"至"之彤"。

◇◇"繹，又祭"，《釋天》文。李巡曰："繹，明日復祭。"曰"又祭"，知天子諸侯同名曰繹。以祭之明日者，宣八年六月，"辛巳，有事於太廟。仲遂卒於垂。壬午，猶繹"。有事，謂祭事也。以辛巳日祭，壬午而繹，是魯為諸侯用祭之明日，此則天子之禮，同名曰繹，故知天子亦以祭之明日也。故《公羊傳》曰："繹者何？祭之明日也。"

◇◇知卿大夫曰賓尸者，今《少牢饋食禮》者，卿大夫之祭禮也，其下篇《有司徹》云："若不賓尸。"注云："不賓尸，謂下大夫也。"以言"若不賓尸"，是對有賓尸者，《有司徹》所行，即賓尸之禮，是卿大夫曰"賓尸"。案其禮非異日之事，故知與祭同日。

◇◇然則天子諸侯謂之繹，卿大夫謂之賓尸，是繹與賓尸事不同矣。而此序云"繹賓尸"者，繹祭之禮，主為賓事此尸，但天子諸侯禮大，異日為之，別為立名，謂之為繹，言其尋繹昨日；卿大夫禮小，同日為之，不別立名，直指其事，謂之賓尸耳。此序言繹者，是此祭之名。賓尸是此祭之事，故特詳其文也。

◇◇周曰繹，商謂之彤者，因繹又祭，遂取《釋天》以明異代之禮別也。彼云"周曰繹，商曰彤"，孫炎曰："彤者，亦相尋不絶之意。《尚書》有《高宗彤日》，是其事也。"

<一章-1>絲衣其紑（fóu），載弁俅（qiú）俅。自堂徂基，自羊徂牛。鼐（nài）鼎及鼒（zī），

【毛傳】絲衣，祭服也。紑，絜鮮貌。俅俅，恭順貌。基，門塾之基。自羊徂牛，言先小後大也。大鼎謂之鼐，小鼎謂之鼒。

【鄭箋】載，猶戴也。弁，爵弁也。爵弁而祭於王，士服也。繹禮輕，使士升門堂，視壺濯及籩豆之屬，降往於基，告濯具，又視牲從羊之牛，反告充已，乃舉鼎冪告絜，禮之次也。鼎圜弇（yǎn）上謂之鼒。

【説文】繹，抽絲也。

【程析】絲衣，祭服名，裝神學受祭的尸所穿的白色綢衣。

【樂道主人】《儀禮·士冠禮》：爵弁服纁裳純衣，麻弁。

【樂道主人】弇，《爾雅·釋言》：蓋也。舉鼎冪，《周禮·天官》

冪人掌共巾冪。注：共巾可以覆物。祭祀以疏布巾冪八尊，以畫布巾冪八彝。

【孔疏】傳"絲衣"至"之鼒"。

◇◇此述祭事，故知絲為之，故云"絲衣，祭服"。傳雖不解弁，亦當以為爵弁。爵弁之服，玄衣纁（xūn，淺紅色）裳，皆以絲為之，故云絲衣也。絲衣與紑共文，故為絜鮮貌也。

◇◇載弁，謂人戴弁也。戴弁者俅俅，則俅俅人貌，故為恭順貌也。

◇◇基，門塾之基者，《釋宮》云："門側之堂謂之塾。"孫炎曰："夾門堂也。"《冬官·匠人》云："門堂三之二（三分之二為塾，三分之一為門）。"注云："以為塾也。"

◇《白虎通》云："所以必有塾何？欲以飾門，因取其名。明臣下當見於君，必熟思其事，是塾為門之堂也。直言'自堂徂基'何？知非廟堂之基者。以繹禮在門，不在廟，故知非廟堂也。"

◇◇《郊特牲》曰："繹之於庫門內，祊（bēng）之於東方，失之矣。"繹於門內為失，明其當在（廟）門外。祊以東方為失，明其當在西方。是祊之與繹，一時之事，故注云："祊之禮宜於廟門外之西室，繹又於其堂，神位在西，二者同時，而大名曰繹。"

◇又《禮器》曰："為祊乎外。"注云："祊祭，明日之繹祭也。謂之祊者，於廟門外之傍，因名焉。其祭之禮，既設祭於室，而事尸於堂。孝子求神非一處也。"以此二注言之，則祊、繹大同，而繹統名焉。繹必在門，故知基是門塾之基，謂廟門外西夾之堂基也。

◇◇"自羊徂牛"，是從此往彼，為先後之次，故知詩意言先小後大，為行事之漸也。

◇◇《釋器》云："鼎絕大者謂之鼐。"鼐既絕大，鼒自然小，故曰"小鼎謂之鼒"。

◇此經自堂徂基，但言所往之處，不言所為之事。牛羊但言所視之物，不言所往之處，互相足也。鼐及鼒不言自徂，蒙上自徂之文。

◇◇鼎則先大後小，與牛羊異者，取鼒為韻，故變其文也。

【孔疏】箋"載猶"至"之鼒"。

◇◇載者，在上之名，故經稱載弁，若言以頭戴之，則於人易曉，故云載猶戴也。禮有冠弁、韋弁、皮弁，皆不以絲為衣，且非祭祀之服。

《雜記》云："士弁而祭於公，冠而祭於己。"《士冠禮》有爵弁服純（chún，《說文》絲也；又zī，鄭以為緇，黑繒）衣，與此絲衣相當，故知此弁是爵弁，士服之以助君祭也。

◇◇ 又解天子之朝，群官多矣，所以不使服冕之人，而使戴弁之意，由繹之禮輕，故使士也。

◇ 若正祭，則《小宗伯》云："視滌濯，祭之日，逆齊省鑊（huò，古代的大鍋），告時於王，告備於王。"彼正祭重，使小宗伯。此繹祭輕，故使士，蓋亦宗伯之屬士也。

◇ 知使士升門堂視壺濯及籩豆者，以《特牲》雖則士禮，而士卑，不嫌其禮得同君，故準《特牲》為說。《特牲》先夕陳事，主人即位於堂下。

◇ "宗人升自西階，視壺濯及籩豆，反降，東北面，告濯具。主人出，復外位。宗人視牲告充。宗人舉鼎冪告潔"。彼先視濯籩豆，次視牲，次舉冪，先後與此羊牛鼎次第正同。

◇◇ "自堂徂基"，文在牛羊之上，自然是視壺濯籩豆矣。以此知"自堂徂基"是告濯具，從羊之牛是告充，鼐鼎及鼒是舉冪告絜也。

◇ 禮之次者，謂《特牲》之禮為此次，故準之以說天子之禮也。

◇◇ "鼎圜弇上謂之鼒"，《釋器》文。孫炎曰："鼎斂上而小口者。"以傳直言小鼎，不說其形，故取《爾雅》文以足之。

<一章-6>兕（sì）觥（gōng）其觩（qiú），旨酒思柔。不吳不敖（ào），胡考之休。

【毛傳】吳，譁也。考，成也。

【鄭箋】柔，安也。繹之旅士用兕觥變於祭也，飲美酒者皆思自安，不讙（huān）譁，不敖慢也，此得壽考之休徵。

【程析】兕觥，犀牛角制的酒杯。其觩，即觩觩，彎曲狀。胡考，壽考。

【孔疏】傳"吳，譁。考，成"。◇◇ 人自娛樂，必讙譁為聲，故以娛為譁也。定本"娛"作"吳"。"考，成"，《釋詁》文。

【孔疏】箋"柔安"至"休徵"。

◇◇ "柔，安"，《釋詁》文。

◇◇ 《少牢》《特牲》大夫士之祭也，其禮小於天子，尚無兕觥，故知天子正祭無兕觥矣。今此繹之禮純，至旅酬而用兕觥，變於正祭也。

◇ 知至旅而用之者，兕觥所以罰失禮，未旅之前，無所可罰，至旅而可獻酬交錯，或容失禮，宜於此時設之也。

◇《有司徹》是大夫賓尸之禮，猶天子之繹，所以無兕觥。解者以大夫禮小，即以祭日行事，未宜有失，故無也。

◇◇ 上經説祭初行禮，唯謂士耳。此言飲美酒皆思自安，則是諸助祭者，非獨士也。

◇◇ 以祭末多倦怠傲慢，故美其於祭之末能不讙嘩，不敖慢，則於祭前齊（zhāi）敬，明矣。

◇◇ 恭敬明神必將獲福，故以此得壽考之休徵。壽考，未然之事，故言征也。

【孔疏-章旨】“絲衣其紑”。此述繹祭之事。上五句言祭之初，下四句言祭之末。初言卑者恭順，則當祭尊者可知。祭末舉其不慢，則當祭敬明矣。是舉終始以見中，舉輕以明重。

① 上言於祭之前，使士之行禮，在身所服，以絲為衣，其色紑然而鮮絜。在首載其爵色之麻弁，其貌俅俅而恭順。此絲衣載弁之人，從門堂之上，既視壺濯及籩豆，降往於門塾之基，告君以濯具。更視三牲，從羊而往牛，所以告肥充，又發舉其鼐鼎及鼒鼎之覆冪，而告此鼎之絜矣。

② 祭之初，使卑者行事，尚能恭順，故至於當祭事尸，禮無失者，以此至於祭末，旅酬之節，兕觥罰爵，其觩然徒設，無所用之。所以然者，由此助祭飲美酒者，皆思自安，不讙嘩，不傲慢，每事如禮，故無所罰。恭順如此，當於神明，是得壽考之休徵。言祭而得禮，必將得福，故美而歌之。

《絲衣》一章，九句。

酌 【周頌二十八】

於（wū）鑠（shòu）王師，遵養時晦。時純熙矣，是用大介。我龍（chǒng）受之，蹻（jiǎo）蹻王之造，載用有嗣。實維爾公，允師。

《酌》一章，九句。

【毛序】《酌》，告成《大武》也。言能酌先祖之道，以養天下也。

【鄭箋】周公居攝六年，制禮作樂，歸政成王，乃後祭於廟而奏之。其始成告之而已。

【程析】成王時大武樂章之一。大武樂章有六。陸侃如《詩史》：六章為《武》《桓》《賚》（lài）《我將》《酌》《般》。

【樂道主人】酌，《博雅》：清酌，酒也。又取善而行曰酌。《説文》：盛酒行觴。

【樂道主人】鄭與毛有大不同，鄭主以文王、武王具頌，毛僅為武王，見下。

【孔疏】"《酌》"至"天下也"。

◇◇《酌》詩者，告成《大武》之樂歌也。謂周公攝政六年，象武王之事，作《大武》之樂既成，而告於廟。作者睹其樂成，而思其武功，述之而作此歌焉。

◇◇此經無酌字，序又説名"酌"之意，言武王能酌取先祖之道，以養天下之民，故名篇為《酌》。

◇◇毛以為，述武王取紂之事，即是《武》樂所象。鄭以為，武王克殷，用文王之道，故經述文王之事，以昭成功所由。功成而作此樂，所以上本之也。

◇◇言"告成《大武》"，不言所告之廟。《有瞽》"始作樂而合乎太祖"，此亦當告太祖也。《大司樂》"舞《大武》以享先祖"，然則諸廟之中，皆用此樂，或亦遍告群廟也。

◇◇言酌先祖之道者，周之先祖，後稷以來，先世多有美道，武王酌取用之，除殘去暴，育養天下，故詩人為篇立名，謂之為《酌》。序其名篇之意，於經無所當也。

◇鄭以經陳文王之道，武王得而用之，亦是酌取之義，但所酌之事不止此耳。經有"遵養時晦"，毛謂武王取紂，鄭為文王養紂，此言以養天下，則是愛養萬民，非養紂身。雖養字為同，非經養也。

◇◇酌，《左傳》作"汋"，古今字耳。

【孔疏】箋"周公"至"而已"。

◇◇"周公攝政六年，制禮作樂"，《明堂位》文。雖六年已作，歸政成王乃後祭於廟而奏之，初成之時未奏用也，其始成，告之而已，故此篇歌其告成之事。言此者，以明告之早晚，謂在居攝六年告之也。

◇◇知然者，以《洛誥》為攝政七年之事，而經稱周公戒成王云："肇稱殷禮，祀於新邑。"明待成王即政，乃行《周禮》。禮既如此，樂亦宜然，故知《大武》之樂，歸政成王始祭廟奏，周公初成之日，告之而已。

<一章-1>於（wū）鑠（shòu）王師，遵養時晦。時純熙矣，是用大介。

【毛傳】鑠，美。遵，率。養，取。晦，昧也。

【鄭箋】純，大。熙，興。介，助也。於美乎文王之用師，率殷之叛國以事紂，養是闇（àn）昧之君，以老其惡，是周道大興，而天下歸往矣，故有致死之士助之（與毛不同）。

【程析】時，是。是用，因此。

【孔疏】傳"鑠美"至"晦昧"。

◇◇"鑠，美"，《釋詁》文。又云："遵、率，循也。"俱訓為循，是遵得為率。

◇◇武王於紂，養而取之，故以養為取。

◇◇宣十二年《左傳》引此云："遵養時晦"，耆（qí）昧也。故轉晦為昧，言取是暗昧，則謂武王取紂，不得與鄭同也。

◇◇又緝熙之訓，皆為光明。

◇◇介字，毛皆為大，則此亦宜然。王肅云："於乎美哉，武王之用眾也，率以取是昧。謂誅紂定天下以除昧也，於是道大明。是用有大大，言太平也。"

【孔疏】箋"純大"至"助之"。

◇◇"純，大。熙，興"，皆《釋詁》文。

◇◇以卒句乃言信得用師之道，於此未宜歎其大大，故依常訓，以介為助。

◇◇以武王之業因於文王，養紂不伐，是文王之事，此説大武功成，文宜本之於父，故以為美文王之師。養者，承事之辭，故云"率殷之叛國以事紂"。

◇◇《左傳》云："耆（qí）昧也。"《皇矣》云："上帝耆之。"是養之至老，故云"養是暗昧之君，以老其惡"。

◇◇《論語》云："三分天下有其二，以服事殷，周之德可謂之至德。"孔子歎美文王，謂之至德，是周道以養紂之故，遂得大興也。

◇◇《孟子》説"伯夷避紂，居北海之濱。太公避紂，居東海之濱。聞文王作，興而歸之。二老者，天下之大老也，而歸之，是天下父歸之也。天下父歸之，其子焉往"也。是天下歸往之也。

◇◇文武之士并歸周，但下言蹻蹻是威武之貌，故云"有致死之士衆來助之"。

◇◇"文王率殷之叛國以事紂"，襄四年《左傳》文。

<一章-5>我龍（chǒng）受之，蹻（jiǎo）蹻王之造，載用有嗣。

【毛傳】龍，和也。蹻蹻，武貌。造，為也。

【鄭箋】龍，寵也（與毛不同）。來助我者，我寵而受用之。蹻蹻之士，皆爭來造王，王則用之（與毛不同）。有嗣，傳相致。

【程析】有嗣，指連續不斷有人為王所用。

【樂道主人】我、王，毛指武王，鄭皆指文王。

【孔疏】傳"龍和"至"造為"。

◇◇龍之為和，其訓未聞。《魯頌》稱"蹻蹻虎臣"，故為武貌。"造，為"，《釋言》文。

◇◇王肅云："我周家以天人之和而受殷，用武德嗣文之功。"傳意或然。天人之和，謂天助人從，和同與。

【孔疏】箋"龍寵"至"相致"。

◇◇上言大介為大來助周，則我龍受之，龍此大介，寵字以龍為聲，故龍為寵也。來即寵受，人皆羨之，故蹻蹻之士爭來造王，而王又用之，則其餘嗣續而至。

◇◇《儒行》説交友之道，久相待，遠相致，故以"有嗣"為"傳相致"也。從大介至有嗣，節之為三等，言從周之士有先後而至也。

<一章-8>實維爾公，允師。

【毛傳】公，事也。

【鄭箋】允，信也。王之事所以舉兵克勝者，實維女〔rǔ〕之事信，得用師之道（與毛不同）。

【程析】實維，這是。師，法，模範。

【樂道主人】王、女，皆指武王。

【孔疏】箋"允信"至"之道"。

◇◇"允，信"，《釋詁》文。

◇◇上說行文王之事，至此乃述武王，故言武王之事，所以舉兵克勝，謂伐紂勝之也。

【孔疏-章旨】"於鑠王師"。

○毛以為，因告《大武》之成，故歌武王之事。①於乎美哉，武王之用師也，率此師以取是闇昧之君。謂誅紂以定天下。由既誅紂，故於是令周道大明盛矣。是大明之故，遂有大而又大，謂致今時之太平也。又本用師取昧之事，所以為可美者，以我周家用天人之和而受。之言以和受殷，非苟用強力也。

②蹻蹻然有威武之貌者，我武王之所為，則用此武而有嗣文王之功。

③王能如是，故歎美之，實維爾王之事，信得用師之道，以此故作為《大武》，以象其事。

○鄭以為，《大武》象武王伐紂，本由文王之功，故因告成《大武》，追美文王之事。

①於乎美哉，文王之用師眾也，乃率殷之叛國，養是暗昧之君，以成其惡，故民服文王能以多事寡，以是周道乃大興矣。由有至美之德，誠義足以感人，是以大賢士來而助之。

②賢士既來，我文王寵而受之。來者既受用，故蹻蹻然有威武之士競於我王之造。言其皆來造王，王則寵而用之。以此而有嗣續，言其傳相致達，續來不絕。

③由是武王因之，得成功作樂，故歎美之。實維以武王之事，信得用師之道。言武王以文王之故，故得道也。

《酌》一章，九句。

桓　【周頌二十九】

綏萬邦，婁（lǚ）豐年。天命匪（fěi）解（xiè）。桓桓武王，保有厥士。于以四方，克定厥家。於（wū）昭于天，皇以間（jiàn）之。

《桓》一章，九句。

【毛序】《桓》，講武類禡（mà）也。桓，武志也。

【鄭箋】類也，禡（mà）也，皆師祭也。

【孔疏】"《桓》"至"武志也"。

◇◇《桓》詩者，講武類禡之樂歌也。謂武王將欲伐殷，陳列六軍，講習武事，又為類祭於上帝，為禡祭於所征之地。治兵祭神，然後克紂。至周公、成王太平之時，詩人追述其事而為此歌焉。

◇◇序又説名篇之意。桓者，威武之志。言講武之時，軍師皆武，故取桓字名篇也。此經雖有桓字，止言王身之武。名篇曰《桓》，則謂軍衆盡武。

◇《謚法》"辟土服遠曰桓"，是有威武之義。桓字雖出於經，而與經小異，故特解之。

◇◇經之所陳，武王伐紂之後，民安年豐，克定王業，代殷為王，皆由講武類禡得使之然。作者主美武王，意在本由類禡，故序達其意，言其作之所由。

◇講武是軍衆初出，在國治兵也。類則於內祭天，禡則在於所征之地。自內而出，為事之次也。

【孔疏】箋"類也"至"師祭"。

◇◇《釋天》云："是類是禡，師祭也。"

◇◇《王制》云："天子將出征，類乎上帝，禡於所征之地。"注云："上帝，謂五德之帝所祭於南郊者。"言祭於南郊，則是感生之帝，夏正（孟夏）於南郊祭者。周則蒼帝靈威仰也。

140

◇南郊所祭一帝而已，而雲五德之帝者，以《記》（《禮記》）文不指言周，不得斥言蒼帝，故漫言五德之帝以總之。又嫌晋祭五帝，故言"南郊"以別之。五德者，五行之德。此五方之帝各有本德，故稱五德之帝。太昊炎帝之等，感五行之德生，亦得謂之五德之帝。

◇但類於上帝，謂祭上天，非祭人帝也。且人帝無特在南郊祭者。以此知非人帝也。

◇◇謂之類者，《尚書》歐陽説以事類祭之，天位在南方，就南郊祭之。《春官·肆師》云："類造上帝。"注云："造猶即也。為兆以類禮即祭上帝也。"類禮依郊祀而為之者，言依郊祀為之，是用歐陽事類之説為義也。

◇言為兆以祭上帝，則是隨兵所向，就而祭之，不必祭於南郊。但所祭者，是南郊所祭之天耳，正以言造，故知就其所往為其兆位而祭之，不要在南郊。此言小異於歐陽也。

◇◇南郊之祭天，周以稷配。此師祭所配，亦宜用常配之人，周即當以后稷也。

◇◇禡之所祭，其神不明。

◇《肆師》云："凡四時之大田獵祭表貉（mò），則為位。"注云："貉（mò），師祭也。於立表處為師祭，祭造軍法者，禱氣勢之增倍也。其神蓋蚩尤，或曰黃帝。"

◇又《甸祝》"掌四時之田表貉之祝號"。杜子春云："貉，兵祭也。田以講武治兵，故有兵祭，習兵之禮，故貉祭禱氣勢之十百而多獲。"

◇由此二注言之，則禡祭造兵為軍法者，為表以祭之。禡，《周禮》作"貉"，"貉"又或為"貊"字，古今之異也。貉之言百，祭祀此神，求獲百倍。

【樂道主人】貉/貊，《後漢書·西南夷傳》哀牢夷，出貊獸。注：《南中八郡志》曰："貊大如驢，狀頗似熊，多力，食鐵，所觸無不拉。"《廣志》曰："貊色蒼白，其皮溫燠。"

表二　類禡之祭

祭祀名	祭祀類別	祭祀對象	主祭者	祭祀時間（週期）	祭祀地點	備註
類	師祭	上天，非人帝	軍中最高領導	將出征	1. 南郊 2. 就其所往為其兆位	配后稷
禡	師祭	貉（不明）	軍中最高領導	所征之地	不明	貉之言百，祭祀此神，求獲百倍。

<一章-1>綏萬邦，婁（lǚ）豐年。

【鄭箋】綏，安也。婁，亟（qì）也。誅無道，安天下，則亟有豐熟之年，陰陽和也。

【樂道主人】亟，屢次。

【孔疏】箋“綏安”至“陽和”。

◇◇“綏，安”，《釋詁》文。又云：“亟、屢，疾也。”同訓為疾，是屢得為亟也。

◇◇經言萬國，箋言天下，天下即萬國也。《堯典》云：“協和萬邦。”哀七年《左傳》曰：“禹會諸侯於塗山，執玉帛者萬國。”則唐、虞、夏禹之時，乃有此萬國耳。《王制》之注以殷之與周唯千七百七十三國，無萬國矣。

◇此言萬國者，因下有萬國，遂舉其大數。此文廣言天下之大，不斥諸侯之身，國數自可隨時變易，其地猶是萬國之境，故得舉萬言之。

◇◇此安天下，有豐年，謂伐紂即然。僖十九年《左傳》云：“昔周饑，克殷而年豐。”是伐紂之後，即有豐年也。

<一章-3>天命匪（fěi）解（xiè）。桓桓武王，保有厥士。于以四方，克定厥家。

【毛傳】士，事也。

【鄭箋】天命為善不解倦者，以為天子我桓桓有威武之武王，則能安有天下之事。此言其當天意也，於是用武事於四方，能定其家先王之業，遂有天下。

【樂道主人】保，安

【程析】桓桓，威武貌。厥，其。克，能。

【孔疏】箋“天命”至“天下”。

◇◇以"天命匪解"為下文總之。

◇◇"克定厥家"，是天子之事，故知天命以為天子也。安有天下之事，謂天下衆事，武王能安而有之，以天下為任，而行之不解，言其當於天意也。

◇◇以當天意，故天命之，於是用其武事於四方，謂既能誅紂，又四方盡定，由是萬國得安，陰陽得和。此言結上之意也。

◇◇家者，承世之辭，故云能定其家先王之業，遂有天下。先王雖有其業，而家道未定，故於伐紂，其家始定也。

<一章-8>於（wū）昭于天，皇以間（jiàn）之。

【毛傳】間，代也。

【鄭箋】於，曰也。皇，君也。於明乎曰天也，紂為天下之君，但由為惡，天以武王代之（與毛不同）。

【樂道主人】鄭更强調武王順天而行，替天行道，更强調其合法性。

【孔疏】傳"間，代"。《釋詁》文。

◇◇毛傳未有以於為曰，皇多為美，此義必不與鄭同也。王肅云："於乎周道，乃昭見于天，故用美道代殷，定天下。"傳意或然。

【孔疏】箋"於曰"至"代之"。

◇◇"於，曰。皇，君"，《釋詁》文。言於明乎曰天，言天去惡與善，其道至光明也。以武王代紂，即是明之事。言武王當天意以代紂，所以歎美之。

【孔疏-章旨】"綏萬邦"。

○毛以為，①武王誅紂之後，安此萬邦，使無兵寇之害，數有豐年，無饑饉之憂。

②所以得然者，上天所命，命為善不解倦者以為天子。桓桓然有威武之武王，則能安有其天下之事，是其為善不倦，故為天所命。於是用其武事於四方，除其四方之殘賊，能安定其家。謂成就先王之業，遂為天下之主。

③乃歎而美之，於乎此武王之德，乃明見於天。殷紂以暴虐之故，武王得用此美道以代之。

○鄭唯下二句為異。言於明乎曰天，言天道之大明也。紂為天下之君，但由為惡之故，天以武王代之。餘同。

《桓》一章，九句。

賚 【周頌三十】

文王既勤止，我應受之。敷時繹思，我徂維求定。時周之命，於（wū）繹思。

《賚》一章，六句。

【毛序】《賚（lài）》，大封於廟也。賚，予也，言所以錫（cì）予善人也。

【鄭箋】大封，武王伐紂時，封諸臣有功者。

【程析】這是大武的第六章，是頌揚武王功德的贊歌。

【孔疏】"《賚》"至"善人也"。

◇◇《賚》詩者，大封於廟之樂歌也。謂武王既伐紂，於廟中大封有功之臣以為諸侯。周公、成王大平之時，詩人追述其事而為此歌焉。

◇◇經無"賚"字，序又說其名篇之意。賚，予也。言所以錫予善德之人，故名篇曰《賚》。經之所陳，皆是武王陳文王之德，以戒敕受封之人，是其大封之事也。

◇◇此言大封於廟，謂文王廟也。《樂記》說武王克殷之事云："將帥之士，使為諸侯。"下文則云："虎奔之士，脫劍祀乎明堂。"注云："文王之廟為明堂制。"是大封諸侯在文王之廟也。

【孔疏】箋"大封"至"有功者"。

◇◇以言大封，則所封者廣。唯初定天下，可有此事，守文之世，不應得然。且宣十二年《左傳》曰："昔武王克商而作頌，其三曰：'敷時繹思，我徂維求定。'"引此文以為武王之頌，故知武王伐紂時，封諸臣有功者，封為諸侯。

◇《樂記》說"武王克殷，未及下車而封薊、祝、陳，下車而封杞、宋"，又言"將率之士使為諸侯"，是大封也。昭二十八年《左傳》曰"昔武王克商，光有天下，其兄弟之國者十有五人，姬姓之國者四十人"，《古文尚書·武成篇》說"武王克殷而反，祀於周廟，列爵惟五，

144

分土惟三，大賚於四海，而萬民悦服"，皆是武王大封之事。

◇◇此言大封於廟，《樂記》未至廟而已封三恪二代者，言其急於先代之意耳。《祭統》曰："古者明君必賜爵禄於太廟，示不敢專也。"然則武王未及下車，雖有命封之，必至廟受策，乃成封耳，亦在此大封之中也。

◇◇皇甫謐（mì，《廣韻》：慎也，安也）云："武王伐紂之年，夏四月乙卯，祀於周廟。將率之士皆封，諸侯國四百人，兄弟之國十五人，同姓之國四十人。"如謐之言，此大封是伐紂之年事也。

<一章-1>文王既勤止，我應受之。敷時繹思，我徂維求定。

【毛傳】勤，勞。應，當。繹，陳也。

【鄭箋】敷，猶徧也。文王既勞心於政事，以有天下之業，我當而受之。敷是文王之勞心，能陳繹而行之。今我往以此求定。謂安天下也。

【程析】時，是。思，語氣詞。

【樂道主人】維，此，指文王之德行、勞心。

【孔疏】傳"勤，勞。應，當。繹，陳"。皆《釋詁》文。

【孔疏】箋"敷猶"至"天下"。

◇◇敷訓為布，是廣及之義，故云"猶徧也"。文王既勞心於政事者，《尚書》所謂"日昃不遑暇食"，是其事也。

◇◇由此勞心，以有天下之業。我當受之，謂受其位為天子也。

◇◇今我往以此求定者，往者，自已及物之辭，謂行之於天下，以求安定天下也。

<一章-5>時周之命，於（wū）繹思。

【鄭箋】勞心者，是周之所以受天命，而王之所由也。於女（rǔ）諸臣受封者，陳繹而思行之，以文王之功業敕勸之。

【程析】時，是。

【孔疏】箋"勞心"至"勸之"。

◇◇言是者，上之勞心也。上天之命，命不解怠者，故知勞心是周之所以受天命，而王之所由。

◇◇此詩為大封而作，故知"於繹思"是敕諸臣受封，使陳繹而思行之。文王之道，可永為大法，故以文王之功業敕勸之。於亦歎辭也。

【孔疏-章旨】"文王既勤止"。武王既封諸臣有功者於文王之廟，因以文王之道戒敕之。

①言我父文王既以勤勞於政事止，以勤勞於事，故有此天下之業。我當受而有之，故我徧於是文王勞心之事，皆陳而思行之，我往以此維求安定。言用文王之道，往行天下，以求天下之定。

②此文王勞心之事，是我周之受天命而王之所由。於乎，今汝諸臣受封者，亦當陳而思行之。言己陳行文王之道，敕諸臣，亦使陳而行之，以此而至於太平，故追述而歌之也。

《賚》一章，六句。

般　【周頌三十一】

於（wū）皇時周，陟其高山，墮（dòu）山喬嶽，允猶翕河。
敷天之下，裒（póu）時之對，時周之命。

《般》一章，七句。

【毛序】《般》，巡守而祀四嶽河海也。般，樂也。

【程析】這是大武的第四章。是周王巡狩祭祀山川的樂歌。

【孔疏】"《般》"至"樂也"。

◇◇《般》詩者，巡守而祀四嶽河海 之樂歌也。謂武王既定天下，巡
行 諸侯所守之土，祭祀四嶽河海 之神，神皆饗其祭祀，降之福助。至周
公、成王太平之時，詩人述其事而作此歌焉。

◇◇ 經稱"喬嶽""翕河"，是祀河嶽 之事也。

◇◇ 經無"般"字，序又說其名篇之意。般，樂也，為天下所美樂。
定本"般樂"二字為鄭注，未知孰是。

◇◇嶽 實有五，而稱四 者，天子巡守，遠適四 方，至於其方之嶽，有
此祭禮。於中嶽無事，故序不言焉。

◇◇四 瀆（dú）者，五嶽 之匹，故《周禮》嶽瀆連文。序既不言五
嶽，故亦不言四 瀆。以河是四 瀆之一，故舉以為言。《漢書·溝洫志》
曰："中國川原以百數，莫著於四瀆，而河 為宗。"然則河 為四 瀆之長。
巡守四 瀆皆祭，言河 可以兼之。

◇◇ 經無海 而序言海 者，海 是眾川所歸，經雖不說，祭之可知，故序
特言之。

【樂道主人】江河淮濟爲四瀆。《釋名》瀆，獨也。各獨出其水而入
海也。《白虎通·巡狩篇》瀆者，濁也。中國垢濁，發源東注海，其功著
大，故稱瀆。

<一章-1於 （wū）皇時周，陟其高山，墮 （dòu）山喬嶽，允猶翕河。

【毛傳】高山，四嶽也。墮山，山之墮墮小者也。翕，合也。

【鄭箋】皇，君（與毛不同）。喬，高。猶，圖也。於乎美哉，君是周邦而巡守，其所至則登其高山而祭之，望秩於山川。小山及高嶽，皆信案山川之圖而次序祭之。河言合者，河自大陸之北敷為九，祭者合為一。

【樂道主人】敷，布。

【孔疏】傳"高山"至"翕合"。

◇◇嶽必山之高者，故知"高山，四嶽也"。

◇◇墮山對高山為小，故知山之小者墮墮然，言其狹長之意也。

◇◇毛於皇字多訓為美。王肅云："美矣，是周道已成，天下無違，四面巡嶽，升祭其高山。"傳意或然。

◇◇"翕，合"，《釋詁》文。

【孔疏】箋"皇君"至"為一"。

◇◇"皇，君。喬，高"，《釋詁》文。"猶，圖"，《釋言》文。

◇◇以於已是歎美之辭，故以皇為君。君是周邦，謂為天子也。

◇◇巡守所至，則登其高山而祭之，謂每至其方，告祭其方之嶽也。《堯典》及《王制》說巡守之禮，皆言望秩於山川。《堯典》注云："徧以尊卑次秩祭之。"則知"墮山喬嶽，允猶翕河"，皆謂秩祭之事，故云"小山高嶽，皆信案山川之圖，而次序祭之"。此即望秩之事也。

◇喬嶽與上句高山猶是一事，但巡守之禮，其祭主於方嶽，故先言"陟其高山"。

◇又說望秩之意，言小山亦可與四嶽同祭，故又言喬嶽，令與小山為類，見其同祭之耳。

◇"允猶"之文，承"山嶽"之下，可案山圖耳。而并云川者，山之與川，共為一圖，言望秩山川，則亦案圖耳。但河分為九，合而祭之一，故退"翕河"之文在"允猶"之下，使之不蒙"允猶"。

◇◇自河以外，其餘眾川，明皆案圖祭之，故云"信案山川之圖"。信者，謂審信而案之。又解山不言合，獨河言合者，河自大陸之北敷為九河，祭者合之為一，故雲翕也。

◇《禹貢》"導河自積石，至於龍門。南至於華陰，東至於底柱，又東至於孟津。東過洛汭，至於大伾。北過降水，至於大陸。又北播為九河，同為逆河，入於海"。是大陸之北敷為九河。敷者，分散之言，與播義同，故彼注云："播，猶散也。同，合也。下尾合為逆河，言相迎

臤

受也。”

◇然則因大陸分而為九，至下又合為一，以其首尾是一，故祭者合之。

◇◇《漢書·地理志》“巨鹿郡有巨鹿縣，大陸澤在其北”。《禹貢》注云：“在巨鹿。”《鄭志》答張逸云：“巨鹿，今名廣河澤。”然則河從廣河之北分為九也。

◇《禹貢》兖州，“九河既道”，孔安國注云“河水分為九道，在此州界平原以北”是也。鄭注云：“河水自上至此，流盛而地平無岸，故能分為九，以衰其勢。壅塞，故通利之也。九河之名：徒駭、大史、馬頰、覆釜、胡蘇、簡、絜、鉤盤、鬲津。周時齊桓公塞之，同為一。今河間弓高以東，至平原鬲盤，往往有其遺處焉。”鄭言九河之名，《釋水》文也。

◇◇李巡曰：“徒駭者，禹疏九河以徒眾起，故曰徒駭。大史者，禹大使徒眾通水道，故曰大史。馬頰者，河勢上廣下狹，狀如馬頰。覆釜者，水多渚，其渚往往而處狀如覆釜。胡蘇者，其水下流，故曰胡蘇。胡，下也。蘇，流也。簡者，水深而簡大也。絜者，言河水多山石之苦，故絜絜苦也。鉤盤者，河水曲如鉤，屈折如盤，故曰鉤盤。鬲津者，河水狹小，可隔為津，故曰鬲津。”

◇孫炎曰：“徒駭者，禹疏九河，功難，衆懼不成，故曰徒駭。太史者，大使徒衆，故依名云。胡蘇者，水流多散胡蘇然。簡者，水通易也。鉤盤者，水曲如鉤，盤桓不前也。鬲津者，水多阨狹，可隔以為津而橫渡也。”是解九河之名意也。

◇《溝洫志》稱，成帝時，博士許商以為“古記九河之名，有徒駭、胡蘇、鬲津，今見在成平、東光、鬲界中。自鬲以北至徒駭間，相去二百餘裡，今河雖數移，不離此域”。如商此言，上舉三河之名，下以縣充之，則徒駭在成平，胡蘇在東光，鬲津在鬲縣。其餘六者，商所不言，蓋於時以不能詳知其處故也。

◇又商言“自鬲以北至徒駭間，相去二百餘里”，則**徒駭**是九河之最北者，鬲津是九河之最南者，然則《爾雅》之文從北而説也。太史、馬頰、覆釜文在胡蘇之上，則三者在成平之南、東光之北也。簡、絜、鉤盤文在胡蘇之下，則三者在東光之南、鬲縣之北也。鄭亦不能具知所在，故云“往往有其遺處”，是其不審之辭也。

◇郭璞云：“徒駭今在成平縣，東光有胡蘇亭，鬲、盤今皆為縣，屬平原渤海。東光、成平、河間、弓高以東，往往有其遺處焉。"璞言盤今為縣，以為盤縣，其餘亦不審也。

◇雖古之河迹難得而詳，要於《禹貢》之時，皆在兗州之界。於漢之世，則兗州之所部近南，其界不及於北，故《鄭志》趙商謂"河在兗州之北已分為九河，分而復合，於大陸之北又分為九"。故問之曰："《禹貢》導河至於大陸，又北播為九河，然則大陸以南固未播也，在於兗州安得有九？至於何時復得合為一，然後從大陸已北復播為九也？答曰："兗州以濟河為界，河流分兗州界，文自明矣。復合為一，乃在下頭。子走南北，何所求乎？觀子所云，似徒見今兗州之界不及九河，而青、冀州分之，故疑之耳。"既知今，亦當知古，是鄭以古之九河皆在兗州之界，於漢乃冀州域耳。

◇言復合為一，乃在下頭，正以經云"同為逆河，入於海"，明并為一河，乃入於海，故云"在下頭"耳。亦不知所并之處，故不斥言之。

◇齊桓公塞為一者，不知所出何書。其并為一，未知并從何者。

表三　古黃河九支

九河《釋水》	李巡	孫炎	成帝時博士許商：古皆在兗州
徒駭	禹疏九河以徒衆起。	禹疏九河，功難，衆懼不成。	位置最北
大史	禹大使徒衆通水道。	大使徒衆。	
馬頰	河勢上廣下狹，狀如馬頰。		
覆釜	水多渚，其渚往往而處狀如覆釜。		
胡蘇	其水下流。胡，下也。蘇，流也。	水流多散胡蘇然。	
簡	水深而簡大也。	水通易也。	
絜	言河水多山石之苦，故絜絜苦也。		
鉤盤	河水曲如鉤，屈折如盤。	水曲如鉤，盤桓不前也。	
鬲津	河水狹小，可隔為津。	水多阨狹，可隔以為津而橫渡也。	位置最南

<一章-5>敷天之下，裒（póu）時之對，時周之命。

【毛傳】裒，聚也。

【鄭箋】裒，衆（與毛不同）。對，配也。遍天之下衆山川之神，皆如是配而祭之，是周之所以受天命而王也。

【程析】敷，播，布。

【孔疏】傳"哀，聚"。《釋詁》文。

【孔疏】箋"哀聚"至"而王"。

◇◇《釋詁》云："哀、衆，多也。"俱訓為多，是哀得為衆。《釋詁》云："妃、合、會，對。"是對得為配。

◇◇言遍天之下，則無有不祭，故以為衆山川之神皆配祭之。正言配者，山川大小相從配之，祭無不遍之意也。

◇◇是周之所以受天命而王者，言其得神之助，故能受天之命。

◇◇武王受命伐紂，後乃巡守，方始祭祀山川，而云受命由此者，作者以神能助人，歸功於神，見受命之前已能敬神，及今巡守猶能敬之，故所以受天命而王天下，言此是神明之助故也。

◇◇此篇末俗本有"於繹思"三字，誤也。

【孔疏-章旨】"於皇時周"。

○毛以為，①於乎美哉，是周家也。既定天下，巡省四方，所至之處，則登其高山之嶽而祭之。其祭之也，於大山之傍，有嶞嶞然之小山，與高而為嶽者，皆信案山川之圖者，又合九河為一，以大小次序而祭之也。

②遍天之下山川，皆聚其神於是，配而祭之。能為百神之主，德合山川之靈，是周之所以受天命由此也。

○鄭唯以皇為君、哀為衆為異。餘同。

《般》一章，七句。

駉 【魯頌一】

駉（jiōng）駉牡馬，在坰（jiōng）之野。薄言駉者，有驈（yù）有皇，有驪（lí）有黃，以車彭（bāng）彭。思無疆，思馬斯臧（zāng）。

駉駉牡馬，在坰之野。薄言駉者，有騅（zhuī）有駓（pī），有騂（xīn）有騏（qí），以車伾（pēi）伾。思無期，思馬斯才。

駉駉牡馬，在坰之野。薄言駉者，有驒（tuó）有駱（lòu），有駵（liǔ）有雒（lòu），以車繹繹。思無斁（yì），思馬斯作。

駉駉牡馬，在坰之野。薄言駉者，有駰（yīn）有騢（xiá），有驔（diàn）有魚，以車祛（qū）祛。思無邪，思馬斯徂。

《駉》四章，章八句。

【毛序】《駉》，頌僖公也。僖公能遵伯禽之法，儉以足用，寬以愛民，務農重穀，牧於坰野，魯人尊之，於是季孫行父請命於周，而史克作是頌。

【鄭箋】季孫行父，季文子也。史克，魯史也。

【樂道主人】此詩應以馬肥多喻僖公賢臣衆多。

【孔疏】"《駉》"至"作是頌"。

◇◇作《駉》詩者，頌僖公也。僖公能遵伯禽之法。伯禽者，魯之始封賢君，其法可傳於後。僖公以前，莫能遵用。至於僖公，乃遵奉行之，故能性自節儉，以足其用情，又寬恕以愛於民，務勤農業，貴重田穀，牧其馬於坰遠之野，使不害民田，其為美政如此，故既薨之後，魯國之人慕而尊之。

◇◇於是卿有季孫氏名行父者，請於周，言魯為天子所優，不陳其詩，不得作風，今僖公身有盛德，請為作頌。既為天子所許，而史官名克者，作是《駉》詩之頌，以頌美僖公也。定本、《集本》皆重有僖公字。

◇◇言能遵伯禽之法者，伯禽賢君，其法非一，僖公每事遵奉，序者總以為言也。不言遵周公之法者，以周公聖人，身不之魯，魯國之所施行，皆是伯禽之法，故系之於伯禽，以見賢能慕賢之意也。

◇◇儉者，約於養身，為費寡少，故能畜聚貨財，以足諸用。寬者，緩於馭物，政不苛猛，故能明慎刑罰，以愛下民。此雖僖公本性，亦遵伯禽為然也。

◇◇務農，謂止舍勞役，盡力耕耘。重穀，謂愛惜禾黍，不妄損費。其事是一，但所從言之異耳。

◇◇由其務農，故牧於坰遠之野，使避民居與良田，即四章上二句是也。其下六句，是因言牧在於坰野，即說諸馬肥健，僖公思使之善，終說牧馬之事也。

◇◇儉以足用，寬以愛民，說僖公之德，與務農重穀為首引耳，於經無所當也。僖公之愛民務農，遵伯禽之法，非獨牧馬而已。以馬畜之賤，尚思使之善，則其於人事，無所不思明矣。

◇◇"魯人尊之"以下，以諸侯而作頌詩為非常，故說其作頌之意，雖復主序此篇，其義亦通於下三篇，亦是行父所請，史克所作也。

◇◇此言魯人尊之，謂既薨之後，尊重之也。

【孔疏】箋"季孫"至"魯史"。

◇◇行父是季友之孫，故以季孫為氏，死諡曰文子。《左傳》《世本》皆有其事。文十八年《左傳》稱"季文子使太史克對宣公"，知史克，魯史也。

◇◇此雖借名為頌，而體實國風，非告神之歌，故有章句也。

◇◇禮，諸侯六閑，馬四種，有良馬，有戎馬，有田馬，有駑馬。僖公使牧於坰野，馬皆肥健，作者因馬有四種，故每章各言其一。

◇首章言良馬，朝祀所乘，故云"彭彭"，見其有力有容也。

◇二章言戎馬齊力尚強，故云"伾伾"，見其有力也。

◇三章言其田馬，田獵齊足尚疾，故云"驛驛"，見其善走也。

◇卒章言駑馬，主給雜使，貴其肥壯，故云"祛祛"，見其強健也。

◇馬有異種，名色又多，故每章各舉四色以充之。宗廟齊豪，則馬當純色，首章說良馬而有異毛者，容朝車所乘故也。

<一章-1>駉（jiōng）駉牡馬，在坰（jiōng）之野。

【毛傳】駉駉，良馬腹幹肥張也。坰，遠野也。邑外曰郊，郊外曰

153

野，野外曰林，林外曰坰。

【鄭箋】必牧於坰野者，辟民居與良田也。《周禮》曰："以官田、牛田、賞田、牧田任遠郊之地。"

【孔疏】傳"駉駉"至"曰坰"。

◇◇腹，謂馬肚。幹，謂馬脅。宣十五年《左傳》曰："雖鞭之長，不及馬腹。"謂鞭馬肚也。莊元年《公羊傳》曰："拉公幹而殺之。"謂折公脅也。

◇◇肥張者，充而張大，故其色駉駉然，是馬肥之貌耳。但毛以四章分說四種之馬，故言駉駉良馬，腹幹肥張。明首章為良馬，二章為戎馬也。

◇◇坰者，闊廣之義，故為遠。《釋地》云："邑外謂之郊，郊外謂之牧，牧外謂之野，野外謂之林，林外謂之坰。"此傳出於彼文，而不言郊外曰牧。注云"郊外曰野"者，自郊以外，野為通稱，因即據野為說，不言牧焉。且彼郊外之牧，與此經牧馬字同而事異，若言郊外牧，嫌與牧馬相涉，故略之也。

◇◇郊、牧、野、林、坰，自邑而出，遠近之異名。孫炎曰："邑，國都也。設百里之國，五者之界，界各十里。"然則百里之國，國都在中，去境五十，每十里而異其名，則坰為邊畔，去國最遠，故引之以證坰為遠也。彼據小國言之，郊為遠。

◇◇郊、牧、野、林、坰，自郊外為差，則郊也、牧也、野也、坰也，四者不同處。箋稱牧於坰野，又言牧任遠郊，便是郊、牧、坰、野共為一處。與《爾雅》異者，自國都以外，郊為大限，言牧在遠郊，謂所牧之處在遠郊之外，正謂在坰是也。

◇野者，郊外通名，故《周禮》六遂在遠郊之外。《遂人職》云："凡治野田。"是其郊外之地總稱野也。

◇牧於坰野，自謂放牧在坰，非遠近之名，雖字與《爾雅》相涉，其意皆不同也。

◇孫炎言"百里之國，十里為郊"，則郊之遠近，計境之廣狹以為差也。《聘禮》云："賓及郊。"注云："郊，遠郊。"周制，

◇◇天子畿內千里，遠郊百里。以此差之，遠郊上公五十里，侯四十里，伯三十里，子二十里，男十里也。近郊各半之。是鄭之所約也。

◇以《聘禮》下云"賓至於近郊"，故知賓及郊者，為遠郊也。

◇《司馬法》云："王國百里為遠郊。"且王畿千里，其都去境五百里。

◇《爾雅》從邑之外止有五，明當每皆百里，故知遠郊百里也。

◇知近郊半之者，《書序》云："周公既沒，命君陳分正東郊成周。"於時周都王城，而謂成周為東郊，則成周在其郊也。於漢王城為河南，成周為洛陽，相去不容百里，則所言郊者，謂近郊，故注云："天子近郊五十里，今河南洛陽相去則然。"是鄭以河南洛陽約近郊之里數也。

◇《周禮》杜子春注云："五十里為近郊。"《白虎通》亦云："近郊五十里，遠郊百里。"是儒者相傳為然。

◇昭二年"叔弓如晋"，《左傳》曰："晋侯使郊勞。"服虔云："近郊三十里。"或當別有依約，與鄭異也。

◇《書傳》云："百里之國，二十里之郊。七十里之國，九里之郊。三十里之國，三里之郊。"言其百里、七十里，是夏、殷諸侯之國，其郊與周異也。

表四　周时郊野之分

文獻说明	邑	郊	牧	野	林	坰
《釋地》、孫炎（上公）	國都百里	十里	二十里	三十里	四十里	五十里
鄭玄	天子畿内千里，遠郊百里。以此差之，遠郊上公五十里，侯四十里，伯三十里，子二十里，男十里也。近郊各半之。是鄭之所約也。					
《爾雅》	《爾雅》從邑之外止有五，明當每皆百里，故知遠郊百里也。					
《左傳》	昭二年"叔弓如晋"，《左傳》曰："晋侯使郊勞。"服虔云："近郊三十里。"或當別有依約，與鄭異也。					
《書傳》	《書傳》云："百里之國，二十里之郊。七十里之國，九里之郊。三十里之國，三里之郊。"言其百里、七十里，是夏、殷諸侯之國，其郊與周異也。					
说明	野，郊外通名，郊外之地總稱野。					

【孔疏】箋"必牧"至"之地"。

◇◇解牧馬必在坰野之意。以國内居民多，近都之地貴，必牧於坰野者，避民居與良田故也。以序云"務農重穀，牧於坰野"，故知有避民田之義也。

◇◇引《周禮》者，《地官·載師》文。彼注鄭司農云："官田者，以備公家之所耕也。牛田者，以養公家之牛也。賞田者，賞賜之田也。牧田者，牧六畜之田。"玄謂："官田，庶人在官者，其家所受田也。牛田、牧田，畜牧者之家所受田也。"

◇◇必易司農者，以《載師》掌在土之法，以物地事所陳者為制貢賦而言也。若官所耕田，及牛牧之田，則自公家所田，無賦稅之事。下文何云"近郊十一，遠郊二十而三"，為稅法也。以此故易之。

【樂道主人】鄭以為，牛田、牧田非公家之田也。

◇◇彼司農以牛田為牧家所受，則非復放牧之田。而引證此者，以牧人之牧六畜，常在遠郊之外，因近其牧處而給之田，故引此為證馬之處，當遠於國也。

◇◇彼雖天子之法，明諸侯亦當然，則牧在遠地，避民良田，乃是禮法當然。自僖公以前，不能如禮，故特美之。

【樂道主人】鄭眾（？—83），字仲師。河南開封人。東漢經學家、官員，名儒鄭興之子。後世習稱先鄭（以區別於漢末經學家鄭玄）、鄭司農（以區別於宦官鄭眾）。

<一章-3>薄言駉者，有驈（yù）有皇，有驪（lí）有黃，以車彭（bāng）彭。

【毛傳】牧之坰野則駉駉然。驪馬白跨曰驈，黃白曰皇，純黑曰驪，黃騂（xīn）曰黃。諸侯六閑，馬四種，有良馬，有戎馬，有田馬，有駑馬。彭彭，有力有容也。

【鄭箋】坰之牧地，水草既美，牧人又良，飲食得其時，則自肥健耳。

【孔疏】傳"牧之"至"力有容也"。

◇◇上言"駉駉牡馬，在坰之野"，是馬之肥，及言其牧處。此雲"薄言駉者，有驈有皇"，是就其所牧之中，言肥馬之色。此駉駉之肥，由牧之使然，故傳辨之云："牧之坰野，則駉駉然。"

◇◇《釋畜》云："驪馬白跨，驈。"孫炎曰："驪，黑色也。白跨，股腳白也。"郭璞云："跨，髀間也。"然則跨者，所跨據之處，謂髀間白也。

◇◇《釋畜》又云："黃白，皇。"舍人曰："黃白色雜名皇也。"

◇◇其驪與黃，則《爾雅》無文。《月令》孟冬云："駕鐵驪，象時之色。"《檀弓》云："夏后氏尚黑，戎事乘驪。"故知"純黑曰驪"。

◇《爾雅》"黃白，皇"，謂黃而色白者，名之為皇，則黃而赤色者直名為黃明矣。故知"黃騂曰黃"。騂者，赤色，謂黃而雜色者也。

◇◇諸侯六閑，馬四種，《夏官·校人》有其事，故知邦國六閑，傳唯變邦國以為諸侯耳。以四章所論馬色既別，皆言以車，明其每章各有一種，故言此以充之。不於上經言之者，以上文二句，四章皆同，無可以為別異，故就此以車異文而引之也。

◇閑，謂馬之所在有限衛之處。《校人》之注以為二百一十六匹為一廄，每廄為一閑。諸侯有四種，其三種別為一閑，駑一種而分為三閑也。

◇傳既言馬有四種，又辨四種之異，故云"有良馬，有戎馬，有田馬，有駑馬"。彼《校人》上文辨六馬之屬，種、戎、齊、道、田、駑，本無良馬之名。鄭於彼注以為諸侯四種，無種、戎，而有齊、道、田、駑。

◇此傳有良、戎，而無齊、道。與彼異者，彼上文說六馬之屬，下言天子六種，邦國四種，家二種，自上降殺以兩，明當漸有其等差，其義必如鄭說。

◇今傳言良馬，非彼六馬之名，則戎馬非彼之義。戎馬自以時事名之，蓋謂齊馬為良馬，道馬為戎馬也。何則？國之大事，在祀與戎，諸侯之國必有朝祀征伐之事，謂朝祀所乘為良馬，征伐所乘為戎馬，非《周禮》之種、戎也。

◇彼鄭注以次差之，①玉路駕種馬，②戎路駕戎馬，③金路駕齊馬，④象路駕道馬，⑤田路駕田馬，⑥駑馬給宮中之役。

◇彼以天子具有五路，故差之以當六馬。而諸侯路車多少不等，有自金路以下者，有象路以下者，有革路以下者。車雖有異，馬皆四種，則知其為差次不得同天子，故傳准所用，別為立名，謂之良、戎，不言齊、道。

◇案魯以同姓勳親，有金路以下，則當金路、象路共駕良馬，戎路駕戎馬，田路駕田馬，駑馬給宮中之役。其餘諸侯無金路者，事窮則同，蓋亦準其時事分乘四種。大夫本無路車，亦有二種之馬，明以時事乘之，不必要駕路車也。若然，案《夏官·戎右》注云："此充戎路之右，田亦為之右。"

◇然則戎、田相類，何知不象路駕戎馬，戎路駕田馬，而必知諸侯有金路者，金路、象路共駕良馬，戎路駕戎馬者，以兵戎國之大事，當駕善馬，不得與田馬同也。天子戎路，以其無飾，故卑於象路。戎馬以其尚強，故戎馬先於齊馬。以此知諸侯戎路亦不得與田路同馬。且戎路之衡高於田路，田馬不得駕之。

◇《冬官》："輈（zhōu）人為輈，國馬之輈，深四尺有七寸；田馬之輈，深四尺。"注云："國馬，謂種馬、戎馬、齊馬、道馬，高八尺；兵車、乘車，衡高八尺七寸；田馬七尺。"則衡高七尺七寸是戎馬之高，當與齊道同，不與田馬等，故知戎路不得駕田馬也。戎路必駕戎馬，則知有金路者，金路、象路共駕良馬明矣。

◇《校人》又云："凡頒良馬而養乘之。"注云："良，善也。善馬，五路之馬。"彼以五路之馬皆稱為良，此傳獨以齊馬為良馬者，以其用之朝祀，故謂之良，不與《周禮》同也。朝祀所乘，雖取其力，亦須儀容，故云"彭彭，有力有容容"。言其能備五御之威儀也。

<一章-7>思無疆，思馬斯臧（zāng）。

【鄭箋】臧，善也。僖公之思遵伯禽之法，反復思之，無有竟己，乃至於思馬斯善，多其所及廣博。

【孔疏】箋"臧善"至"廣博"。

◇◇"臧，善"，《釋詁》文。疆者，竟也，故言反復思之無竟己。

◇◇言伯禽之法非一，僖公每事思之，所思眾多，乃至於思馬斯善。以馬是賤物，舉微以見其著，多大其思之所及者能廣博也。

【孔疏-章旨】"駉駉"至"斯臧"。僖公養四種之馬，又能遠避良田，魯人尊重僖公，作者追言其事。

①駉駉然腹幹肥張者，所牧養之良馬也。所以得肥張者，由其牧之在於坰遠之野，其水草既美，牧人又良，飲食得所，莫不肥健，故皆駉駉然。

②"薄言駉者"，有何馬也？乃有白跨之驈馬，有黃白之皇馬，有純黑之驪馬，有黃騂之黃馬。此等用之以駕朝祀之車，則彭彭然有壯力，有儀容矣。是由牧之以理，故得使然。

③此僖公思遵伯禽之法，反復思之，無有竟己。其所思乃至於馬亦令之使此善，是其所及廣博，不可忘也。定本"牧馬"字作"牡馬"。

<二章-1>駉駉牡馬，在坰之野。薄言駉者，有騅（zhuī）有駓（pī），有騂（xīn）有騏（qí），以車伾（pēi）伾。

【毛傳】蒼白雜毛曰騅。黃白雜毛曰駓。赤黃曰騂。蒼祺（qí）曰騏。伾伾，有力也。

【孔疏】傳"倉白"至"有力"。

◇◇《釋畜》云："倉白雜毛騅。"郭璞曰："即今也。"又云："黃白雜毛駓"郭璞曰："今之桃華馬也。"此二者，皆云"雜毛"，是體有二種之色相間雜。上云"黃白曰皇，黃騂曰黃"，止一毛色之中自有淺深，與此二色者異，故不云雜毛也。

◇◇其騂、騏，《爾雅》無文。周人尚赤，而牲用騂犅（gāng，公牛）。禮稱陽祀用騂牲，是騂為純赤色。言赤黃者，謂赤而微黃，其色鮮明者也。上云"黃騂曰黃"，謂黃而微赤。此云"赤黃曰騂"，謂赤而微黃。此其所以異也。

◇騏者，黑色之名。"倉騏曰騏"，謂青而微黑，今之驄馬也。《顧命》曰："四人騏弁。"注云："青黑曰騏。"引《詩》云："我馬維騏。"是騏為青黑色。

◇◇此章言戎馬，戎馬貴多力，故云"伾伾，有力"。

<二章-7>思無期，思馬斯才。

【毛傳】才，多材也。

<三章-1>駉駉牡馬，在坰之野。薄言駉者，有驒（tuó）有駱（lòu），有騟（liǔ）有雒（lòu），以車繹繹。

【毛傳】青驪驎曰驒。白馬黑鬣曰駱。赤身黑鬣曰騟。黑身白鬣（liè）曰雒。繹繹，善走也。

【樂道主人】鬣，獸頸上的長毛。

【孔疏】傳"青驪"至"善走"。

◇◇《釋畜》云："青驪驎，驒。"孫炎云："色有淺深，似魚鱗也。"郭璞曰："色有深淺班駁隱粼，今之連錢驄（cōng，青色與白色夾雜的馬）也。"

◇◇又云："白馬黑鬣，駱。"郭璞引《禮記》曰："夏后氏駱馬黑鬣。"然則髦即是鬣，皆謂馬之鬃也。定本、《集注》髦字皆作鬣。

◇◇其"騟雒"《爾雅》無文。《爾雅》有"騮白，駁"，"騮馬，黄脊騝音幹"，則騝是色名。説者以騝為赤色，若身鬣俱赤則駵馬，故為赤身黑鬣曰騝，即今之騝馬也。

◇◇黑身白鬣曰雒，則未知所出。檢定本、《集注》及徐音皆作"雒"字，而俗本多作"駁"字。《爾雅》有"騝白，駁"，謂赤白雜色，駁而不純，非黑身白鬣也。《東山》傳曰："騝白曰駁。"謂赤白雜，取《爾雅》為説。若此亦為駁，不應傳與彼異。且注《爾雅》者樊光、孫炎於"騝白，駁"下乃引《易》"幹為駁馬"，引《東山》"皇駁其馬"，皆不引此文，明此非駁也。其字定當為"雒"，但不知黑身白鬣何所出耳。

◇◇此章言"田馬，田獵尚疾"，故言"繹繹、善走"。

<三章-7>思無斁（yì），思馬斯作。

【毛傳】作，始也。

【鄭箋】斁，厭也。思遵伯禽之法，無厭倦也。作，謂牧之使可乘駕也（與毛不同）。

【孔疏】傳"作，始"。

◇◇《釋詁》云："俶，作也，始也。"俶之所訓為作、為始，是作亦得為始。

◇◇思馬斯始，謂令此馬及其古始如伯禽之時也。

【孔疏】箋"斁厭"至"乘駕"。

◇◇"斁，厭"，《釋詁》文。彼作"射"，音義同。

◇◇以上章"斯臧""斯才"皆馬之身事，**故易傳**以作為作用，謂牧之使可作用乘駕也。

<四章-1>駉駉牡馬，在坰之野。薄言駉者，有駰（yīn）有騢（xiá），有驔（diàn）有魚，以車祛（qū）祛。

【毛傳】陰白雜毛曰駰。彤白雜毛曰騢。豪骭（gàn）曰驔。二目白曰魚。祛祛，强健也。

【孔疏】傳"陰白"至"强健"。

◇◇《釋畜》云："陰白雜毛，駰。"舍人曰："今之泥驄也。"樊光曰："駰者，目下白也。"孫炎曰："陰，淺黑也。"郭璞曰："陰，淺黑，今之泥驄。或云目下白，或云白陰，皆非也。"璞以陰白之文與驪白、黃白、倉白、彤白相類，故知陰是色名，非目下白與白陰也。

◇◇又云："彤白雜毛，騢。"舍人曰："赤白雜毛，今赭（zhě）馬名騢（xiá）。"郭璞云："彤，赤也，即今赭白馬是也。"又云："一目白瞷（xián），二目白魚。"舍人曰："一目白曰瞷。兩目白為魚。"郭璞曰："似魚目也。"

◇◇其驔，《爾雅》無文。《説文》云："骭骹也。"郭璞曰："骭（gàn），脚脛。"然則骭者，膝下之名。《釋畜》云："四骹皆白，驈（céng）"，無豪骭白之名。傳言豪骭白者，蓋謂豪毛在骭而白長，名為驔也。驔則四骹（qiāo，脛骨近脚處較細的部分）雜白而毛短，故與驔異也。

◇◇此章言駕馬主以給官中之役，貴其肥壯，故曰"袪袪，强健也"。

<四章-7>思無邪，思馬斯徂。

【鄭箋】徂，猶行也。遵伯禽之法，專心無復邪意也。牧馬使可走行。

【孔疏】箋"徂猶"至"走行"。

◇◇徂（cú）訓為往，行乃得往，故徂猶行也。思牧馬使可走行，亦上章使可乘駕之事也。

◇◇王肅云："徂，往也。所以養馬得往古之道。"毛於上章以作為始，則此未必不如肅言。但無迹可尋，故同之鄭説。

《駉》四章，章八句。

表五　周時馬名種類

馬名	主色	副色	總色	現名	注	備注
驪	黑	白	黑馬白跨		良馬，無雜毛	《釋畜》云："驪馬白跨，驈。"
騩	黑		純黑		良馬	《檀弓》云："夏后氏尚黑，戎事乘驪。"
皇	黃	白	黃而色白		良馬，無雜毛	舍人曰："黃白色雜名皇也。一毛之中自有淺深
黃	黃	紅	黃駵，黃而赤色		良馬，無雜毛	謂黃而微赤。一毛之中自有淺深
騢	青、白		蒼白	騢馬	戎馬，雜毛	體有二種之色相間雜。
駓	黃、白	黃	黃白		戎馬，雜毛	體有二種之色相間雜。
騂	赤黃		赤黃		戎馬	謂赤而微黃，其色鮮明者也
騏	青	黑	蒼祺	驄馬	戎馬	騏為青黑色，謂青而微黑，今之驄馬也。
驔	青黑	白鱗	青黑色而有白鱗花紋		田馬	騂為青深淺斑駁隱鄰，今之連錢驄也。"
駱	白	黑鬣	白馬黑鬣（獸頭上的長毛）		田馬	郭璞引《禮記》曰："夏后氏駱馬黑鬣。"
駰	赤	黑鬣	赤身黑鬣	騚馬	田馬	騚是色名
雒	黑	白鬣	黑身白鬣		田馬	
駽	淺黑	白	陰白			騥是色名
騥	彤、赤	白	彤白		駑馬，雜毛	
驒	黑	白毛小腿（程注說黃色黃骭）	豪骭（小腿）		駑馬，雜毛	璞曰："骭，腳脛。" 豪毛在骭而白長
魚			兩眼眶有白圈		駑馬，雜毛	舍人曰："一目白曰瞯，兩目白為魚。"
驈			四骹雜白而毛短			脛骨近腳處較細的部分

表六　周时馬及相應車的功用

馬名	乘路	作用	特點	天子	諸侯
種馬	玉路			有	無
戎馬	戎路			有	無
齊馬	金路	朝祀所乘	有力有容	有	良馬
道馬	象路	齊力尚强	有力	有	戎馬
田馬	田路	田獵齊足尚疾	善走	有	有
駑馬	宮中之役	主給雜使	貴其肥壯	有	有

有 駜 【魯頌二】

有駜（bì）有駜，駜彼乘（shèng）黃。夙夜在公，在公明明。振振鷺，鷺于下。鼓咽（yàn）咽，醉言舞，于胥（xū）樂（lè）兮。

有駜有駜，駜彼乘牡。夙夜在公，在公飲酒。振振鷺，鷺于飛。鼓咽咽，醉言舞，于胥樂兮。

有駜有駜，駜彼乘駽（xuān）。夙夜在公，在公載燕（yàn）。自今以始，歲其有。君子有穀，詒（yí）孫子。于胥樂兮。

《有駜》三章，章九句。

【毛序】《有駜》，頌僖公君臣之有道也。

【鄭箋】有道者，以禮義相與之謂也。

【孔疏】"《有駜》"至"有道"。

◇◇君以恩惠及臣，臣則盡忠事君，君臣相與皆有禮矣，是君臣有道也。經三章皆陳君能祿食其臣，臣能憂念事君，夙夜在公，是有道之事也。

◇◇此主頌僖公，而兼言臣者，明君之所為美，由與臣有道，道成於臣，故連臣而言之。

【孔疏】箋"有道"至"之謂"。

◇◇蹈履有法謂之禮。行允事宜謂之義。

◇◇君能致其祿食，與之燕飲，是君以禮義與臣也。臣能夙夜在公，盡其忠敬，是臣以禮義與君也。

<一章-1>有駜（bì）有駜，駜彼乘（shèng）黃。

【毛傳】駜，馬肥强貌。馬肥强則能升高進遠，臣强力則能安國。

【鄭箋】此喻僖公之用臣，必先致其祿食。祿食足，而臣莫不盡其忠。

【程析】乘黃，古一車四馬，此指群臣所乘四匹黃馬。

【樂道主人】黃，黃驪，黃而赤色，良馬，無雜毛，謂黃而微赤。《魯頌·駉》毛傳：黃驪曰黃。

【孔疏】傳"駜馬"至"安國"。

◇◇以駜與乘黃連文，故知駜者，馬肥强之貌。

◇◇以序言君臣有道，下句皆説臣事，故知以肥馬喻强臣也。四馬曰乘，故言乘黃。

【孔疏】箋"此喻"至"其忠"。

◇◇傳以馬之肥强，喻臣之强力。馬由人所養飼，乃得肥强，肥强乃能致遠。人得禄食充足，乃能盡忠，盡忠乃肯用力。若其不然，雖有强力，不肯用之，故箋重申傳意。

◇◇案《夏官·司士》云："以功詔禄。"儒行云："先勞而後禄，不亦易禄乎。"然則臣當先施功勞，然後受禄。

◇◇此僖公用臣，所以先致禄食者，彼二文皆謂君初用臣，臣初仕君，必試之有功，乃與之禄。若其位定之後，食禄是常，君當豐其禄食，要其功效，不得復待有功，方始禄之，故美僖公先致禄食，使臣盡忠。此則禮之常法，美僖公能順禮也。

<一章-3>夙夜在公，在公明明。

【鄭箋】夙，早也。言時臣憂念君事，早起夜寐，在於公之所。在於公之所，但明義明德也。《禮記》曰："大學之道，在明明德。"

【孔疏】箋"夙早"至"明德"。

◇◇"夙，早"，《釋詁》文。

◇◇以臣之於君，德義而已。以經有二明，故知謂明義明德也。定本、《集注》皆云"議明德也"，無上"明"字。

◇◇施物得宜為義，在身得理為德，雖內外小殊，而大理不異。

◇◇引《大學》"明德"者，彼謂顯明明德之事，故引之以證此為明德也。

<一章-5>振振鷺，鷺于下。鼓咽（yàn）咽，醉言舞，于胥（xū）樂（lè）兮。

【毛傳】振，振群飛貌。鷺，白鳥也，以興絜白之士咽咽鼓節也。

【鄭箋】于，於。胥，皆也。僖公之時，君臣無事則相與明義明德而已。絜白之士，群集於君之朝，君以禮樂與之飲酒，以鼓節之，咽咽然至於無算爵，則又舞燕樂以盡其歡。君臣於是則皆喜樂也。

【程析】鷺，白鷺，古人用鷺的羽毛作為舞衣，未舞時拿在手裏，舞時則戴在頭上。咽咽，有節奏的鼓點。言，語助詞。

【樂道主人】孔疏：以此言"于下"，下言"于飛"，是既下而飛去，故知喻群臣飲酒醉欲退也。

【孔疏】箋"于於"至"喜樂"。

◇◇"于，於。胥，皆"，《釋詁》文。

◇◇絜白之士，不仕庸君。以僖公君臣無事，相與明義明德而已，德義明乃為賢人所慕，故絜白之士則群集於君之朝。既言君臣相與明義明德，別言絜白之士群集君朝，則絜白之士謂舊臣之外新來者也。

◇◇上言"在公明明"，據臣為文，則明明德唯應臣明之耳，而云"相與"者，以言"在公"，則是共公明之，故知君臣并明德義也。

◇◇以禮與之飲酒，謂為燕禮。燕禮以樂助勸，故以鼓節之咽咽然。醉始言舞，故知至於無算爵，則有舞盡歡。

◇◇以君與臣燕，故知君臣於是皆喜樂也。

【孔疏-章旨】"有駜"至"樂兮"。

①言有駜有駜然肥强之馬，此駜然肥强者，彼之所乘黃馬也。將欲乘之，先養以芻秣，故得肥强，乘之則可以升高致遠，得為人用矣。以興僖公有賢能之臣，將任之，先致其禄食，故皆盡忠任之，則可以安國治民，得為君用矣。

②群臣以盡忠之故，常侵早逮夜，在於公所。其在於公所，則君臣無事，相與明義明德而已。以君臣閒暇，共明德義，故在外賢士競來事君。

③振振然而群飛者，絜白之鷺鳥也。此鷺鳥於是下而集止於其所，以喻絜白者眾士也，此眾士於是來而集止於君朝。既集君朝，與之燕樂，以鼓節之咽咽然，至於無算爵而醉，為君起舞，以盡其歡，於是君臣皆喜樂兮，是其相與之有道也。

<二章-1>有駜有駜，駜彼乘牡。夙夜在公，在公飲酒。

【毛傳】言臣有餘敬，而君有餘惠。

【孔疏】傳"言臣"至"餘惠"。

◇◇臣禮朝（zhāo）朝（cháo），暮夕不當常在君所，今閒暇無事，而夙夜在公，是臣有餘敬也。

◇君之於臣，饗燕有數，今以無事之故，即與之飲酒，是君有餘惠也。

<二章-5>振振鷺，鷺于飛。鼓咽咽，醉言舞，于胥樂兮。

【鄭箋】飛，喻群臣飲酒醉欲退也。

【孔疏】箋"飛喻"至"欲退"。

◇◇以上言"于下"，此言"于飛"，是既下而飛去，故知喻群臣飲酒醉欲退也。

◇◇絜白之士，謂新來之人，但所來之人即在臣例，且與舊臣同燕，故以群臣言之。

<三章-1>有駜有駜，駜彼乘駽（xuān）。

【毛傳】青驪曰駽。

【樂道主人】《魯頌·駉》毛傳：純黑曰驪。

【孔疏】傳"青驪曰駽"。◇◇《釋畜》云："青驪，駽。"舍人曰："青驪馬今名駽馬也。"孫炎曰："色青黑之間。"郭璞曰："今之鐵驄也。"

<三章-3>夙夜在公，在公載燕（yàn）。

【鄭箋】載之則也。

<三章-5>自今以始，歲其有。君子有穀，詒（yí）孫子。于胥樂兮。

【毛傳】歲其有豐年也。

【鄭箋】穀，善。詒，遺也。君臣安樂，則陰陽和而有豐年，其善道則可以遺子孫也。

【樂道主人】歲，《爾雅·釋天》唐虞曰：載，夏曰歲，商曰祀，周曰年。

【孔疏】傳"歲其有豐年"。

◇◇《春秋》書"有年"者，謂五穀大熟，豐有之年，故知其有年，謂從今以去，當有豐年也。定本、《集注》皆云"歲其有年"。

◇◇此詩僖公薨後乃作，而云自今以始者，上言"在公載燕"，因即據燕為今，與將來為始，非以作詩為始。

【孔疏】箋"穀，善。詒，遺"。◇◇"穀，善"，《釋詁》文。"詒，遺"，《釋言》文。

【孔疏-章旨】"自今"至"樂兮"。

君臣有道如此，可致陰陽和順，從今以為初始，歲其當有豐年。言君德可以感之也。君子僖公有善道，可以遺其子孫。言其德澤堪及於後也。以此之故，於是君臣皆喜樂兮。

《有駜》三章，章九句。

泮　水　【魯頌三】

　　思樂泮（pàn）水，薄采其芹。魯侯戾止，言觀其旂（qí）。其旂茷（pèi）茷，鸞聲噦（huì）噦。無小無大，從公于邁。

　　思樂泮水，薄采其藻。魯侯戾止，其馬蹻（jiǎo）蹻。其馬蹻蹻，其音昭昭。載色載笑，匪怒伊教。

　　思樂泮水，薄采其茆（mǎo）。魯侯戾止，在泮飲酒。既飲旨酒，永錫（cì）難老。順彼長道，屈此群醜（chǔo）。

　　穆穆魯侯，敬明其德，敬慎威儀，維民之則。允文允武，昭假（gé）烈祖。靡有不孝，自求伊祜（hù）。

　　明明魯侯，克明其德。既作泮宮，淮夷攸服。矯（jiǎo）矯虎臣，在泮獻馘（guó）。淑問如皋陶，在泮獻囚。

　　濟（jǐ）濟多士，克廣德心。桓桓于征，狄（dí/tī）彼東南。烝烝皇皇，不吴（wú/yú）不揚。不告于訩（xiōng），在泮獻功。

　　角弓其觩（qiú），束矢其搜。戎車孔博（bó/fù），徒御無斁（yì）。既克淮夷，孔淑不逆。式固爾猶，淮夷卒獲。

　　翩彼飛鴞，集于泮林。食我桑黮（shèn），懷我好音。憬（jǐng）彼淮夷，來獻其琛（chēn）。元龜象齒，大賂（lù）南金。

　　《泮水》八章，章八句。

【毛序】《泮水》，頌僖公能脩泮宮也。

【樂道主人】參考《大雅·靈臺》之天子辟（bì）廱。

【孔疏】“《泮水》”至“泮宮”。

◇◇作《泮水》詩者，頌僖公之能脩泮宮也。泮宮，學名。能修其宮，又修其化。

◇◇經八章，言民思往泮水，樂見僖公，至於克服淮夷，惡人感化，皆修泮宮所致，故序言能修泮宮以總之。

◇◇定本云“頌僖公修泮宮”，無“能”字。

<一章-1>**思樂泮（pàn）水，薄采其芹。**

【毛傳】泮水，泮宮之水也。天子辟廱，諸侯泮宮。言水則采取其芹，宮則采取其化。

【鄭箋】芹，水菜也。言己思樂僖公之修泮宮之水，復伯禽之法，而往觀之，采其芹也。辟廱者，築土雝水之外，圓如璧，四方來觀者均也。泮之言半也。半水者，蓋東西門以南通水，北無水也。天子諸侯宮異制，因形然。

【程析】薄，語助詞。

【孔疏】傳"泮水"至"其化"。

◇◇此美僖公之修泮宮，述魯人之辭，而云"思樂泮水"，故知泮水即泮宮之外水也。

◇◇"天子辟廱，諸侯泮宮"，《王制》文。其餘諸侯止有泮宮一學，魯之所立，非獨泮宮而已。

◇◇《明堂位》曰："米廩，有虞氏之庠也。序，夏后氏之序也。瞽宗，殷學也。頖宮，周學也。"是魯禮得立四代之學。魯有四代之學，此詩主頌其脩泮宮者，先代之學尊，魯侯得立之，示存古法而已。其行禮之飲酒養老，兵事之受成告克，當於周世之學，在泮宮也。

◇◇僖公之伐淮夷，將行，則在泮定謀；既克，則在泮獻馘。作者主美其作泮宮，而能服淮夷，故特言其脩泮宮耳。僖公志復古制，未必不四代之學皆脩之也。

◇◇又解泮宮、泮水正是一物，而此詩或言宮，或言水之意，以菜生於水，化出於宮，言水則采取其芹，言宮則采取其化，故詩言采芹藻之菜則言泮水，說行禮謀獻之事則云泮宮。

◇◇下章云"既作泮宮，淮夷攸服"，是言克淮夷者，由宮內行化而服之，故言宮也。泮宮之名既定，亦可單稱為泮。此經四言"在泮"，及"集于泮林"，皆謂泮宮為泮也。

◇◇采者，取菜之名，而化亦言采者，俱是己往取之，因采菜而同其文。

【孔疏】箋"芹水"至"形然"。

◇◇《采菽》云"觱沸檻泉，言采其芹"，芹生於泉水，是水菜也。言水菜者，解其就泮水之意。藻、茆亦水菜，從此可知也。魯人之樂泮水，意在觀化，非主采菜。但水能生菜，因採取之，并以采菜為言，故箋解其意。

◇言己思樂僖公之脩泮宮之水，復伯禽之法，而往觀之，采其芹也。是其思樂者，樂僖公所修，觀宮，因采其菜，其信不專為菜。

◇◇又申傳辟廱、泮宮之義。辟廱者，築土為堤，以壅水之外，使圓如璧，令四方來觀者均，故謂之辟廱也。《釋器》云：“肉倍好謂之璧。”孫炎云：“肉，身也。好，孔也。身大而孔小。”然則璧體圓而內有孔，此水亦圓而內有地，是其形如璧也。圓既中規，而望水內則遠近之路等，故四方來觀者均，言均得所視也。

◇此箋言築土壅水，四方來觀者均，説水之外畔。《靈臺》傳云：“水旋丘以節觀者。”説水之中央，所據不同，互相發見也。言四方來觀者均，則辟廱之宮，內有館舍，外無牆院也。

◇《後漢書》稱光武“中元元年，初建三雍。明帝即位，親行其禮。天子始冠通天，衣日月，備法物之駕，盛清道之儀，坐明堂而朝群臣，登靈臺以望雲物，祖割辟廱之上，尊養三老五更。饗射禮畢，帝正坐自講，諸儒問難於前，冠帶搢紳之人，圜橋門而觀聽者蓋億萬計”。是由外無牆院，故得圜門觀之也。

◇◇天子之宮，形既如璧，則諸侯宮制當異矣。而泮為名，則泮是其制，故云“泮之言半。半水者，蓋東西門以南通水，北無也”。既以蓋為疑辭，必疑南有水者，以行禮當南面，而觀者宜北面。畜水本以節觀，宜其先節南方，故知南有水而北無也。

◇北無水者，下天子耳，亦當為其限禁，故云“東西門以南通水”，明門北亦有溝塹，但水不通耳。諸侯樂用軒懸，去其南面。泮宮之水則去北面者，樂為人君而設，貴在近人。與其去之，寧去遠者，泮水自以節觀，故留南方。各從其宜，不得同也。

◇◇天子諸侯之宮異制，因形然，言由形異制殊，所以其名亦別也。定本、《集注》皆作“形然”，俗本作“殺”字，誤也。

◇此解辟廱、泮宮之義，皆以其形名之。而《王制》注云：“辟，明也。廱，和也。所以明和天下。泮之言班也，所以班政教也。”以物有名生於形，因名立義。以此天子諸侯之宮實圓，水半水耳，不以圓半為名，而謂之辟、泮，故知辟、泮之稱有義存焉，故於《禮》注解其義，與此相接成也。

<一章-3>魯侯戾止，言觀其旂（qí）。其旂茷（pèi）茷，鸞聲噦（huì）噦。無小無大，從公于邁。

【毛傳】戾，來。止，至也。言觀其旂，言法則其文章也。茷茷，言有法度也。噦噦，言有聲也。

【鄭箋】于，往。邁，行也。我采水之芹，見僖公來至於泮宮。我則觀其旂茷茷然，鸞和之聲噦噦然。臣無尊卑，皆從君行而來。稱言此者，僖公賢君，人樂見之。

【程析】旂，畫有龍紋的旗幟。茷茷，旌旗顫垂貌。鸞，鈴。無，無論。邁，行。

【孔疏】傳"戾來"至"有聲"。

◇◇《釋詁》云："戾、來，至也。"俱訓為至，是戾得為來也。止者，至而止住，故云至。非訓止為至也。

◇◇復解泮宮在郊，旂鸞在車之飾，諸侯禮當有之。今云"言觀者欲法則其文章"，故美而觀之也。

◇◇此是魯人作詩，而自稱其君為魯侯者，以其魯君之美，可為四方所則，因其請王而作，遂為外人之辭，以示僖公之德，非獨魯人所頌也。

【孔疏-章旨】"思樂"至"于邁"。

①僖公能修泮宮，為宮立水，水傍生菜，宮內行化。魯人言己思樂往泮宮之水，我欲薄采其芹之菜也。既采其菜，又觀其化。

②值魯侯僖公來至此泮宮，我觀其車之所建之旂，而有文章法度，則其旂乃茷茷然有法度，其鸞則噦噦然有聲。言其車服得宜，行趨中節也。又魯之群臣，無小無大，皆從公往行而至泮宮。言僖公之賢，人樂見之也。

<二章-1>思樂泮水，薄采其藻。魯侯戾止，其馬蹻（jiǎo）蹻。其馬蹻蹻，其音昭昭。

【毛傳】其馬蹻蹻，言強盛也。

【鄭箋】其音昭昭，僖公之德音。

【程析】藻，水藻，一種水生植物，可以做菜吃。

<二章-7>載色載笑，匪怒伊教。

【毛傳】色溫潤也。

【鄭箋】僖公之至泮宮，和顏色而笑語，非有所怒，於是有所教化也。

【程析】伊，是。

171

<三章-1>思樂泮水，薄采其茆（mǎo）。

【毛傳】茆，鳧（fú）葵也。

【程析】茆，鳧葵，今名蓴（chún）菜。

【詩經植物圖鑒】茆，蓴菜。

【孔疏】傳"茆，鳧葵"。◇◇陸機《疏》云：茆與荇菜相似，葉大如手，赤圓。有肥者，著手中滑不得停。莖大如匕柄。葉可以生食，又可鬻，滑美。江南人謂之蓴（chún）菜，或謂之水葵，諸陂澤水中皆有。

<三章-3>魯侯戾止，在泮飲酒。既飲旨酒，永錫（cì）難老。

【鄭箋】在泮飲酒者，徵先生君子與之行飲酒之禮，而因以謀事也。已飲美酒，而長賜其難使老。難使老者，最壽考也。長賜之者，如《王制》所云"八十月告存，九十日有秩"者與?

【孔疏】箋"在泮"至"者與"。

◇◇在泮宮者，行禮養老之宮。而云"在泮飲酒"，明是以禮飲酒，故知徵先生君子與之行飲酒之禮也。

◇《鄉飲酒》《鄉射》之禮，皆以明日息司正，而復行小飲酒之禮，云"徵唯所欲，以告於先生君子，可也"。《鄉射》注云："先生，卿大夫致仕者。君子，有德不仕者。"《鄉飲酒》注云："先生不以筋力為禮，於是可以來。可者召，唯所欲。"是飲酒之禮，有召老之法。下句言"永錫難老"，明是召之與飲也。

◇◇《王制》云："天子將出征，受命於祖，受成於學。"注云："定兵謀也。"天子之禮如是，則知諸侯亦然。下章言"淮夷攸服"，明當於是謀之，故知行飲酒之禮，因以謀伐淮夷之事也。

◇◇難老者，言其身力康強，難使之老，故云謂最壽考者。

◇◇長賜終老者之身，賜之不絕，故言如《王制》所云"八十月告存，九十日有秩"。彼注以為，告存者每月致膳，有秩者日有常膳。然則八十者每月一致膳，九十者日日常有膳。所膳之物則無文。蓋如漢世老人有名德者，時詔郡國，常以八月致羊酒之類也。

◇王制"告存"之文，承"七十不俟朝"之下，則謂朝臣有德致仕者也。庶人之老者則不能，然直行復除以養之耳。

◇《王制》又云："凡三王養老，皆引年八十者一子不從政，九十者其家不從政。"注云："引戶校年，當行復除。老人衆多，非賢者不可皆養之也。"

<三章-3>**順彼長道，屈此群醜**（chuǒ）。

【毛傳】屈，收。醜，眾也。

【鄭箋】順從長遠，屈治醜惡也（與毛不同）。是時淮夷叛逆，既謀之於泮宮，則從彼遠道往伐之，治此群為惡之人。

【孔疏】傳"屈，收。醜，眾"。

◇◇屈者，屈彼從己，是收斂之義，故為收也。"醜，眾"，《釋詁》文。

◇◇毛云收此群眾，則是不斥淮夷，當謂順行長遠之道，收斂魯國之民人也。王肅云："天長與之難老之福，乃能順彼仁義之長道，以斂此群眾。"傳意或然。

【孔疏】箋"順從"至"之人"。

◇◇順者，隨從之義；長者，遙遠之言，故順為從，長為遠也。"屈，治"，《釋詁》文。彼屈作"淈"。某氏引此詩，是音義同也。

◇◇下云："既作泮宮，淮夷攸服"，則將伐淮夷，於泮宮謀之，明是飲酒因謀，此則謀之之事，故以醜為惡。此則誠治之耳，未是兵己行也。下云"淮夷攸服"，乃是伐而服之。

【孔疏-章旨】"思樂"至"群醜"。

①魯人言己思樂往泮宮之水，我薄欲采其茆之菜也。既采其菜，又觀其化。

②值魯侯來至在泮水之宮，與群臣飲酒，謂召先生君子與之行飲酒之禮。既飲此美酒，而得其宜，則天長與之以難老之福，

③故能順彼仁義之長道，以收斂此群眾人民。

○鄭以為，②既飲此美酒，又長賜其難老之人，謂所養老人常有周餼也。

③又言僖公行飲酒之禮，因以謀征伐之事，乃欲從彼長遠之道路，以治此群為惡之人。謂時淮夷叛逆，魯謀伐之。此章言其謀行，故下章言其伐克也。

<四章-1>**穆穆魯侯，敬明其德，敬慎威儀，維民之則。允文允武，昭假**（gé）**烈祖**。

【毛傳】假，至也。

173

【鄭箋】則，法也。僖公之行，民之所法效也。僖公信文矣，為脩泮宮也；信武矣，為伐淮夷也。其聰明乃至於美祖之德，謂遵伯禽之法。

【程析】允，信。

<四章-7>靡有不孝，自求伊祜（hù）。

【鄭箋】祜，福也。國人無不法效之者，皆庶幾力行，自求福禄。

【孔疏-章旨】"穆穆"至"伊祜"。

①言穆穆然美者，是魯侯僖公能敬明其德，又敬慎其舉動威儀，內外皆善，維為下民之所法則也。信有文矣，信有武矣，文則能修泮宮，武則能伐淮夷。既有文德，又有武功，其明道乃至於功烈。美祖，謂遵伯禽之法，其道同於伯禽也。

②以此化民，民皆效之。魯國之民，無有不為孝者，皆庶幾力行孝，自求此維多福禄。言能勉力行善，則福禄自來歸之。僖公行己有道，化之深也。

<五章-1>明明魯侯，克明其德。既作泮宮，淮夷攸服。

【鄭箋】克，能。攸，所也。言僖公能明其德，脩泮宮而德化行，於是伐淮夷，所以能服也。

【程析】淮夷，古族名，居住在今淮河下游一帶地方。

【孔疏】箋"克，能。攸，所"。皆《釋言》文。

<五章-5>矯（jiǎo）矯虎臣，在泮獻馘（guó）。淑問如皋陶，在泮獻囚。

【毛傳】囚，拘也。

【鄭箋】矯矯，武貌。馘，所格者之左耳。淑，善也。囚，所虜獲者，僖公既伐淮夷而反，在泮宮使武臣獻馘。又使善聽獄之吏如皋陶者獻囚。言伐有功，所任得其人。

【樂道主人】皋陶，堯、舜、禹時治獄賢臣。反，同"返"。

【孔疏】傳"囚，拘"。《釋言》文。

【孔疏】箋"馘所"至"其人"。

◇◇《釋詁》云："馘，獲也。"《皇矣》傳曰："殺而獻其左耳曰馘。"故云"馘所格者之左耳"，謂臨陣格殺之，而取其耳也。

◇◇"淑，善"，《釋詁》文。"囚，所虜獲者"，謂生執而系虜之，則所謂執訊者也。

◇◇《王制》云："天子將出征，受成於學。出征執有罪，反，釋奠於學，以訊馘告。"注云："釋菜奠幣禮先師。"是將出則謀於學而後行，反則禮先師以告克。故僖公既伐淮夷而反，在泮宮也。彼云"以訊馘告"者，即此"獻馘"，是其事也。

◇所馘者，是不服之人，須武臣之力，當殺其人而取其耳，故使武臣如虎者獻之。

◇所囚者，服罪之人，察獄之吏當受其辭而斷其罪，故使善聽獄如皋陶者獻之。執俘截耳而還，言伐有功也。有武力者折馘，善問獄者執囚，言任得其人也。

◇◇此章言"淮夷攸服"，即説獻囚，急見所任得人，以明其服之狀，故下二章更説往伐之事。

【孔疏-章旨】"明明"至"獻囚"。

①明明然有明德之魯侯，甚能明其德也。又説其明德之事，既作泮水之宮，以行其德化，謀伐淮夷。而淮夷所以順服，是其德之明也。

②僖公既伐淮夷，有功而反，矯矯然有威武如虎之臣，使之在泮宮之內，獻其截耳之馘；善問獄如皋陶者，使之在泮宮之內，獻其所執之囚。言折馘則有威武，執囚則善問獄，美其所伐有功，而所任得人也。

<六章-1>濟(ǐ)濟多士，克廣德心。桓桓于征，狄(dǐ/tī)彼東南。

【毛傳】桓桓，威武貌。

【鄭箋】多士，謂虎臣及如皋陶之屬。征，征伐也。狄(tī)當作"剔"（與毛不同）。剔，治也。東南，斥淮夷。

【孔疏】傳"桓桓，威武貌"。

◇◇《釋訓》云："桓桓，威也。"故為威武貌。

◇◇毛無破字之理。《瞻卬》傳以狄為遠，則此狄亦為遠也。王肅云："率其威武往征，遠服東南，謂淮夷來服也。"

【孔疏】箋"多士"至"淮夷"。

◇◇上言反而獻功，此又本其初往。此言"濟濟多士"，還是獻捷之人，故知多士謂虎臣，及如皋陶之屬。

◇◇所謂伐而正其罪，故以征為伐。

◇◇征伐所以治罪，故讀狄為剔。剔，治毛髮，故為治也。

◇◇淮夷之國，在魯之東南，故知東南斥淮夷也。

<六章-5>烝烝皇皇，不吳（wú/yú）不揚。不告于訩（xiōng），在泮獻功。

【毛傳】烝烝，厚也。皇皇，美也。揚，傷也。

【鄭箋】烝烝，猶進進也。皇皇，當作"眰眰"（與毛不同）。眰眰，猶往往也。吳（yú），嘩也。訩，訟也。言多士之於伐淮夷，皆勸之，有進進往往之心，不謹嘩，不大聲。僖公還在泮宮，又無以爭訟之事，告於治訟之官者，皆自獻其功。

【孔疏】傳"烝烝"至"揚傷"。

◇◇《釋訓》云："烝烝，作也。"眾作是厚重之意，故為厚也。

◇◇"皇皇，美"，《釋詁》文。

◇◇揚與誤為類，故為傷，謂不過誤，不損傷也。王肅云："言其人德厚美，不過誤有傷者。"

【孔疏】箋"烝烝"至"其功"。

◇◇《釋詁》云："烝，猶進也"故烝烝猶進進也。謂前進，則皇為往行，故知皇當作眰。《釋詁》云："眰眰、皇皇，美也。"俱訓為美，聲又相近，故因而誤也。

◇◇鄭讀"不吳"為"不娛"，人自娛樂，必謹嘩為聲，故以娛為嘩也。"訩，訟"，《釋言》文。揚者，高舉之義。不娛為不謹嘩，不揚為不揚聲，故云"多士之於伐淮夷，皆勸之，有進進往往之心，不謹嘩，不大聲"，謂初反及在軍之時，能如此也。

◇◇僖公還泮宮，又無爭訟之事。告治獄之官，由在軍不競，故無所告，皆自獻其功而已。

【孔疏-章旨】"濟濟"至"獻功"。

○毛以為，上言任得其人，此本往還之事。

①言濟濟然多威儀之多士，皆能廣其德心，謂心德寬弘，并無褊躁。又桓桓然有威武之容，其往征也，遠服彼東南淮夷之國。

②此多士之德，烝烝然而厚，皇皇然而美，不為過誤，不有損傷。於軍旅之間，更無忿競；其回還也，不有告於官司爭訟之事者，唯在泮宮之內，獻其戰功而已。美其軍旅齊整，又能克捷。

鄭唯以"狄彼東南"三句為異。言以威武往征剔治彼東南之國，其往之時，莫不相勸，有進進往往之心，不謹嘩，不揚聲，美其樂戰之心，而在軍又整。餘同。

<七章-1>**角弓其觩**（qiú），**束矢其搜。戎車孔博**（bó/fù），**徒御無斁**（yì）。**既克淮夷，孔淑不逆。**

【毛傳】觩（qiú），弛貌。五十矢為束。搜，眾意也。

【鄭箋】（與毛皆不同）"角弓觩然"，言持弦急也。"束矢搜然"，言勁疾也。"博"當作"傅"。甚傅致者，言安利也。徒行者，御車者，皆敬其事，又無厭倦也。僖公以此兵眾伐淮夷而勝之，其士卒甚順軍法而善，無有為逆者（與毛不同），謂堙（yīn）井刊木之類。

【程析】角弓，用牛角裝飾兩關的弓。淑，善。

【樂道主人】搜，孔疏：多也。斁，厭。傅，附着，安。

【孔疏】傳"觩弛"至"眾意"。

◇◇毛以美僖公之克淮夷，必美其以德不以力。此當設言為不戰之辭，故以觩為弛貌。

◇◇荀卿《議兵》云："魏氏武卒，衣三屬之甲，操十二石之弩，負矢五十個。"是一弩用五十矢矣。荀則毛氏之師，故從其言，以五十矢為束也。

◇《大司寇》云："入束矢於朝。"注云："古者一弓百矢。"其百個與？則鄭意以百矢為束。此箋不易傳者，百矢為束，亦無正文。以《尚書》及《左傳》所言賜諸侯以弓矢者，皆云彤弓一，彤矢百。以一弓百矢，故謂束矢當百個。而在軍之禮，重弓以備折壞，或亦分百矢以為兩束，故不易傳也。

◇◇毛以為，搜與束矢共文，當言其束之多，故搜為眾意。傳以弓言觩，矢言搜，其意言弓不張，矢不用，是僖公不至大戰而克服淮夷也。又毛於猶字皆訓為道，則下句猶亦為道。

◇王肅云："言弓弛而不張，矢眾而不用，兵車甚博大，徒行御車無厭其事者，已克淮夷，淮夷甚化於善，不逆道也。魯侯能固執其大道，卒以得淮夷。"傳意或然。

◇◇上有因馘，則非全不戰，傳意蓋以此章為深美之言。

【孔疏】箋"角弓"至"之類"。

◇◇以上言獻馘、獻囚，是戰而克之，此章不宜復言弓弛、束矢，故云"角弓觩然，則言持弦急"，謂弓張故弦急也。搜為矢行之聲，故束矢

177

搜然，言勁且疾也。

◇◇車之廣狹，度量有常，不得以甚博為言，故"博"當作"傅"，其車甚傅致，言安穩而調利也。

◇◇用兵貴於順禮，而云"孔淑不逆"，則謂士卒所為，不逆軍之正法，故云"士卒甚順軍法而善，無有不善者"。於"既克淮夷"之下，乃云"孔淑不逆"，言其從始至終，皆不逆也。

◇此美僖公用兵不逆，則當時行兵有逆者，謂堙井刊木之類。襄二十五年《左傳》云："陳侯會楚子伐鄭，當陳隧者井堙木刊。"服虔云："堙，塞。刊，削也。"

<七章-7>**式固爾猶，淮夷卒獲。**

【鄭箋】式，用。猶，謀也。用堅固女（rǔ）軍謀之故，故淮夷盡可獲服也。謀，謂度己之德，慮彼之罪，以出兵也。

【孔疏】箋"式，用。猶，謀"。

◇◇"式，用"，《釋言》文。"猶，謀"，《釋詁》文。

【孔疏-章旨】"角弓"至"卒獲"。

○毛以為，①多士以威武而往伐，淮夷望而即服，故角弓其觲然弛而不張，束矢其搜然眾而不用，其兵車甚博大，徒行御車之人皆敬其事，無厭倦者，故能克服淮夷。既克淮夷，而淮夷甚化於善，不復為逆亂也。此淮夷不逆，是僖公之功，故述而美之。

②言僖公用能固執大道之故，故淮夷卒皆服也。

○鄭以為，既言服而獻功，更陳克捷之勢。

①言僖公之伐淮夷也，以角為弓，其張則觲然而持弦甚急；所束之矢，其發則搜然而勁，又且疾其戎車，甚傅致而牢固，徒行之人又并無厭倦者。從軍之初發，至於既克淮夷，其軍旅士卒甚善矣，不有違逆軍法號令者。此皆僖公之德，故稱美之。

②言此由僖公用堅固爾軍謀之故，故淮夷盡得服也。

<八章-1>**翩彼飛鴞，集于泮林。食我桑黮（shèn），懷我好音。**

【毛傳】翩，飛貌。鴞，惡聲之鳥也。黮，桑實也。

【鄭箋】懷，歸也。言鴞恒惡鳴，今來止於泮水之木上，食其桑黮。為此之故，故改其鳴，歸就我以善音。喻人感於恩則化也。

【程析】鴞，貓頭鷹。集，止息。桑黮，桑樹的果實。懷，歸，贈送。

<八章-5>憬（jǐng）彼淮夷，來獻其琛（chēn）。元龜象齒，大賂（lù）南金。

【毛傳】憬，遠行貌。琛，寶也。元龜尺二寸。賂，遺也。南，謂荊揚也。

【鄭箋】大，猶廣也。廣賂者，賂君及卿大夫也。荊揚之州，貢金三品。

【孔疏】傳“憬遠”至“荊揚”。

◇◇淮夷去魯既遙，故以憬為遠行貌。

◇◇“琛，寶”，《釋言》文。舍人曰：“美寶曰琛。”來獻其琛，總言獻寶。

◇◇其龜、象、南金，還是寶中之別。以其物貴，特舉而言，其獻非唯此等也。《漢書·食貨志》云：“龜不盈尺，不得為寶。”此言元龜，龜之大者，故云“元龜尺二寸”也。

◇◇賂者，以財遺人之名，故賂為遺也。

◇◇荊揚之州，於諸州最處南偏，又此二州出金，今云南金，故知南謂荊揚也。

◇◇《禹貢》徐州“淮夷蠙珠泪魚”，則淮夷居在徐州，貨唯珠魚而已。其土不出龜、象，其國不屬荊揚，而得有龜、象、南金獻於魯者，《禹貢》所陳，謂常貢天子土地所出，此則僖公伐而克之，蹔（zàn，暫）以賂魯，其國先得此寶，以其國寶為獻，非是淮夷之地出此物也。

【孔疏】箋“大猶”至“三品”。

◇◇大賂者，賂之多大，故云大猶廣也。《春秋》襄二十五年，晉帥諸侯伐齊，齊人“賂晉侯，自六正、五吏、三十帥及處守者皆有賂”。是及群臣。故知廣賂者，君及卿大夫也。

◇◇又申傳“南，荊揚”之義，故云“荊揚之州，貢金三品”。《禹貢》揚州“厥貢惟金三品”。荊州云“厥貢羽毛齒革，惟金三品”。彼注云：“三品者，銅三色也。”王肅以為，“三品：金、銀、銅”。鄭不然者，以梁州云“厥貢璆鐵、銀鏤”。《爾雅·釋器》云：“黃金之美者謂之璆。白金謂之銀。”貢金銀者，既以璆銀為名，則知金三品者，其中不得有金銀也。又檢《禹貢》之文，厥貢璆鐵銀鉛而獨無銅，故知金即銅也。

◇僖十八年《左傳》曰：“鄭伯始朝於楚。楚子賜之金，既而悔之，與之盟曰：‘無以鑄兵。’故以鑄三鍾。”《考工記》云：“六分其金而錫居一，謂之鍾鼎之齊。”是謂銅為金也。

◇三色者，蓋青、白、赤也。

【孔疏-章旨】“翩彼”至“南金”。

①翩然而飛者，彼飛鴞惡聲之鳥，今來集止於我泮水之林，食我泮宮之桑黮，歸我好善之美音。惡聲之鳥，食桑黮而變音，喻不善之人，感恩惠而從化。

②憬然而遠行者，是彼淮夷來就魯國，獻其琛寶。其所獻之物，是大龜象齒，又廣賂我以南方之金。言君臣并皆得之。

◇◇是脩泮宮所致，故以此結篇也。

《泮水》八章，章八句。

閟　宮　【魯頌四】

閟（bì）宮有侐（xù），實實枚枚。赫赫姜嫄，其德不回。上帝是依，無災無害。彌月不遲。是生后稷，降之百福。黍稷重（tóng）穋（lù），稙穉（zhì）菽麥。奄（yǎn）有下國，俾（bǐ）民稼穡。有稷有黍，有稻有秬（jù）。奄有下土，纘（zuǎn）禹之緒。

后稷之孫，實維大（tài）王。居岐之陽，實始翦商。至于文、武，纘大王之緒。致天之屆，于牧之野。"無貳無虞，上帝臨女（rǔ）！"敦商之旅，克咸厥功。

王曰"叔父，建爾元子，俾侯于魯。大啓爾宇，為周室輔"。乃命魯公，俾侯于東，錫（cì）之山川，土田附庸。周公之孫，莊公之子，龍旂承祀，六轡耳耳，春秋匪解（xiè），享祀不忒（tè）。皇皇后帝，皇祖后稷，享以騂（xīn）犧（xī），是饗（xiǎng）是宜，降福既多。周公皇祖，亦其福女。秋而載嘗，夏而楅（bì）衡。白牡騂剛，犧尊將（qiāng）將。毛炰（páo）胾（zì）羹，籩豆大房。萬舞洋洋，孝孫有慶。俾爾熾（chì）而昌，俾爾壽而臧。保彼東方，魯邦是常。不虧不崩，不震不騰。三壽作朋，如岡如陵。

公車千乘（shèng），朱英綠縢（téng），二矛重（chóng）弓。公徒三萬，貝胄朱綅（qīn），烝徒增增。戎狄是膺（yīng），荊舒是懲（chéng），則莫我敢承。俾爾昌而熾，俾爾壽而富。黃髮台背，壽胥與試。俾爾昌而大，俾爾耆（qí）而艾。萬有千歲，眉壽無有害。

泰山巖巖，魯邦所詹。奄有龜蒙，遂荒大東，至于海邦，淮夷來同。莫不率從，魯侯之功。

保有鳧（fú）繹，遂荒徐宅。至于海邦，淮夷蠻貊（mò）。及彼南夷，莫不率從。莫敢不諾，魯侯是若。

天錫公純嘏（gǔ），眉壽保魯。居常與許，復周公之宇。魯侯喜燕，令妻壽母。宜大夫庶士，邦國是有。既多受祉（zhǐ），黃髮兒（ní）齒。

徂來之松，新甫之柏，是斷是度（duó），是尋是尺。松桷（jué）有舄（xì），路寢孔碩。新廟奕（yì）奕，奚斯所作。孔曼且碩，萬民是若。

《閟宮》八章，首章十七句，二章十二句，三章三十八句，四章十七句，五章六章章八句，七章八章章十句，共百二十句。

【毛序】《閟宮》，頌僖公能復周公之宇也。

【鄭箋】宇，居也。

【孔疏】"《閟宮》"至"之宇"。

◇◇作《閟宮》詩者，頌美僖公能復周公之宇，謂復周公之時土地居處也。

◇《明堂位》曰："成王以周公為有勳勞於天下，是以封周公於曲阜，地方七百里，革車千乘。"是周公之時，土境特大，異於其餘諸侯也。

◇伯禽之後，君德漸衰，鄰國侵削，境界狹小。至今僖公有德，更能復之，故作詩以頌之也。

◇◇復周公之宇，雖辭出於經，而經之所言，止為常許。此則總序篇義，與經小殊。其言復周公之宇，主以境界為辭，但僖公所行善事皆是復，故非獨土地而已。自三章"周公之孫"以下，皆述僖公之德。

◇◇作者將美僖公，追述遠祖，上陳姜嫄、后稷，至於文、武、大王，爰及成王封建之辭，魯公受賜之命，言其所以有魯之由，與僖公之事為首引耳。

◇◇序者以其非頌所主（主祭）之意，故從而略之。

<一章-1>閟（bì）宮有恤（xù），實實枚枚。

【毛傳】閟，閉也。先妣姜嫄之廟，在周常閉而無事。孟仲子曰：是禖（méi）宮也。恤，清靜也。實實，廣大也。枚枚，礱（lóng）密也。

【鄭箋】閟，神也（與毛不同）。姜嫄神所依，故廟曰神宮。

【樂道主人】閟，《說文》：閉門也。又凡隱而不發皆作閟。礱，去掉稻殼的器具。《玉篇》：磨穀爲礱。

【孔疏】傳"閟閉"至"礱密"。

◇◇莊三十二年《左傳》稱"公見孟任，從之。閟"，謂閉户拒公，故閟為閉也。下句言"赫赫姜嫄"，則此述姜嫄之廟。《禮》"生曰母，死曰妣"。姜嫄是周之先母，故謂之先妣。説姜嫄之廟而謂之閟宮，故知常閉而無事。

◇《春官·大司樂》云："舞《大護》以享先妣。"則先妣之廟有祭事矣。且立廟所以祭神，而云閉而無事者，案《祭法》"王立七廟，五廟皆月祭之，二祧享嘗乃止"。彼文據周為説，其言不及先妣。

◇先妣立廟非常，而祭之又疏，月朔四時，祭所不及，比於七廟，是閉而無事也。《周禮》定其用樂，明其有祭之時，但其祭時節，《禮》無明文，或因大祭而則祭之也。

◇◇傳亦以此《司樂》之文，**知**姜嫄之廟**在周耳**。言其在周，**則謂魯無其廟**，以周立是非常，故魯不得有也。"

◇◇孟仲子曰：是謂祕宮"，蓋以姜嫄祈郊祕而生后稷，故名姜嫄之廟為祕宮。嫄廟清浄之處，故以侐（xù）為清浄，實謂宮内所容，重言實實，故謂宮之廣大。

◇◇枚枚者，細密之意，故云礱密。《晉語》及《書傳》說天子廟飾，皆云斲（zhuó）其材而礱之，加密石焉，是礱密之事也。又鄭注《禮器》云"宮室之飾，士首本，大夫達棱，諸侯斲而礱之，天子加密石"是也。

【孔疏】箋"閟神"至"神宮"。

◇◇箋以詩人之作，睹事興辭，若魯無姜嫄之廟，不當先述閟宮。又卒章云"新廟奕奕，奚斯所作"，發首言閟宮，於末言新廟，則所新之廟，新此閟宮，首尾相承，於理為順。奚斯作之，**自然在魯，不宜獨在周也**。

◇◇且立廟而祭，不宜以閉為名。《釋詁》云："毖、神、溢，慎也。"俱訓為慎，是閟得為神。閟與毖，字異音同，故閟為神也。以其姜嫄，神之所依，故廟曰神宮。凡廟皆是神宮，以姜嫄之事，説之於下，故先言神宮以顯之。

<一章-3>赫赫姜嫄，其德不回。上帝是依，無災無害。彌月不遲，

【毛傳】上帝是依，依其子孫也。

【鄭箋】依，依其身也（與毛不同）。彌，終也。赫赫乎顯著，姜嫄也。其德貞正不回邪，天用是馮依而降精氣，其任之又無災害，不坼（chè）不副，終人道十月而生子，不遲晚。

【程析】回，邪，不正。彌月，滿月。

【樂道主人】任，同“壬”，壬辰，妊娠。《史記·律書》壬之爲言任也。言陽氣任養萬物於下也。《前漢·律曆志》懷妊於壬。可參考《大雅·生民》。

【孔疏】傳“上帝”至“子孫”。

◇◇毛氏不信履迹之事，不得言天依姜嫄，故為依其子孫，正謂依助后稷，使其母無災害也。

◇◇此直依其子耳。兼言孫者，以后稷後世克昌，皆是天所依祜，并孫言之，以協句也。

【孔疏】箋“依依”至“遲晚”。

◇◇箋以《生民》之篇，說姜嫄履帝迹而有後稷，則是上帝憑依姜嫄，而使之有子，故以依為依其身，履其拇指之處，而心體歆歆然如有人道感己，是其依之也。以姜嫄其德貞正不回邪，上天用是之故，憑依其身而降之精氣，使得懷任后稷也。

◇◇《生民》言“不坼不副，無災無害”，文在“先生如達”之下，則謂當生之時無災害也。此篇“無災害”，文在“彌月不遲”之上，則是未生之時無災害也。

◇言懷任以至於生，其母常無災害，故文有先後，災害可兼。未生其不坼不副，唯謂生時不爾。此箋云“其任之又無災害，不坼不副”。災害謂懷任時，坼副謂生時也。以其意與彼同，故引彼為說。

◇◇《家語·執轡篇》《大戴禮·本命篇》皆云“人十月而生”，此云“彌月不遲”，故知終人道十月而生子，美其不遲晚也。

<一章-8>是生后稷，降之百福。黍稷重（tóng）穋（lù），稙稺（zhì）菽麥。奄（yǎn）有下國，俾（bǐ）民稼穡。

【毛傳】先種曰稙，後種曰稺。

【鄭箋】奄，猶覆也。姜嫄用是而生子后稷，天神多予之福，以五穀終覆蓋天下，使民知稼穡之道。言其不空生也。后稷生而名弃，長大，堯登用之，使居稷官，民賴其功。後雖作司馬，天下猶以后稷稱焉。

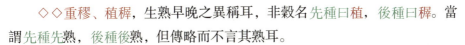

【馬瑞辰】稷在春種，黍在夏種，黍先秀，稷後秀。

【孔疏】傳"先種"至"曰穉"。

◇◇重穋、稙穉，生熟早晚之異稱耳，非穀名先種曰稙，後種曰穉。當謂先種先熟，後種後熟，但傳略而不言其熟耳。

◇《七月》傳曰："後熟曰重，先熟曰穋。"《天官‧內宰》鄭司農注云："先種後熟謂之穜，後種先熟謂之稑。"是傳亦略而不言其種，與此互相明也。

◇◇《執競》傳以奄為同，則此奄亦為同也。王肅云："堯命以后稷使民知稼穡，下國同時有是大功也。"

【孔疏】箋"奄猶"至"稱焉"。

◇◇網奄覆鳥獸而取之，故以奄猶覆也。

◇◇天神多予之福者，王肅云："謂受明哲之性，長於稼穡，是言天授之智慧，為與之福也。"以五穀終覆蓋天下，使民知稼穡之道，謂堯遭洪水之後，種百穀以教民也。言其不空生，謂生必濟世，不徒然也。

◇《孝經援神契》曰："聖人不空生，生必有所制。"是大賢不徒生也。

◇◇又解后稷其名曰弃，末為司馬，不言弃為司馬，而言后稷之意，以其居稷官之日，民賴其功，後雖作司馬，天下猶以后稷稱之。

◇《周本紀》云"初欲弃之，因名曰弃"，《堯典》云"帝曰：弃"，是后稷生名曰弃也。

◇◇《本紀》又云："堯舉弃為農師，天下得其利。"是堯登用之，使居稷官，民賴其功也。《堯典》之文末說舜命群官，使禹宅百揆，即天官也。契在五教，為司徒，即地官也。伯夷為秩宗，即春官也。咎繇為士，即秋官也。垂為共工，即冬官也。唯夏官不言命，而上句"禹讓稷契"之下，帝曰：'弃，黎民阻饑，汝后稷，播時百穀。'"褒述其為稷之功，不言命而為官，明是稷作司馬，為夏官也。且《尚書刑德放》云"稷為司馬，契為司徒"，故云"後雖作司馬，猶以后稷稱焉"。

【樂道主人】黍，①子實叫黍子，碾成米叫黃米，性黏，可釀酒；②蜀黍，高粱，玉蜀黍；③一年生草本植物；也叫"玉米"。稷，穀物，脫殼前叫粟，脫殼後叫小米。又說粢（jì）米。大體分為黏和不黏兩類，本草綱目稱黏者為黍，不黏者為稷；民間又將黏的稱黍，不黏的稱糜。

<一章-14>有稷有黍，有稻有秬（jù）。奄有下土，纘（zuǎn）禹之緒。

【毛傳】緒，業也。

【鄭箋】秬，黑黍也。緒，事也。堯時洪水為災，民不粒食。天神多予后稷以五穀。禹平水土，乃教民播種之，於是天下大有，故云繼禹之事也。美之，故申説以明之。

【程析】纘，繼承。

【樂道主人】堯禹稷之事，見《尚書》。

【孔疏】傳"緒，業"。《釋詁》云："業，緒也。"故緒為業也。

【孔疏】箋"秬黑"至"明之"

◇◇ "秬，黑黍"，《釋草》文。"緒，事"，《釋詁》文。

◇◇事、業大同耳，當時所為謂之事，後人所祖謂之業。禹、稷同時，其事相繼。此述當時之事，非謂在後相祖，故易之為事。

◇◇《堯典》云："帝曰：'湯湯洪水方割。'"是堯時洪水為災也。《思文》之美后稷云："粒我烝民。"是洪水之時，民不粒食也。《生民》云"誕降嘉種"者，從上而下之辭，是天神多予后稷以五穀也。

◇◇言天神與者，以種之必長，歸功於天，非天實與之也。若洪水未平，則無地可種，故知禹平水土，乃教民播種之，於是天下大有，謂大有五穀也。禹能平水土，稷能種穀，二者俱以利民，故謂之繼禹之事。稷之播種，種禹所治之地，故言禹平水土，乃教民播種，為先後之辭耳。

◇其實禹稷所為亦同時矣，非洪水大平之後始教之也。此經與上事同文重，故解其意，美之，申説以明之。

【孔疏-章旨】"閟宮"至"之緒"

○毛以為，將美僖公，上述遠祖。

①周人立姜嫄之廟，常閉而無事。欲説姜嫄，又先言其廟。言在周所閉之宮，有侐然清净。其宮之内，則實實然而甚廣大。其宮之材，則枚枚然而礱之密之。此是姜嫄廟也。

②既言其廟，遂説其身。赫赫然顯著者，其姜姓之女名嫄也。此姜嫄，其德貞正不回邪，故上帝之天，用是之故，依其所生子孫，使其在母之時，令其母無災殃，無患害，終人道之月而生之，不遲也。

③是所生者，乃是后稷。天神又下與之以百種之福，使之有明哲之性，曉稼穡之事。又與之黍，與之稷，先種後熟之重，後種先熟之穋，先

種之植，後種之穉及菽之與麥。下此衆穀，令稷種之，同有天下諸國，使民知稼穡之道。

④民賴后稷之功多。又復申說其事。后稷之所種者，有稷有黍，有稻有秬，以此衆穀，遍教下民，同有此穀於天下之土，以繼大禹之業。言禹平水土，稷教播種，事業可以相繼，故言"纘禹之緒"以美之。

○鄭以①閟宮為神宮。於魯國有其宮，故先言廟而逆說姜嫄。

②上帝是依，謂憑依其身，降之精氣。

④又以奄為覆，緒為事為異。餘同。

<二章-1>**后稷之孫，實維大（tài）王。居岐之陽，實始翦商。**

【毛傳】翦，齊也。

【鄭箋】翦，斷也。大王自豳徙居岐陽，四方之民咸歸往之，於時而有王迹，故云是始斷商。

【孔疏】傳"翦，齊"。箋"翦斷"至"斷商"。

◇◇"翦，齊"，《釋言》文。齊即斬斷之義，故箋以為，其意同也。大王之居岐陽，民咸歸之，是有將王（wàng）之迹，故云"是始斷商"，言有滅商之萌兆也。

<二章-5>**至于文、武，纘大王之緒。致天之屆，于牧之野。"無貳無虞，上帝臨女（rǔ）！"**

【毛傳】虞，誤也。

【鄭箋】屆，極。虞，度也（與毛不同）。文王、武王繼大王之事，至受命致天所罰，極紂於商郊牧野，其時之民皆樂武王之如是，故戒之云：無有二心也，無復計度也。天視護女，至則克勝。

【程析】致，奉行。

【樂道主人】【毛傳】緒，業也。女，汝，指武王。

【孔疏】傳"虞，誤"。

◇◇《大明》云："上帝臨女，無貳爾心。"傳云："無敢懷貳心。"以為民無貳心。傳以虞為誤，則亦為民之情，謂民無疑誤也。王肅云："天下歸周，無貳心，無疑誤，上帝臨命汝。"傳意或然。

【孔疏】箋"屆極"至"克勝"。

◇◇"屆，極。虞，度"，《釋言》文。《釋言》又云："殛，誅也。"然則此極又轉為誅。紂為無道，天欲誅之，武王奉行天意，故云

"致天之屆"。《牧誓》云："時甲子昧爽，武王朝至於商郊牧野，乃誓。"是致天所罰。

◇ "殺紂於牧野"，定本、《集注》皆云"極紂於牧野"。"極"，是；"殺"，非也。

◇◇箋以汝者，汝武王，故以"無貳無虞"為戒武王之辭。《太誓》說十一年觀兵盟津之時，八百諸侯皆曰："受可伐。"王曰："爾未知天意，未可伐。"是其所計度，故今戒之云："無有貳心，無復計度也。"

◇◇致天之誅，唯武王耳。此經文、武共文，以其受命伐紂，事相接成故也。

<二章-11>敦商之旅，克咸厥功。

【鄭箋】敦，治。旅，眾。咸，同也。武王克殷，而治商之臣民，使得其所，能同其功於先祖也。后稷、大王、文王亦周公之祖考也。伐紂，周公又與焉，故述之以美大魯。

【孔疏】箋"敦治"至"先祖"。

◇◇"旅，眾"，《釋詁》文。武王克紂，治商之眾，故以敦為治。

◇◇《釋詁》云："咸，皆也。"皆亦同之義，故以咸為同也。同其功於先祖者，周自后稷以來，世修其業。大王、文王之意，皆欲成周之功，但時未可耳。今武王誅紂，竟先祖之意，故美其能同其功於先祖，言與先祖同成其功也。

【孔疏-章旨】"后稷"至"厥功"。

○毛以為，上言后稷之事，此又接說其後，

①言后稷後世之孫，實維是周之大王也。此大王自豳而來，居於岐山之陽，民歸往之。初有王迹，實始有翦齊商家之萌兆也。

②至於文王、武王，則能繼大王之業。於時商家暴虐，天欲誅之，武王乃致天之誅於牧野之地，民皆樂戰，不自以為苦，反勸戒武王云：今天下歸周，無有貳心，無有疑誤，乃由上天之臨視汝矣。言民從天助，往必克勝，欲使之勉力決戰也。

③武王於是伐而克之，乃以禮法治商之眾民，莫不得所。能同其功於先祖，謂先祖欲成王業，武王卒能成之，是合同其功。

○鄭唯以翦為斷，緒為事；無貳無虞謂民勸武王，無有貳心，無復計度；上帝今臨視汝為異。餘同。

<三章-1>王曰"叔父，建爾元子，俾侯于魯。大啓爾宇，為周室輔"。

【毛傳】王，成王也。元，首。宇，居也。

【鄭箋】叔父，謂周公也。成王告周公曰：叔父，我立女（rǔ）首子，使為君於魯。謂欲封伯禽也。封魯公以為周公後，故云"大開女居，以為我周家之輔"。謂封以方七百里，欲其強於衆國。

【程析】啓，開闢。

【孔疏】傳"王成"至"宇居"。

◇◇《洛誥》說周公攝政七年十有二月，歸政成王之事，其經云："歲，文王騂牛一，武王騂牛一。王命作册逸祝册，告周公其後。"注云："歲成王元年正月朔日也。用二特牛祫祭文、武於文王廟，使逸讀所作册祝之書告神。"以周公其宜為後者，謂將封伯禽，則是成王即政之元年正月朔日封伯禽也。

◇◇呼周公為叔父，知王是成王也。

◇◇《釋詁》云："元，首，始也。"俱訓為始，是元得為首。屋宇用以居人，故以宇為居。

<三章-6>乃命魯公，俾侯于東，錫（cì）之山川，土田附庸。

【鄭箋】東，東藩（fān），魯國也。既告周公以封伯禽之意，乃策命伯禽，使為君於東，加賜之以山川、土田及附庸，令專統之。《王制》曰："名山大川不以封諸侯，附庸則不得專臣也。"

【樂道主人】附庸，謂附屬魯國之小於子男之國也。藩，籬笆，屏障。專臣，意為非為魯之純臣也。

【孔疏】箋"東東藩"至"得專臣"。

◇◇諸侯為天子蕃屏，故云"東藩，魯國也"。

◇◇賜謂與之，使為己有，故言加賜之山川及附庸，令專統之也。以土田者，是魯國之土田，亦既封為魯君，自然田為魯有。而山川、附庸與土田共蒙"賜之"文，土田既是專統，則知山川、附庸亦專統也。

◇箋以專統土田是諸侯之常，而山川、附庸則是加賜，故特言"加賜之山川、附庸"以明之。凡言賜之，謂非所當得也，故引《王制》"名山大川不以封諸侯"，故山川當言賜也。

◇"附庸則不得專臣"，故附庸亦言賜也。

◇《王制》云："名山大澤不以封。"鄭以經有山川，故改澤為川也。彼又説夏殷之禮云："子男五十里。不能五十里者，不合於天子，附於諸侯，曰附庸。"言附諸侯，事大國，不得專臣也。

◇若然，魯亦不得專臣。而與山川、土田同言賜者，以於法不得有之，故言賜耳，非謂賜之使專臣也。何則？諸侯之有附庸者，以其土田猶少，未及大國之數，故令有附庸，使之附屬。功德若進，擬以給之。其地方五百里者，土地已極，無復進期，不得更有附庸也。

◇◇魯為侯爵，以周公之勳，受上公之地，可為五百里耳，於法無附庸也。《明堂位》"封周公於曲阜，地方七百里"。是於五百里之上，又復加之附庸，故注云："上公之封地方五百里，加魯以四等之附庸，方百里者二十四，并五五二十五，積四十九，開方之得七百里。"

◇◇《大司徒》注云："凡諸侯為牧正帥長及有德者，乃有附庸，為有祿者當取焉。公無附庸。侯附庸九同，伯附庸七同，子附庸五同，男附庸三同。進則取焉，退則歸焉。"魯於周法不得有附庸，故言錫之也。言地方七百里者，包附庸以大言之也。附庸二十四，言得兼此四等矣。如鄭此言，是由法不得有，故謂之賜，猶不使魯專臣也。

◇◇《論語》云："顓臾，昔者先王以為東蒙主，是社稷之臣。"顓臾，魯之附庸，謂之社稷之臣者，以其附屬於魯，亦謂魯之社稷，其國猶自繼世，非專臣也。以非專臣，故季氏將伐。若其純臣，魯君、季氏豈得伐取之也？

◇◇言四等附庸者，侯九，伯七，子五，男三，并之得二十四也。夏殷之禮，不能五十里者為附庸，則周法附庸不滿百里。而云九同、七同者，聚積其國，使得同耳，非謂一同一附庸也。

<三章-10>周公之孫，莊公之子，龍旂承祀，六轡耳耳，春秋匪解（xiè），享祀不忒（tè）。

【毛傳】周公之孫，莊公之子，謂僖公也。耳耳然至盛也。

【鄭箋】交龍為旂。承祀，謂視祭事也。四馬，故六轡。春秋，猶言四時也。忒，變也。

【程析】忒，差錯。

【孔疏】箋"交龍"至"忒變"。

◇◇"交龍為旂"，《春官·司常》文。

◇◇承者，奉持之義，故云"承祀，謂視祭事也"。此龍旂承祀，謂視宗廟之祭。何則？《明堂位》云："魯君孟春乘大輅，載弧韣（dú），旂十有二旒，日月之章，祀帝於郊，配以后稷，天子之禮也。"彼祀天之旂，建日月之章，明此龍旂是宗廟之祭也。

◇《異義》，古《詩》毛説以此龍旂承祀為郊祀者，自是舊説之謬，非鄭所從，故此箋直言視祭，不言祭天也。

◇◇作者錯舉春秋以明冬夏，故云"春秋，猶言四時也"。

◇◇《釋言》云："爽，忒也。"孫炎曰："忒，變雜不一。"是忒為變之義也。

<三章-16>皇皇后帝，皇祖后稷，享以騂（xīn）犧（xī），是饗（xiǎng）是宜，降福既多。

【毛傳】騂，赤。犧，純也。

【鄭箋】皇皇后帝，謂天也。成王以周公功大，命魯郊祭天，亦配之以君祖后稷，其牲用赤牛純色，與天子同也。天亦饗之宜之，多予之福。

【程析】饗，用飲食祭神。宜，本祭社之名，求見神佑也。上二者皆為祭之名也。

【樂道主人】宜，《康熙字典》：《書·泰誓》類於上帝，宜於冢土。注曰，祭社曰宜。《説文》所安也。

【孔疏】箋"皇皇"至"之福"。

◇◇《釋詁》云："皇皇，美也。后，君也。"以天者尊神，故以美言之，而謂之為君也。《論語》曰："皇皇后帝。"注云："帝謂大微五帝。"此亦云"皇皇后帝"，直言謂天者，以《論語》説舜受終於文祖，宜總祭五帝。魯不得遍祭五帝，故直言謂天，謂祭周所感生蒼帝也。

◇故《明堂位》"祀帝於郊"之下，注云："帝謂蒼帝靈威仰也。昊天上帝，魯不祭。"是魯君所祭，唯祭蒼帝耳。蒼帝亦太微五帝之一，故同稱"皇皇后帝"焉。

◇◇《明堂位》稱"成王以周公為有勳勞於天下，是以魯君祀帝於郊，配以后稷，天子之禮也"。是成王命魯郊天，亦配以后稷之事。言"亦"者，亦周也。

◇◇《地官·牧人》云："陽祀用騂牲毛之。"注云："陽祀，祭天於南郊。"是天子祭天南郊，用赤牛純色。今魯亦云"享以騂犧"，是與天子同也。

◇◇ "天亦饗之宜之"，言"亦"者，亦周也。以諸侯不得祭天，嫌其不可，故每事言"亦"也。

<三章-21>周公皇祖，亦其福女。秋而載嘗，夏而楅（bì）衡。白牡騂剛，犧尊將（qiāng）將。毛炰（páo）胾（zì）羹，籩豆大房。萬舞洋洋，孝孫有慶。

【毛傳】諸侯夏禘則不礿，秋祫則不嘗，唯天子兼之。楅衡，設牛角以楅之也。白牡，周公牲也。騂剛，魯公牲也。犧尊，有沙（suō）飾也。毛炰，豚也。胾，肉也。羹，大羹、鉶（xíng）羹也。大房，半體之俎（zǔ）也。洋洋，衆多也。

【鄭箋】此皇祖謂伯禽也。載，始也（與毛不同）。秋將嘗祭，於夏則養牲。楅衡其牛角，為其觸牴（dǐ）人也。秋嘗而言始者，秋物新成，尚之也。大房，玉飾俎也，其制足間有橫，下有柎（fǔ），似乎堂後有房然。萬舞，干舞也。

【程析】白牡，白色的公豬。騂剛，赤黃色公牛。犧尊，有沙飾也。沙是娑的假借字，意為刻有婆娑狀的羽毛為飾的酒杯。將將，器物相碰撞的聲音。毛炰，去毛的烤小豬。胾，肉片湯。大房，一種成盛大塊肉的食器，形如高足盤。洋洋，場面宏大。

【樂道主人】程析《豳風·伐柯》：籩，竹製的獨足碗，古人用來盛果品。豆，木制的獨足碗，上有蓋，古人用來盛肉類。兩者都是古人宴會和祭祀用的器皿。（也都有青銅製的。）

【樂道主人】禘祫之祭，可參考《周頌·雝》。

【孔疏】傳"諸侯"至"衆多"。

◇◇毛以載為則，言秋而則嘗，謂當祫之年，雖為祫祭而則為嘗祭，故解其意。言諸侯之禮，於夏為大祭之禘，則不為時祭之礿；於秋為大祭之祫，則不為時祭之嘗。唯天子兼之，雖為禘祫，不廢時祭。

◇◇今魯亦如天子之禮，故言秋而則嘗，謂為祫復為嘗。鄭《禘祫志》云："儒家之説禘祫，通俗不同，或云歲祫終禘，或云三年一祫，五年再禘。"鄭《駁異義》云："三年一祫，五年一禘，百王通義。以《禮讖》所云，故作《禘祫志》。考春秋禘祫之數，定以為三年祫，五年禘。"毛氏之言禘祫，唯此傳耳，而不辨禘祫年數，或與鄭同也。

◇傳言夏禘秋祫，則以為禘在夏，祫在秋。鄭於《禘祫志》云："周改先王夏祭之名為礿，故禘以夏。先王祫於三時，周人一焉，則宜以秋。"是從毛此説，為禘在夏，祫在秋也。

◇諸侯禘則不礿，祫則不嘗，所以下天子也。唯天子兼之，言魯禮亦如天子，故云"載嘗"也。傳之此言無正文，正以《王制》説先王之法云："天子犆礿，祫禘、祫嘗、祫烝。"言天子當祫之歲，以春物未成，犆礿而已。於夏秋冬則為祫，復為時祭也。《王制》又云："諸侯礿犆，禘一、犆一、祫嘗祫、烝祫。"其意言諸侯當祫之歲，春則犆礿，夏則祫而不禘，秋冬乃為時祭，而復為祫也。

◇◇先王之禮，諸侯與天子不同，明知周世諸侯亦當異於天子，故知"禘則不礿，祫則不嘗"。鄭於諸侯禘祫更無明説，亦當如此傳也。

◇◇楅衡，謂設橫木於角，以楅迫此牛，故云"設牛角以楅之也"。《地官·封人》云："凡祭祀，飾其牛牲，設其楅衡。"注云："楅設於角，衡設於鼻，如椵（jiǎ，古代繫犬脖子上的器具）狀。"如彼注，楅衡別兩處設之。此箋申傳，言楅衡其牛角，為其牴觸人。以楅衡為一者，無文，故兩解也。

◇◇"白牡，周公牲。騂剛，魯公牲"者，文十三年《公羊傳》云："魯祭周公，何以為牲？周公用白牡，魯公用騂犅，群公不毛。"何休云："白牡，殷牲也。周公死，有王禮，謙不敢與文、武同也。不以夏黑牲者，嫌改周之文，當以夏避嫌也（殷尚白）。"魯公，諸侯，不嫌也，故從周制。是（祭）周公、（祭）魯公異牲之意也。

◇◇《説文》云："犅，特也。"白牡謂白特，騂犅謂赤特也。

◇◇"犧尊"之字，《春官·司尊彝》作"獻尊"，鄭司農云："獻讀為犧。犧尊飾以翡翠，象尊以象鳳皇，或曰以象骨飾尊。"此傳言犧尊者，沙羽飾，與司農飾以翡翠意同，則皆讀為娑。傳言沙，即娑之字也。阮諶《禮圖》云："犧尊飾以牛，象尊飾以象。於尊腹之上，畫為牛象之形。"

◇王肅云："將將，盛美也。大和中，魯郡於地中得齊太夫子尾送女器，有犧尊，以犧牛為尊。然則象尊，尊為象形也。"王肅此言，以二尊形如牛象，而背上負尊，皆讀犧為義，與毛、鄭義異，未知孰是。

◇◇"毛炰，豚"者，《地官·封人》祭祀有"毛炰之豚"故知毛炰是豚。彼注云："爛去其毛而炰之也。"

◇◇胾謂切肉。《曲禮》注云"胾，切肉"是也。

◇◇"大羹，鉶羹"者，以《特牲》士之祭祀尚有大羹、鉶羹，故以此羹兼二羹也。《特牲》注云："大羹，湆（qì，《說文》：幽溼也）煮肉汁，不和，貴其質也。鉶羹，肉味之有菜和者也。"大羹謂大古之羹。鉶羹謂盛之鉶器。其大羹則盛之於登。以大為名，故不舉所盛之器也。

◇◇大房與籩豆同文，則是祭祀之器。器之名房者，唯俎耳，故知"大房，半體之俎"。《明堂位》曰："俎，有虞氏以梡（kuǎn），夏后氏以嶡（jú），殷以椇（jǔ），周以房俎。"注云："梡，斷木為四足而已。嶡，謂中足為橫距之象。椇（jǔ），謂曲橈之也。房，謂足下跗也，上下兩間，有似於堂房。"然是俎稱房也。

◇知是半體者，《周語》云："禘郊之事則有全烝，王公立飫則有房烝，親戚燕饗則有殽烝。"如彼文次，全烝謂全載牲體，殽烝謂體解節折，則房烝是半體可知。此亦云房，故知是半體之俎。言禘郊乃有全烝。宗廟之祭，唯房烝耳，故舉大房而言也。

◇《昏禮》："婦饋舅姑特豚，合升側載。"注："右胖載之舅俎，左胖載之姑俎。"是俎載半體之事也。《明堂位》稱"祀周公於大廟，俎用梡嶡"。此云：大房，蓋魯公之廟用大房也。

◇◇洋洋與萬舞共文，則是舞者之貌，故為眾多。魯得以八佾舞周公，故美舞者眾多也。

【孔疏】箋"皇祖"至"干舞"。

◇◇以"周公皇祖"之下，即云"白牡騂犅"，騂犅是魯公之牲，故知皇祖謂伯禽也。此皇祖之文，在周公之下，故以為二人。上文皇祖在后稷之上，且上與"皇皇后帝"連文，則是配天之人，故知上文皇祖即后稷也。

◇◇箋以禘祫之事，於文不見，不宜以載為則，故易之為始。以秋物新成，始可嘗之，故言"始，嘗也"。定本、《集注》皆言"秋物新成，尚之也"。言貴尚新物，故言始也。作"嘗"字者，誤也。

◇◇又解房俎稱大之意，以其用玉飾之，美大其器，故稱大也。知大房玉飾者，以俎豆相類之物，《明堂位》說祀周公之禮云："薦用玉豆。"豆既玉飾，明俎亦玉飾。其制足間有橫，其下有跗，以《明堂》之文差次為然。跗上有橫，似於堂上有房，故謂之房也。

◇◇"萬舞，干舞"，宣八年《公羊傳》文。

<三章-31>俾爾熾(chì)而昌，俾爾壽而臧。保彼東方，魯邦是常。不虧不崩，不震不騰。三壽作朋，如岡如陵。

【毛傳】震，動也。騰，乘(chéng)也。壽，考也。

【鄭箋】此皆慶孝孫之辭也。俾，使。臧，善。保，安。常，守也。虧、崩皆謂毀壞也。震、騰皆謂僭逾相侵犯也。三壽，三卿也。岡，陵，取堅固也。

【程析】熾，盛。昌，興旺。震，震動。騰，沸騰。

【樂道主人】三卿：①指古代的司徒、司馬、司空。②指上、中、下卿。③指春秋晉之韓、魏、趙三大卿。此處取①意。

【孔疏】傳"震動"至"壽考"。

◇◇"震，動。壽，考"，皆《釋詁》文。

◇◇《月令》稱"累牛騰馬"，騰是相乘之義，故為乘也。

【孔疏】箋"此皆"至"堅固"。

◇◇上言"孝孫有慶"，此則致福之言，故為慶孝孫之辭。下章用兵之後，亦有此慶，則作者以意慶之，非嘏喎(wā)也。

◇◇"俾，使。臧，善"，皆《釋詁》文。

◇◇自保守者，安居之義，故保為安也。"魯邦是常"，言其常守魯國，故以常為守也。

◇◇虧、崩以山喻故，皆謂毀壞也。震、騰以川喻故，皆謂僭逾相侵犯也。言上下相侵犯，猶水之相乘陵也。

◇◇老者，尊稱。天子謂父事之者為三老，公卿大夫謂其家臣之長者稱室老。諸侯之國立三卿，故知三壽即三卿也。

◇◇言"作朋"者，謂常得賢人，僖公與之為朋，即《伐木》傳云"國君友其賢臣"是也。

◇◇岡、陵，不動之物，故言取其堅固也。

【孔疏-章旨】"王曰"至"如陵"。

○毛以為，上既述遠祖之功，以美大魯國，此乃說其封建之由，及今僖公之事。

①言將欲封魯之時，成王乃告周公曰：叔父，我今欲立汝首子，使之為侯於魯國，大開汝之所居，永為周室藩輔。

②告周公既訖，乃為書以策命魯公伯禽，使之為侯於東方，賜之以境

內之山川，使之專有，又賜之以境內之土田，并小國之附庸，命使四鄰小國附屬之。言其統於衆國也。

③至於今日，周公後世之孫，魯莊公之子，謂僖公也。其車建交龍之旂，承奉宗廟祭祀，所乘四馬，其六轡耳耳然而至盛。春秋四時，非有解怠，所獻所祀，不有忒變。

④因說祭祀之事，皇皇而美者為君之天，及君祖后稷，獻之以赤與純色之牲。天與後稷於是歆饗之，於是以為宜下福與之，既已多大矣。

⑤非徒天與后稷降之多福，周公與君祖伯禽，亦其福汝僖公矣。又言祭宗廟得禮，故先祖福之。更說祭廟之事，將於前秋則為嘗祭，此夏而已楅衡其牛。言豫養所祭之牛，設橫木於角以楅之，令其不得牴觸人也。所養者，是白色之牡與赤色之特。盛酒之器，有犧羽所飾之尊，將將然而盛美也。其饌則有焰火去其毛而烹之豚，又有切肉之胾，與大羹鉶羹。其食器有竹籩木豆，又有大房之俎。鼎俎既陳，籩豆已列，於是歌舞其神。執干戚而為萬舞者，洋洋然衆多。

⑥禮樂不愆，祭祀得所，孝孫僖公於是有慶賜之榮。作者喜其德當神明，故設辭慶之。使汝得福熾盛而昌大，使汝年命長壽而臧善，安於彼東方之國，魯邦是其常。有其堅固如山，不可虧損，不可崩落，言其無毀壞之時。其安靜如川，不可震動，不可乘陵，言其無僭逾相犯。國之三壽考之卿與作朋友，君臣相親，國家堅固，使之如岡然，如陵然，言永無散亂也。

○鄭唯秋而載嘗為異。以載為始，言秋而始欲嘗祭，於夏則養牲。餘同。

　　<四章-1>公車千乘（shèng），朱英綠縢（téng），二矛重（chóng）弓。

【毛傳】大國之賦千乘。朱英，矛飾也。縢，繩也。重弓，重於鬯（chàng）中也。

【鄭箋】二矛重弓，備折壞也。兵車之法，左人持弓，右人持矛，中人御。

【程析】公，指僖公。朱英，紅色的羽毛。

【樂道主人】孔疏：朱英是二矛飾之以朱染，綠縢是重弓束之以綠繩。所異者，二矛各自有英飾，二弓共束以綠繩耳。

【孔疏】傳"大國"至"鬯中"。

◇◇《明堂位》云："封周公於曲阜，地方七百里，革車千乘。"今復其故也。

◇《司馬法》："成方十里,出革車一乘。"計魯方七百里,為車多矣,而云千乘者,《坊記》云:"制國不過千乘。"然則地雖廣大,以千乘為限,故云"大國之賦千乘"。

◇《司馬法》："兵車一乘,甲士三人,步卒七十二人。"計千乘有七萬五千人,則是六軍矣,與下公徒三萬數不合者,二者事不同也。

◇《禮》天子六軍,出自六鄉。萬二千五百家為鄉,萬二千五百人為軍。《地官·小司徒》曰:"凡起徒役,無過家一人。"是家出一人,鄉為一軍。此則出軍之常也。天子六軍,既出六鄉,則諸侯三軍,出自三鄉。

◇下云"公徒三萬",自謂鄉之所出,非此千乘之眾。此云"公車千乘",自謂計地出兵,非彼三軍之事也。二者不同,故數不相合。所以必有二法者,聖王治國,安不忘危,故令所在皆有出軍之制。

◇若從王伯之命,則侯國之大小,出三軍二軍。若其前敵不服,用兵未已,則盡其境內,皆使從軍,故復有此計地出軍之法。但鄉之出軍是正,故家出一人。計地所出,則非常故。成出一車,以其非常,故優之也。

◇◇《清人》云"二矛重英",故知朱英矛飾,蓋絲纏而朱染之,以為矛之英飾也。《小戎》云:"竹閉緄縢。"傳曰:"緄,繩。縢,約。"謂內弓於閉,以繩束之。此云"縢,繩"者,縢亦為約之以繩,非訓縢為繩。

◇但傳詳彼而略此耳。重弓,謂內弓於韔,韔中有二弓。《小戎》云:"交韔二弓。"是其事也。

【孔疏】箋"二矛"至"人御"。

◇◇弓矛所用,執一而已。解其有二矛重弓之意,故云"備折壞也"。《考工記》云:"酋矛常有四尺。夷矛三尋(一尋等於八尺)。"則矛法自有二等。

◇此云二矛,知非二等之矛者,以重弓是一弓而重之,故知二矛亦一矛而有二,俱是備折壞也。矛有二等,此當是酋矛。何則?《考工記》又云:"攻國之兵用短,守國之兵用長。"此美其當戎狄,懲荊舒,則是往伐之,明是酋矛(酋矛短,以攻伐)而有二也。

◇◇此"朱英綠縢"與"二矛重弓"兩句自相充配,朱英是二矛飾之以朱染，緑縢是重弓束之以緑繩。所異者，二矛各自有英飾，二弓共束以緑繩耳。

◇◇又解車乘之下，即説弓矛之意，故云"兵車之法，左人持弓，右人持矛，中人御"。

◇宣十二年《左傳》云："楚許伯禦樂伯，攝叔為右，以致晉師。樂伯曰：'吾聞致師者，左射以菆（zōu，菆，矢之善者）。'"樂伯在左，而云左射，是左人持弓也。

◇成十六年，晉侯與楚戰於鄢陵，《左傳》稱"欒鍼為右"，使人告楚令尹子重曰："寡君乏使，使鍼御持矛焉。"哀二年鐵之戰，《左傳》稱"郵無恤御簡子，衛太子為右。禱云：'蒯聵不敢自佚，備持矛焉。'"是右人持矛也。

◇《甘誓》云："左不攻於左，汝不共命。右不攻於右，汝不共命。御非其馬之正，汝不共命。"既云左右，又別云御，是御在中央也。

<四章-4>公徒三萬，貝胄朱綅（qīn），烝徒增增。

【毛傳】貝胄，貝飾也。朱綅，以朱綅綴之。增增，衆也。

【鄭箋】萬二千五百人為軍，大國三軍，合三萬七千五百人。言三萬者，舉成數也。烝，進也。徒進行增增然。

【孔疏】傳"貝胄"至"增增衆"。

◇◇貝者，水蟲，甲有文章也。胄謂兜鍪（古代打仗時戴的盔），貝非為胄之物，故知以貝為飾。

◇◇《説文》云："綅，綫也。"然則朱綅直謂赤綫耳，文在胄下，則是甲之所用，故云"以朱綅綴之"，謂以朱綫連綴甲也。

◇◇"增增，衆"，《釋訓》文。定本、《集注》皆作"增"字，其義是也。俗本作"憎"，誤也。

【孔疏】箋"萬二"至"增增然"。

◇◇"萬二千五百人為軍。大國三軍。"皆《夏官》序文也。舉成數者，謂略其七千五百，直言三萬耳。如此箋以為僖公當時實有三軍矣。

◇答臨碩云："魯頌公徒言三萬是二軍之大數，又以此為三軍者，以周公受七百里之封，明知當時從上公之制，備三軍之數。"此叙云"復周公之宇"，故此箋以三萬為三軍，言其復古制也。

◇又以凡舉大數，皆舉所近者，若是三萬七千五百，大數可為四萬，此頌美僖公，宜多大其事，不應減退其數以為三萬，故答臨碩謂此為二軍，以其不安，故兩解之也。

◇今以《春秋》檢之，則僖公無三軍。襄十一年經書作三軍，明已前無三軍也。昭五年又書"舍中軍"，若僖公有三軍，則作之當書也。自文至襄復減為二，則舍亦當書也。《春秋》之例，以軍賦事重，作、舍皆書。於僖公之世，無作、舍之文，便知當時無三軍也。

◇鄭以周公、伯禽之世合有三軍，僖公能復周公之宇，遵伯禽之法，故以三軍解之。其實於時唯二軍耳。

◇◇"烝，進"，《釋詁》文。步行曰徒，故以為行也。上句既云"公徒"，則知此言"烝徒"，謂進行之時，且與"增增"共文，明是行時眾多也。

<四章-7>戎狄是膺（yīng），荊舒是懲（chéng），則莫我敢承。

【毛傳】膺，當。承，止也。

【鄭箋】懲，艾也。僖公與齊桓舉義兵，北當戎與狄，南艾荊及群舒，天下無敢禦之。

【孔疏】傳"膺，當。承，止"。

◇◇"膺，當"，《釋詁》文。

◇◇承者，當待之義，不敢當待，即是不敢禦止，故以承為止也。

【孔疏】箋"懲艾"至"禦之"。

◇◇懲、艾皆創，故為艾也。

◇◇僖公之時，齊桓為霸，故知與齊桓公舉義兵也。僖公之世，用兵於戎狄荊舒者，唯有桓公耳。僖四年，經書"公會齊侯等侵蔡。蔡潰，遂伐楚"。楚一名荊，群舒又是楚之與國，故連言荊舒。

◇其伐戎狄則無文，唯十年經書"齊侯、許男伐北戎"，其時蓋魯使人助之，帥賤兵少，故不書。或別有伐時，經、傳脫漏，如伐淮夷之類。

<四章-10>俾爾昌而熾，俾爾壽而富。黃髮台背，壽胥與試。

【鄭箋】此慶僖公勇於用兵，討有罪也。黃髮台背，皆壽徵也。胥，相也。壽而相與試，謂講氣力，不衰倦。

【程析】台背，鮐魚的背是駝的。胥，相。試，比。

【樂道主人】程析：熾，盛。昌，興旺。

<四章-10>俾爾昌而大，俾爾耆（qí）而艾。萬有千歲，眉壽無有害。

【鄭箋】此又慶僖公勇於用兵，討有罪也。中時魯微弱，為鄰國所侵削。今乃復其故，故喜而重慶之。俾爾，猶使女（rǔ）也。眉壽，秀眉亦壽征。

【程析】耆，艾，《曲禮》，五十為艾，六十為耆。

【樂道主人】《大雅·行葦》中內容如下表。

表七　古人對老人的稱謂

詞	黃耇	艾	耆	耋	耄	台背
年齡	泛指年老	五十	六十	七十、八十	八十、九十	九十

【孔疏-章旨】"公車"至"有害"。上既美其祭祀鬼神，此又美其用兵征伐。

①公之兵車有千乘矣。車上皆有三人，右人所持者朱色之英，左人所持者綠色之繩。此朱英綠繩者，是二矛重弓也。言二矛載於車上，皆朱為英飾。重弓共在韔中，以綠繩束之。

②又公之徒眾有三萬人矣。以貝飾胄，其甲以朱繩綴之。進行之時，增增然眾多。

③車徒既多，甲兵又備，西戎北狄來侵者，於是以此膺當之；荊楚群舒叛逆者，於是以此懲創之。軍之所征，往無不克，則無有於我僖公敢禦止之者。由其無敵於天下，故得民庶安寧，土境復故。

④作者喜其討罪，設辭慶之，使汝昌大而熾盛，使汝長壽而富足。發有黃色之髮，背有台文之背，得有如此長壽，相與講試氣力，奇其老而不衰也。

⑤以其用兵之善，又重慶之，使汝得福則昌而且大，使汝年壽則耆而又艾，使得萬有千歲，為秀眉之壽，無有患害。以魯衰而復興，故喜而重慶之也。

<五章-1>泰山巖巖，魯邦所詹。奄有龜蒙，遂荒大東，至于海邦，淮夷來同。莫不率從，魯侯之功。

【毛傳】詹，至也。龜，山也。蒙，山也。荒，有也。

【鄭箋】奄，覆（與毛不同）。荒，奄也。大東，極東。海邦，近海之國也。來同，為同盟也。率從，相率從於中國也。魯侯，謂僖公。

【孔疏】傳"詹至"至"荒有"。

◇◇"詹，至"，《釋詁》文。

◇◇春秋定十年，"齊人來歸鄆、讙、龜陰之田"。謂龜山之北田也。《論語》説顓臾云："昔者，先王以為東蒙主。"謂顓臾主蒙山也。魯之境内，有此二山，故知龜、蒙是龜山、蒙山也。龜、蒙今在魯地，故言奄有泰山，則在齊、魯之界，故言所詹見，其不全屬魯也。

◇《禮·祭法》："諸侯之祭山川，在其地則祭之，亡其地則不祭。"《春秋》僖三十一年"不郊，猶三望"者，《公羊傳》曰："三望者何？泰山、河、海。"

◇鄭《駁異義》云："昔者，楚昭王曰：'不穀雖不德，河非所獲罪。'言境内所不及則不祭也。魯則徐州地，《禹貢》'海岱及淮惟徐州'。以昭王之言，魯之境界亦不及河，則所望者海也、岱也、淮也，是之謂三望。"

◇又《王制》云"諸侯祭名山大川之在其地者"，注云"魯人祭泰山，晋人祭河"是也。是由魯境至於泰山，故得望而祭之。

◇《禮器》云："齊人將有事於泰山，必先有事於配林。"齊人亦祭泰山，是齊境亦及之矣。由其泰山廣長，故二國皆以為望也。

◇◇荒訓為奄，此云荒有者，亦謂奄有之也。

【孔疏】箋"奄覆"至"中國"。

◇◇《釋言》云："弇，蓋也。"孫炎曰："弇，覆蓋。"亦覆之義，故以奄為覆。"奄，覆"，《釋言》文。大者，廣遠之言。

◇◇以大東為極東地之最東，至海而已。"大東"之下即云"至于海邦"，故以東為極東，言其極盡地之東偏。

◇◇春秋之世，諸侯同盟，以獎王室，故知來同為同盟。當僖公之世，東方淮夷小國見於盟會，唯邾（zhū）、莒、滕、杞而已。其餘小國及淮夷同盟，不見於經，蓋主會者不列之耳。

◇◇言莫不率從，有從魯之嫌，故明之相率從於中國。以僖非盟主，不得為從魯故也。

【孔疏-章旨】"泰山"至"之功"。

○毛以為，既美征伐遠夷，又美境界復故。言泰山之高岩岩然，魯之邦境所至也。魯境又同有龜山、蒙山，遂包有極東之地，至於近海之國。

淮夷舊不服者，亦來與之同盟。凡此東方之國，莫不相率而從中國，是魯侯僖公之功也。

○鄭以奄為覆。覆有龜、蒙之山，遂奄有極東之地。餘同。

<六章-1>保有鳧（fú）繹，遂荒徐宅。至于海邦，淮夷蠻貊（mò）。及彼南夷，莫不率從。莫敢不諾，魯侯是若。

【毛傳】鳧，山也。繹，山也。宅，居也。淮夷蠻貊，如夷行也。南夷，荊楚也。若，順也。

【鄭箋】諾，應辭也。是若者，是僖公所謂順也。

【程析】徐宅，指徐國，在今江蘇。

【孔疏】傳"鳧山"至"若順"。

◇◇《禹貢》徐州，"嶧（yì，山名，在中國山東省鄒縣東南）陽孤桐"，謂嶧山之陽有桐木也。鳧嶧連文，與龜、蒙相類，故知是鳧山、嶧山也。

◇◇"宅，居"，《釋言》文。言淮夷蠻貊如夷行者，以蠻貊之文在淮夷之下，嫌蠻貊亦服，故辨之。以僖公之從齊桓，唯能服淮夷耳，非能服南夷之蠻、東夷之貊，故即淮夷蠻貊謂淮夷如蠻貊之行。

◇僖四年，從齊桓伐楚而服之，故言南夷謂荊楚。《鄭志》答趙商云："楚交中國而近南夷，末世夷，行故謂之夷也。"

◇◇"若，順"，《釋言》文。定本、《集注》"若順"之上有"若順"兩字。

【孔疏-章旨】"保有"至"是若"。

◇◇此又美僖公境界廣遠，威德所及，言安有鳧山、嶧山，遂有是徐方之居，

◇◇至於近海之國淮夷為蠻貊之行者，及彼南方之夷，謂荊楚之國，莫不相率而從於中國。

◇若王伯有命，則莫敢不應諾順從。此皆由魯侯之功，於是順服也。

<七章-1>天錫公純嘏（gǔ），眉壽保魯。居常與許，復周公之宇。

【毛傳】常、許，魯南鄙、西鄙。

【鄭箋】純，大也。受福曰嘏。許，許田也，魯朝（cháo）宿之邑也（與毛不同）。常或作"嘗"，在薛之旁（與毛不同）。《春秋》魯莊公三十一年"築臺於薛"是與？周公有嘗邑，所由未聞也。六國時，齊有孟

嘗君，食邑於薛。

【樂道主人】鄙，邊遠地區。

【孔疏】傳"常許"至"西鄙"。

◇◇《春秋》言伐我東鄙、西鄙者，皆謂伐其邊邑，故《月令》注云："鄙，界上之邑。"此美其復故之宇，當舉邊邑言之，故知常、許皆是鄙邑也。言"常、許，魯南鄙、西鄙"，則常為南鄙，許為西鄙。或當有所依據，不知出何書也。

【孔疏】箋"純大"至"於薛"。

◇◇"純，大"，《釋詁》文。《禮·特牲》《少牢》尸致福於主人皆謂之嘏，是受福曰嘏。

◇◇傳以常、許為魯之鄙邑，《書傳》無文，故箋易之"許，許田也，魯朝宿之邑也"。

◇諸侯有大德，受采邑於京師，為將朝而宿焉，謂之朝宿之邑。魯以周公之故，成王賜之許田。春秋之時，魯不朝周，邑無所用，而許田近於鄭國，鄭有祊田，地勢之便，而與鄭易之。

◇桓元年，"鄭伯以璧假許田"《公羊傳》曰："許田者何？魯朝宿之邑也。此魯朝宿之邑，曷為謂之許田？諱取周田，繫之許，近許也。"如此，則魯之有許，見於經、傳，明此常與許，即是彼之許邑。彼以近許系許，則非魯之鄙邑，故箋言此，**以易傳也**。

◇桓公以許與鄭，僖公又得居之，故美其能復周公之宇也。《春秋》於僖公之世不書得許田，蓋經、傳闕漏，故無其事也。

◇既以許為朝宿，而常邑無文，故推本其事，言"常"字《詩》本或有作"嘗"字者，常邑在薛之傍。《春秋》魯莊公三十一年"築臺於薛"是與？"築臺於薛"，為疑之辭。周公之有許邑，事見《春秋》。嘗則無文，故云"周公有嘗邑，許田未聞也"。鄭云嘗邑在薛之傍，亦無明文，故又自言其證。

◇◇"六國時，齊有孟嘗君"《春秋》經文，"是與"者，其是此嘗邑與？嘗在薛傍，魯有薛邑，故言"是與"，食邑於薛"。以其居薛邑，而號孟嘗君，則嘗在薛傍，共為一地也。

◇六國者，韓、魏、燕、趙、齊、楚，在春秋之後，俱僭稱王號，為六國。

◇孟嘗君者，姓田名文，父曰靜郭君田嬰。嬰者，齊威王少子，而齊宣王庶弟也。宣王卒，嬰相齊湣王。湣王三年，封田嬰。嬰卒，文代立於薛，是為孟嘗君。《史記》有其傳。

<七章-5>魯侯喜燕，令妻壽母。宜大夫庶士，邦國是有。既多受祉（zhǐ），黃髮兒（ní）齒。

【鄭箋】燕，燕飲也。令，善也。喜公燕飲於內寢，則善其妻，壽其母，謂為之祝慶也。與群臣燕，則欲與之相宜，亦祝慶也。是有，猶常有也。兒齒，亦壽徵。

【程析】宜，團結。

【詩集傳】兒齒，同“齯”，齒落更生細者，亦壽徵也。

【樂道主人】慶，福也。《禮·月令》行慶施惠。注曰，慶謂休其善也。休，美也。又福也。

【孔疏-章旨】“天錫”至“兒齒”。

○毛以為，①既言僖公威德被及廣遠，又言天與之福，復其故居，天乃與公大大之福，使有秀眉之壽，而保其魯國，又能居其常邑與許邑，復周公之故居也。

②魯侯僖公燕飲而皆喜。燕於內寢，則善其妻，壽其母，謂為之祝慶，使妻善而母壽也。其燕於外寢，則宜其大夫與眾士，亦謂為之祝慶，使與之相宜也。其魯之邦國，七百里之封，僖公於是常保有之。既多受其福，又有黃髮兒齒，由僖公每事得所，故慶之，使享其永年。

○鄭唯以嘏為福為異。餘同。

<八章-1>徂來之松，新甫之柏，是斷是度（duó），是尋是尺。

【毛傳】徂徠，山也。新甫，山也。八尺曰尋。

【程析】徂徠，在今山東泰安縣東南。新甫，亦名梁父，在泰山旁。尋，八尺。周制，寸、尺、咫（八寸）、尋、常、仞（八尺或七尺）諸度量，皆以人體為法。尋，度人之兩臂為尋，八尺也。度，“剫”字的省錯。劈開。

【樂道主人】斷，斬斷。

<八章-5>松桷（jué）有舄（xì），路寢孔碩。新廟奕（yì）奕，奚斯所作。

【毛傳】桷，榱（cuī）也。舄，大貌。路寢，正寢也。新廟，閔公廟

也。有大夫公子奚斯者，作是廟也。

【鄭箋】孔，甚。碩，大也。奕奕，姣美也。脩舊曰新。新者，姜嫄廟也（與毛不同）。僖公承衰亂之政，脩周公伯禽之教，故治正寢，上新姜嫄之廟。姜嫄之廟，廟之先也。奚斯作者，教護屬功課章程也。至文公之時，大室屋壞。

【程析】路寢，正室，古君主處理正事的宮室。

【孔疏】傳"桷榱"至"是廟"。

◇◇桷之與榱，是椽之別名。莊二十四年，刻桓宮桷，謂刻其椽也。烏是桷狀，故為大貌。王肅云："言無刻飾文章，徒見松桷强大至牢固。"義或當然。

◇◇路寢，正寢，《公羊》《穀梁傳》并云然。定本、《集注》云："路，正也。"《釋詁》云："路，大也。"以君之正寢，故以大言之。

◇◇言新廟，是作此廟。僖公繼閔公為君，故以新廟為閔公廟。王肅云："僖公以庶兄後閔公，為之立廟，奕奕盛大，美其作之中禮，能自儉而崇大宗廟。"是申說毛義，稱"作是廟"，美僖公之意也。

◇◇"奚斯"與"新廟"連文，故云"公子奚斯作是廟"，欲見作者主為新廟而言奚斯，其意不兼路寢也。

◇閔二年，"慶父出奔莒"。《左傳》曰："以賂求共仲於莒，莒人歸之。及密，使公子魚請。不許，哭而往。共仲曰：'奚斯之聲也。乃縊。'"是奚斯為公子也。如傳文，蓋名魚而字奚斯。

【孔疏】箋"孔甚"至"屋壞"。

◇◇"孔，甚。碩，大"，《釋言》文。"碩，大"，《釋詁》文。孔、碩，言其寢美也。定本、《集注》云："孔碩，甚佼美也。"與俗本異。

◇◇《春秋》有"新作南門""新作雉門"，說者皆以脩舊曰新，改舊曰作，故鄭依用之。以閔公後死，禮當遷入祖廟，止可改塗易簀。首章言閟宮，卒章言新廟，明是脩彼閟宮，使之新，**故易傳以為，"所新者，姜嫄之廟也"**。

◇◇作寢廟所以為美者，以僖公承衰亂之後，寢廟廢壞，能修周公、伯禽之教，故治其正寢，上新姜嫄之廟。由其修治廢壞，故可美也。

◇◇又言"姜嫄之廟，廟之先"者，欲見姜嫄之廟既新之，則餘廟毀壞亦修之。然則舉其治正寢，則餘寢亦治之矣。

◇◇又解奚斯所作之意，正謂為之主帥，主帥教令工匠，監護其事，屬付功役，課其章程而已，非親執斧斤而為之也。

◇《中候握河紀》說帝堯受《河圖》之禮云："稷辨護。"注云："辨護，供時用相禮儀。"是監典謂之護也。昭三十二年《左傳》說城成周之事雲："屬役賦丈。"謂付屬作者以功役也。《漢書》稱高祖使張倉定章程，謂"定百工用材多少之量，及制度之程品"，是屬課章程之事也。

◇◇引文十三年"大室屋壞"者，與《譜》同以壞者譏其不恭，則修者事為可善，反明詩人稱新作寢廟，以美僖公之意也。

<八章-9>孔曼且碩，萬民是若。

【毛傳】曼，長也。

【鄭箋】曼，脩也，廣也。且，然也。國人謂之順也。

【樂道主人】若，順。

【孔疏】箋"曼脩"至"之順"。◇◇定本、《集注》箋："曼，脩也，廣也。且，然也。國人謂之順。"與俗本不同。

【孔疏-章旨】"徂來"至"是若"。

○毛以為，①僖公威德遠及，國內咸宜，乃命彼賢臣脩造寢廟，取彼徂來山上之松，新甫山上之柏，於是斬斷之，於是量度之。其度之也，於是用八尺之尋，於是用十寸之尺。

②既量其材，乃用松為桷，有舃然而大，作為君之正寢，甚寬大。又新作閔公之廟，奕奕然廣大。作寢則人安，作廟則神悦。人神安悦，君德備矣。此廟是誰為之？乃是奚斯所作。美其作之得所，故舉名言之。奚斯監護而已，其作用民之力，故又美民之勸事。

③言廟甚長廣而且大，用功雖多，萬民於是謂之順。民既以之為順，明其不憚劬勞，故言之以頌僖公也。○鄭唯以新廟為姜嫄之廟為異。餘同。

《閟宮》八章，二章章十七句，一章十二句，一章三十八句，二章章八句，二章章十句。

《駉》四篇，二十三章，二百四十三句。

那 【商頌一】

　　猗（ē）與那（nuó）與，置（zhì/zhí）我鞉（táo）鼓。奏鼓
簡簡，衎（kàn）我烈祖。湯孫奏假（xià/gé），綏我思成。鞉鼓
淵淵，嘒（huì）嘒管聲。既和且平，依我磬聲。於（wū）赫湯
孫，穆穆厥聲。庸鼓有斁（yì），萬舞有奕。我有嘉客，亦不夷懌
（yì）。自古在昔，先民有作。溫恭朝夕，執事有恪（kè）。顧予
烝嘗，湯孫之將。

　　《那》一章，二十二句。

　　【毛序】《那》，祀成湯也。微子至於戴公，其間禮樂廢壞。有正考
甫者，得《商頌》十二篇於周之大（tài）師，以《那》為首。

　　【鄭箋】禮樂廢壞者，君怠慢於為政，不修祭祀、朝聘、養賢、待賓
之事，有司忘其禮之儀制，樂師失其聲之曲折，由是散亡也。自正考甫至
孔子之時，又無七篇矣。正考甫，孔子之先也，其祖弗甫何，以有宋而授
厲公。

　　【孔疏】“《那》”至“為首”。

　　◇◇《那》詩者，祀成湯之樂歌也。成湯創業垂統，制禮作樂。及其
崩也，後世以時祀之。詩人述其功業而作此歌也。

　　◇◇又總序《商頌》廢興所由。言微子至於戴公之時，其間十有餘
世，其有君闇政衰，致使禮樂廢壞，令《商頌》散亡。至戴公之時，其大
夫有名曰正考父者，得《商頌》十二篇於周之太師。此十二篇以《那》為
首，是故孔子錄《詩》之時，得其五篇，列之以備三頌也。

　　◇◇《殷本紀》云：“主癸生天乙，是為成湯。”案《中候·雒予
命》云：“天乙在亳。”注云：“天乙，湯名。”是鄭以湯之名為天乙
也，則成湯非復名也。

　　◇◇《周書·謚法》者，周公所為。《禮記·檀弓》云：“死謚，周
道也。”則自殷以上，未有謚法，蓋生為其號，死因為謚耳。《謚法》

"安民立政曰成。除殘去虐曰湯"。蓋以天乙有此行，故號曰成湯也。《長發》稱"武王載旆"，又呼湯為武王者，以其伐桀革命，成就武功，故以武名之，非其號諡也。

◇◇《國語》云："校商之名頌十二篇。"此云："得《商頌》十二篇"謂於周之太師校定真偽，是從太師而得之也。言得之太師，以《那》為首，則太師先以《那》為首。矣且殷之創基，成湯為首，《那》序云"祀成湯"，明知無先《那》者，故知太師以《那》為首也。

◇◇經之所陳，皆是祀湯之事。毛以終篇皆論湯之生存所行之事。鄭以"奏鼓"以下，言湯孫太甲祭湯之時，有此美事，亦是祀湯而有此事，故序總云"祀成湯也"。

【孔疏】箋"禮樂"至"厲公"。

◇◇禮樂廢壞者，正謂禮不行，樂不用，故令之廢壞。廢壞者，若牆屋之不脩也。但禮事非一，箋略舉禮之大者以言焉。由君不復行禮，有司不復脩習，故忘其禮之儀制。由君不復用樂，樂師不復脩習，故失其聲之曲折。由是禮樂崩壞，故商詩散亡也。

◇◇知孔子之時，七篇已亡者，以其考甫校之太師，歸以祀其先王，則非煩重蕪穢，不是可弃者也。而子夏作序，已無七篇，明是孔子之前已亡滅也。

◇◇《世本》云："宋湣（mǐn）公生弗甫何，弗甫何生宋父，宋父生正考甫，正考甫生孔父嘉，為宋司馬華督殺之，而絕其世。其子木金父降為士。木金父生祁父，祁父生防叔，為華氏所逼，奔魯，為防大夫，故曰防叔。防叔生伯夏，伯夏生叔梁紇，叔梁紇生仲尼，則正考甫是孔子七世之祖，故云孔子之先也。

◇ "其祖弗父何，以有宋而授厲公"，昭七年《左傳》文也。服虔云："弗父何，宋湣公世子，厲公之兄。以有宋，言湣公之適嗣，當有宋國，而讓與弟厲公也。"《宋世家》稱厲公殺煬公而自立，傳言弗父何授之者，何是湣公世子，父卒當立，而煬公篡之。蓋厲公既殺煬公，將立弗父何，而何讓與厲公也。

<一章-1>猗（ē）與那（nuó）與，置（zhì/zhí）我鞀（táo）鼓。

【毛傳】猗，歎辭。那，多也。鞀鼓，樂之所成也。夏后氏足鼓，殷人置鼓，周人縣鼓。

【鄭箋】置讀曰植。植鞉鼓者，為楹貫而樹之。美湯受命伐桀，定天下而作《濩》樂，故歎之。多其改夏之制，乃始植我殷家之樂鞉與鼓也。鞉雖不植，貫而搖之，亦植之類。

【孔疏】傳"猗歎"至"縣鼓"。

◇◇《齊風》猗嗟共文，是猗為歎，謂美而歎之也。

◇◇"那，多"，《釋詁》文。

◇◇"鞉鼓，樂之所成"者，《禮記》曰："鼓無當於五聲，五聲不得不和。"是樂之所成，在於鼓也。鞉則鼓之小者，故連言之。

◇《王制》曰："天子賜諸侯樂則以柷將之，賜伯子男樂則以鞉將之。"注云："柷、鞉皆所以節樂。"是樂成亦由鞉也。

◇"夏后氏足鼓"以下，皆《明堂位》文。所異者，唯彼"置"作"楹"。傳依此經而改之矣。

【孔疏】箋"置讀"至"之類"。

◇◇《金縢》云："植璧秉圭。"注云："植，古置字。"然則古者置、植字同，故置讀曰植。此云"植我鞉鼓"，《明堂位》作"楹鼓"，故知植鞉鼓者為楹貫而樹之。

◇◇《大濩》之樂，殷之樂也。此述成湯之功，而云"植我鞉鼓"，明是美湯作《濩》樂，故歎之，多其改夏之制，始植我殷家之鼓也。

◇《呂氏春秋·仲夏紀》云："殷湯即位，夏為無道，暴虐萬民。湯於是率六州以討桀之罪，乃命伊尹作為《大濩》，歌《晨露》，脩《九招》《六列》，以見其善。"高誘注云："《大濩》《晨露》《九招》《六列》，皆樂名也。"是成湯作《濩》樂之事也。《晨露》《九招》《六列》之樂，蓋《大濩》之樂別曲名也。

◇◇又解鞉亦稱植之意，鞉雖不植，以木貫而搖之，亦植之類，故與鼓同言植也。《春官·小師》注云："鞉如鼓而小，持其柄搖之，傍耳還自擊。"是説鞉之狀也。

<一章-3>奏鼓簡簡，衎（kàn）我烈祖。湯孫奏假（xià/gé），綏我思成。

【毛傳】衎，樂也。烈祖，湯有功烈之祖也。假（xià），大也。

【鄭箋】奏鼓，奏堂下之樂也。烈祖，湯也（與毛不同）。湯孫，太甲也（與毛不同）。假（gé），升（與毛不同）。綏，安也。以金奏堂下諸縣（xuán），其聲和大簡簡然，以樂我功烈之祖成湯。湯孫太甲又奏升堂之樂，弦歌之，乃安我心所思而成之。謂神明來格（至）也。《禮記》曰：“齊（zāi）之日，思其居處，思其笑語，思其志意，思其所樂，思其所嗜。齊三日，乃見其所為齊者。祭之日，入室，僾（ài）然必有見乎其位；周旋出戶，肅然必有聞乎其容聲；出戶而聽，愾（kài）然必有聞乎其歎息之聲。”此之謂思成（與毛不同）。

【程析】簡簡，形容鞉鼓聲音宏大。

【樂道主人】鄭説明了祭祀前齊戒之主要目的。

【孔疏】傳“衎樂”至“假大”。

◇◇“衎（kàn），樂（yuè）。假（gé），大”，皆《釋詁》文。

◇◇下傳“湯為人子孫”，則此篇上下皆述湯事。美湯之祭而云“烈祖”，則是美湯之先公有功烈者，故云“烈祖，湯有功烈之祖”。湯之前有功烈者，止契、冥、相土之屬也。

◇◇王肅云：“湯之為人子孫，能奏其大樂，以安我思之所成，謂萬福來宜，天下和平。”

【孔疏】箋“奏鼓”至“思成”。

◇◇禮設樂懸之位，皆鍾鼓在庭，故知“奏鼓，（奏）堂下樂也”。

◇◇以序稱“祀成湯”，則經之所陳，是祀湯之事，不宜為湯之祀祖，故易傳以烈祖為湯。下篇烈祖既是成湯，則知此亦成湯，其子孫奏鼓以樂之也。

◇◇《殷本紀》“湯生太丁，太丁生太甲”。太甲，成湯適長孫也，故知湯孫謂太甲也。孫之為言，雖可以關之後世，以其追述成湯，當在初崩之後。太甲是殷之賢王，湯之親孫，故知指謂太甲也。

◇◇“假，升（與毛不同）。綏，安”，皆《釋詁》文也。

◇◇以奏者作樂之名，假又正訓為升，故易傳以奏假為“奏升堂之樂”，對鼓在堂下，故言“奏升堂之樂”。樂之初作，皆擊鍾奏之，經雖言鼓，而鍾亦在焉，故云“以金奏堂下諸縣”也。琴瑟在堂，故知奏升堂之樂謂弦歌之聲也。

◇◇於祭之時，心之所思，唯思神耳，故知安我心所思而成之，謂神明來格也。《皋陶謨》説作《簫韶》之樂得所，而云“祖考來格”，意與此協，故言“神明來格”，取彼意以為説也。

◇◇所引《禮記·祭義》文也。致思之深，想若聞見，是其有所成，故引以證之，此之謂思成也。

◇所思五事，先思居處，後思樂嗜者，先粗而後精，自外而入內也。居處，措身之所。笑語，貌之所發。此皆目所可見，是外之粗者。在內有常理可測度者，志意也。在內無常，緣物而動者，樂嗜也。內事難測，深思然後及之，故後言之也。齊三日乃見其所為齊者，謂致齊也。散齊則不御不弔而已，未能至於深思而及此五事也。

◇祭之日，所以得有出戶而聽者，彼注云"周旋出戶"，謂設薦時也。無尸者闔戶，若食間則有出戶而聽之，是由無尸者有闔戶出聽之事也。古之祭者，莫不以孫行者為尸。而得有無尸者，《士虞記》云："無尸則禮及薦饌皆如初。"注云："無尸，謂無孫列可使者也。"是祭有無尸者，故作《記》者言及之也。

<一章-7>鞉鼓淵淵，嘒（huì）嘒管聲。既和且平，依我磬聲。

【毛傳】嘒嘒然和也。平，正平也。依，倚也。磬，聲之清者也，以象萬物之成。周尚臭，殷尚聲。

【鄭箋】磬，玉磬也。堂下諸縣與諸管聲皆和平不相奪倫，又與玉磬之聲相依，亦謂和平也。玉磬尊，故異言之。

【程析】淵淵，象聲詞。

【孔疏】傳"磬聲"至"尚聲"。

◇◇傳意亦以磬為玉磬。《聘義》說玉之德云："其聲清越以長。"是玉聲必清，故云"聲之清者"，解其別言依磬之意也。

◇◇象萬物之成者，以秋天是萬物成就之時，其律呂數短，聲調皆清，故《楚辭》宋玉云："秋之為氣也，天高而氣清。""周尚臭，殷尚聲"，《郊特牲》文。

◇◇言此者，以祭祀之禮有食有樂，此詩美成湯之祭先祖，不言酒食，唯論聲樂，由其殷人尚聲，故解之。

【孔疏】箋"磬，玉磬"。

◇◇此申說傳意，言磬聲清之意也。知是玉磬者，以鍾鼓磬管同為樂器，磬非樂之主，而云鼓管和平，來依磬聲，明此異於常磬，非石磬也。

◇◇《皋陶謨》云"戛擊鳴球"，謂玉磬也。成二年《左傳》"齊人賂晉以玉磬"，是古人以玉為磬也。由玉磬尊，故異言之。

<一章-1>於（wū）赫湯孫，穆穆厥聲。庸鼓有斁（yì），萬舞有奕。

【毛傳】於赫湯孫，盛矣，湯為人子孫也。大鍾曰庸。斁斁然盛也。奕奕然閑也。

【鄭箋】穆穆，美也。於，盛矣！湯孫，呼太甲也（與毛不同）。此樂之美，其聲鍾鼓則斁斁然有次序，其干舞又閑習。

【孔疏】傳"於赫"至"然閑"。

◇◇毛以此篇祀成湯，美湯之德，而云湯孫，故云"湯善為人之子孫"也。以上句言"衎我烈祖"，陳湯之祭祖，故以孫對之。子孫祭祖，而謂祖善為人之子孫，猶《閔予小子》言皇考之"念茲皇祖，永世克孝"也。此篇三云"湯孫"，於此為傳者，舉中以明上下也。

◇◇《釋樂》云："大鍾謂之鏞。"是大鍾曰庸也。以斁為鍾鼓之狀，故為盛。奕，萬舞之容，故為閑也。箋云："斁斁然有次序。"亦言其音聲盛也。

<一章-15>我有嘉客，亦不夷懌（yì）。自古在昔，先民有作。溫恭朝夕，執事有恪（kè）。

【毛傳】夷，說（yuè）也。先王稱之曰自古，古曰在昔，昔曰先民。有作，有所作也。恪，敬也。

【鄭箋】嘉客，謂二王後及諸侯來助祭者。我客之來助祭者，亦不說懌乎。言說懌也。乃大古而有此助祭禮，禮非專於今也。其禮儀溫溫然恭敬，執事薦饌則又敬也。

【說文】懌，說也。

【樂道主人】薦，獻。饌，《說文》具食也。此處指祭祀時獻貢祭品。

<一章-21>顧予烝嘗，湯孫之將。

【鄭箋】顧，猶念也。將，猶扶助也（與毛不同）。嘉客念我殷家有時祭之事而來者，乃太甲之扶助也，序助者來之意也（與毛不同）。

【孔疏】箋"嘉客"至"扶助"。

◇◇《王制》《祭統》言四時祭名，皆云春礿、夏禘、秋嘗、冬烝。注以為，夏、殷祭名是烝、嘗為時祭，故云"念我殷家有時祭之事而來也"。若然，《郊特牲》云："饗禘有樂，而食嘗無樂，故春禘而秋嘗。"注："禘當為礿字之誤也。"《王制》云："春礿、夏禘。"鄭引《王制》夏、殷以正《特牲》之文，則《特牲》所云"食嘗無樂"，當是夏、殷禮矣。此云"烝、嘗",則是秋冬之祭。

◇◇而上句盛陳聲樂者,此經所陳,總論四時之祭,非獨為秋冬發,文直取烝、嘗之言為韻耳。縱使嘗實無樂,而祠、禘有之,故得言其聲樂也。且禮文殘缺,鄭以異於周法者,即便推為夏、殷,未必禘嘗無樂,非夏禮也。

◇◇箋以湯孫為太甲,故言太甲之扶助。傳以湯為人之子孫,則將當訓為大,不得與鄭同也。王肅云:"言嘉客顧我烝嘗而來者,乃湯為人子孫顯大之所致也。"

【孔疏-章旨】"猗與"至"湯孫之將"。

○毛以為,成湯崩後,祀於其廟。詩人美湯功業,述而歎之曰:①猗與,湯之功亦甚多,而能制作《護》樂,植立我殷家鞉與鼓也。既立一代之樂,用之以祭其先。

②祭之時,廟中奏此鞉鼓,其聲簡簡然而和大也,以樂我有功烈之祖。湯之上祖有功烈者,謂契、冥、相士之屬也。既以樂祭祖,而德當神明,故更述湯功,美其奏樂。言湯之能為人子孫也,奏此大樂,以祭鬼神,故得降福,安我所思而得成也。思之所成者,正謂萬福來宜,天下和平也。

③又述祭時之樂,其鞉鼓之聲淵淵而和也。嘒嘒然而清烈者,是其管籥之聲。諸樂之音既以和諧,且復齊平,不相奪倫,又依倚我玉磬之聲,與之和合。

④以其樂音和諧,更復歎美成湯。於乎!赫然盛矣者,乃湯之為人之子孫也。穆穆然而美者,其樂之音聲,大鍾之鏞與所植之鼓有斁然而盛,執其干戈為萬舞者有奕然而閑習。言其用樂之得宜也。

⑤於此之時,有王者之後及諸侯來助湯祭,我有嘉善之賓客矣。其助祭也,豈亦不夷悅而懌樂乎!言其夷悅而懌樂也。此助祭之法,乃從上古在於昔代先王之民,有作此助祭之禮,非專於今,故此嘉客依禮來助祭,其儀溫溫然而恭敬,早朝鄉夕在於賓位,其執事薦饌則有恭敬。

⑥此嘉賓所以來顧念我此烝、嘗之時祭者,正以湯為人之子孫,亦有顯大之德所致也。以湯能制作禮樂,善為子孫,嘉客助祭,鬼神降福,故陳其功德以歌頌之也。

○鄭以"奏鼓"以下皆述湯孫祭湯之事。

　　◇◇烈祖正謂成湯，是殷家有功烈之祖也。湯孫奏假，謂太甲奏升堂之樂。綏我思成，謂神明來格，安我所思得成也。

　　◇◇於赫湯孫，美太甲之盛。顧予烝嘗，謂嘉客念太甲之祭。湯孫之將，言來為扶助太甲。唯此為異。其文義略同。

　　《那》一章，二十二句。

烈　祖　【商頌二】

嗟（jiē）嗟烈祖！有秩斯祜（hù），申錫（cì）無疆，及爾斯所。既載（zài）清酤（gū），賚我思成。亦有和羹，既戒既平。鬷（zōng）假（xià/gé）無言，時靡有争。綏我眉壽，黄耈（qí）無疆。約軧（qí）錯衡，八鸞鶬（qiāng）鶬。以假以享，我受命溥（pǔ）將。自天降康，豐年穰（ráng）穰。來假來饗，降福無疆。顧予烝嘗，湯孫之將。

《烈祖》一章，二十二句。

【毛序】《烈祖》，祀中宗也。

【鄭箋】中宗，殷王大（tài）戊，湯之玄孫也。有桑穀之異，懼而脩德，殷道復興，故表顯之，號為中宗。

【陸釋】烈祖，有功烈之祖。

【孔疏】“《烈祖》”至“中宗也”。

◇◇《烈祖》詩者，祀中宗之樂歌也。謂中宗既崩之後，子孫祀之。詩人述中宗之德，陳其祭時之事而作此歌焉。

◇◇經稱成湯王有天下，中宗承而興之，諸侯助祭，神明降福，皆是祀時之事，故言祀以總之。

【孔疏】箋“中宗”至“中宗”。

◇◇案《殷本紀》云：“湯生太丁，太丁生太甲。崩，子沃丁立。崩，弟太庚立。崩，子小甲立。崩，弟雍己立。崩，弟大戊立。”是太戊為湯之玄孫也。

◇◇《本紀》又云：“太戊立。亳有祥桑穀共生於朝，一暮大拱。大戊懼，問伊陟。伊陟曰：'帝之政其有闕與？帝其修德。'大戊從之，而祥桑穀枯死。殷復興，諸侯歸之，故稱中宗。”是表顯立號之事也。

◇◇《禮》“王者祖有功，宗有德，不毀其廟”，故《異義》：《詩魯》說丞相匡衡以為殷中宗，周成、宣王皆以時毀；《古文尚書》說經稱中宗，明其廟宗而不毀；謹案，《春秋公羊》御史大夫貢禹説，王者宗有德，廟不毀。宗而復毀，非尊德之義。鄭從而不駁，明亦以為不毀也。則非徒六廟而已。

◇鄭言殷六廟者，據其正者而言也。《禮稽命徵》曰：“殷五廟，至於子孫六。”注云：“契為始祖，湯為受命王，各立其廟，與親廟四，故六。”是此六者決定不毀，故鄭據之，以為殷立六廟。至於中興之主，有德則宗，宗既無常，數亦不定，故鄭不數二宗之廟也。

<一章-1>嗟（jiē）嗟烈祖！有秩斯祜（hù），申錫（cì）無疆，及爾斯所。既載（zài）清酤（gū），賚我思成。

【毛傳】秩，常。申，重（chóng）。酤，酒。賚，賜也。

【鄭箋】祜，福也。賚讀如往來之來。嗟嗟乎！我功烈之祖成湯，既有此王（wàng）天下之常福，天又重賜之以無竟界之期，其福乃及女（rǔ）之此所。女，女中宗也。言承湯之業，能興之也。既載清酒於尊，酌以祼（guàn）獻，而神靈來至。我致齊（zāi）之所思則用成。重言嗟嗟，美歎之深。

【孔疏】傳“秩常”至“賚賜”。

◇◇“秩，常”，“申，重”，“賚，賜”，皆《釋詁》文也。言賜我思成者，王肅云：“先祖賜我思之所欲成也。”

◇◇知酤是酒者，以此説祭事，而云“既載清酤”，文與《旱麓》“清酒既載”事同，故知酤是酒也。

【孔疏】箋“祜福”至“用成”。

◇◇“祜，福”，《釋詁》文。

◇◇以思成者，齊之所思成也。思之得成，由神明來格，故知賚讀如往來之來。

◇◇商之王功起於湯，故知功烈之祖正謂成湯也。

◇◇王天下之常福，言湯之子孫常王天下也。

◇◇既言常福，又言重賜無疆界，福之長短，天之所賜，故知是天重賜之也。及汝之此所，所謂處所，言中宗之得中興，是天福之所及也。此祭，祭中宗也，故知汝者，汝中宗也。言中宗承湯之業，能中興之故，陳湯有常福，以及中宗也。

◇◇酒者，祼獻所用，故知既載清酒於樽，謂酌以祼獻。案《禮》言周法祼用鬱鬯，殷禮雖則不明其祼，亦應用鬱。而云用酒以祼獻者，鬱鬯釀秬為酒，築鬱金草和之而已，總而言之，亦是酒也。

◇詩人所述，舉其大綱，非如記事立制，曲辯酒齊之異。清酤之言，可兼祼獻之用，故鄭并舉祼獻以充之。

<一章-7>亦有和羹，既戒既平。鬷（zōng）假（xià/gé）無言，時靡有爭。綏我眉壽，黃耇（qí）無疆。

【毛傳】戒，至。鬷，緫。假（xià），大也。緫大，無言無爭也。

【鄭箋】和羹者，五味調，腥熟得節，食之於人性安和，喻諸侯有和順之德也。我既祼獻，神靈來至，亦復由有和順之諸侯來助祭也。其在廟中既恭肅敬戒矣，既齊立平列矣，至於設薦進俎，又緫升堂（與毛不同）而齊一，皆服其職，勸其事，寂然無言語者，無爭訟者。此由其心平性和，神靈用之故，安我以壽考之福，歸美焉。

【樂道主人】假（gé），鄭訓為“升”。緫，同“總”。

【孔疏】傳“戒至”至“言無爭也”。

◇◇言戒至者，謂恭肅敬戒而至，非訓戒為至也。鬷、緫，古今字之異也，故轉之以從今。

◇◇“假（xià），大”，《釋詁》文。“緫大，無言無爭”者，以諸侯大衆緫集，或有言語忿爭，故云無言無爭，美其能心平性和也。

【孔疏】箋“和羹”至“美焉”。

◇◇祭之設饌，有大羹、鉶羹，何知不實論羹，而以為喻諸侯有和順之德者，以昭二十年《左傳》“晏子曰：‘和如羹焉，水、火、醯、醢、鹽、梅，以烹魚肉，燀（chǎn，《說文》炊也）之以薪，宰夫和之，齊之以味，濟其不及，以泄其過。君子食之，以平其心。君臣亦然。’”故曰“亦有和羹，既戒且平。鬷假無言，時靡有爭”。彼引此和羹，證君臣之和，則知以和羹為喻，非實羹也。

◇◇下句“約軧錯衡”，諸侯來朝之事，無言無爭，又美助祭之人，故知亦有和羹，謂諸侯對朝廷群臣而稱“亦”也。

◇◇《釋詁》假為升，故易傳以鬷假為“設薦進俎”之時，諸侯揔集而升堂齊一也。神之降福，自祭之得禮，非獨為助祭者也。

◇◇而云“神靈用是之故，安我以壽考之福”者，善其助祭得禮，故歸美焉。

<一章-13>約軝（qí）錯衡，八鸞鶬（qiāng）鶬。以假以享，我受命溥（pǔ）將。自天降康，豐年穰（ráng）穰。

【毛傳】八鸞鶬鶬，言文德之有聲也。假，大也。

【鄭箋】約軝，轂（gǔ）飾也。鸞在鑣，四馬則八鸞。假，升也（與毛不同）。享，獻也。將，猶助也。諸侯來助祭者，乘篆轂（gǔ）金飾錯衡之車，駕四馬，其鸞鶬鶬然聲和。言車服之得其正也。以此來朝，升堂獻其國之所有（與毛不同），於我受政教，至祭祀又溥助我。言得萬國之歡心也。天於是下平安之福，使年豐。

【樂道主人】轂，車輪中心插軸的部分。鑣，馬嚼子的兩端露出嘴外的部分。參考《小雅·采芑》。

【徨析】約，纏繞。軝，車軸兩頭伸出輪外部分。約軝，用紅漆的皮革纏束著車軝。錯，塗金的花紋。衡，車轅前用以駕車的橫木。鸞，車橫上的鈴，一馬兩鈴。享，獻。我，主祭者宋君。受命，受天命。溥，廣。將，長。康，安樂。穰穰，糧食盛多貌。

【孔疏】傳"八鸞"至"假大"。

◇◇此解在車之飾，非直鸞和而已。獨言鸞聲之意，故云"言文德之有聲也"。有聲，謂此助祭諸侯有文德、有聲聞，故作者因事見義，舉其鸞聲以顯之。

◇◇傳訓假為大，而其義不明，但軝衡是諸侯之車，以享謂獻國之所有，則"以假"亦是來朝之事，當謂以大禮而來朝也。

【孔疏】箋"約軝"至"歡心"。

◇◇軝者，長轂之名。約，謂以采色纏約之，故云"約軝，轂飾也"。《采芑》言"約軝錯衡"，文與此同。傳云："朱而約之。"則此亦當以皮纏約而朱漆之也。

◇◇鄭於《秦風·駟驖》之箋云："置鸞於鑣，異於乘車。"《禮記》注云："鸞在衡。"則鄭以乘車之鸞必在衡，而此之鸞在鑣者，以鸞之所在，經無正文，而殷周或異，故從舊説，以為在鑣，以示不敢質也。

◇◇言篆轂金飾者，《考工記》云："容轂必直，陳篆必正。"注雲："篆，轂約也。容轂者，治轂為之形容。"彼言篆轂，即此約軝，故言"侯來助祭者，乘篆轂金飾錯衡之車"也。

◇◇知金飾者，以《采芑》"約軝錯衡"與"鞗車有奭（shì）"連文，奭，赤貌，則彼是金輅。彼為金輅，則此亦金輅，知約軝錯衡為金飾也。

◇案《春官》巾車之職，"金輅，同姓以封"，則王子母弟同姓公侯乃得乘金輅耳。殷禮雖亡，不應三等之爵皆乘金輅。此説諸侯來助，獨言金輅，舉其尊者言之耳。

◇◇假之為升，乃是正訓。諸侯之朝，必升堂授玉，故易傳以假為來朝升堂也。

◇◇朝必獻國所有，故言以享也。

◇◇既行朝禮，後乃助祭，故云"至祭祀又溥助我。言得萬國之歡心也"也。

<一章-19>來假來饗，降福無疆。

【鄭箋】饗，謂獻酒使神享之也。諸侯助祭者來升堂，來獻酒，神靈又下與我久長之福也。

【孔疏】箋"享謂"至"獻酒"。

◇◇箋以説祭之事，而云來享，故知是獻酒使神享之也。獻酒必升堂，故知來假謂來升堂獻酒也。傳於上下"假"皆不訓為升，則此亦不得與鄭同也。

◇◇王肅云："祖考來至，來享嘉薦。"然則音為格，故訓為至也。

<一章-21>顧予烝嘗，湯孫之將。

【鄭箋】此祭中宗，諸侯來助之。所言湯孫之將者，中宗之享此祭，由湯之功，故本言之。

【樂道主人】顧，念。將，進。烝、嘗，皆為祭名。

【孔疏】箋"此祭"至"言之"。◇◇此祭中宗，在中宗崩後，當是中宗子孫，而云"湯孫"，故知本之，傳於上篇以"湯孫"為"湯為人子孫"，則此亦當然。祭中宗而美湯之為人子孫者，王肅云："祭中宗而引湯者，本王業之所起也。"

【孔疏-章旨】"嗟嗟"至"之將"。

○毛以為，中宗崩後，子孫祀之。中宗之有天下，乃由成湯創業，作者述成湯之功，言其福流於後，

①故言"嗟嗟乎，我功烈之祖成湯"也。有常者，是此王天下之福，言當常王天下也。成湯既有此福，天又重賜我商家以無疆境之期，故得及爾中宗以此處所也。謂能成湯之業，複使中興也。中宗既有此業，故祭祀

之。既載清酒於樽，酌以祼獻，以其絜敬之故，神明賜之我所思而得成。亦謂萬福來宜，天下和平也。

②其祭之時，非直群臣而已，亦有和羹也。羹者，五味調和，以喻諸侯有和順之德。此和順諸侯來在廟中，既肅敬而戒至矣，既齊立於列位矣，莫不總集大衆而能寂然無言語者，於時凡在廟中無有爭訟者，以此故神靈安我孝子以秀眉之壽，使得黃髮耇老無有疆境之福也。

③既言在廟助祭，又本其初來之時，所乘之車，以朱篆約其長轂之軝，以采飾錯置於衡之上，其八鸞之聲則鏘鏘然。以其大禮而來，以獻國之所有，於我殷王受其政教之命。至祭祀之時，又溥來助祭。由此得萬國之歡心，故從天下平安之福，故獲得豐年穰穰然而每物豐多也。

④既言天使之豐，又説神降之福。中宗之神來至其坐矣，來享其祭矣，乃下與大福，無有疆境也。

⑤又言諸侯所以來故。念我此烝、嘗之時祭者，乃由湯善為人子孫，亦顯大之所致也。此祭中宗，而引湯善為子孫者，以湯是商家王業之所起，故歸功於湯。

○鄭以賚我思成，謂神靈來至，我孝子所思得成也。鬷假無言，謂總集升堂皆無言語也。以假以享，謂來朝升堂獻國之所有也。來假，謂諸侯來升堂獻酒。來饗，謂神來歆饗之。湯孫之將，正謂此時設祭之君，諸侯來扶助之。然則此時祭者，當是中宗子孫，而云湯孫者，中宗之饗此祭，由湯之功，故本言之。雖中宗子孫，亦是湯遠孫，故亦得言湯孫也。唯此為異。其文義略同。

《烈祖》一章，二十二句。

玄　鳥　【商頌三】

　　天命玄鳥，降而生商，宅殷土芒芒。古帝命武湯，正域彼四
方。方命厥后，奄（yǎn）有九有。商之先后，受命不殆，在武丁
孫子。武丁孫子，武王靡（mǐ）不勝。龍旂十乘，大糦（chì）是
承。邦畿千里，維民所止，肇域彼四海。四海來假（gé），來假
祁祁。景員（yuán/yún）維河，殷受命咸宜，百祿是何（hè）。

　　《玄鳥》一章，二十二句。

　　【毛序】《玄鳥》，祀高宗也。

　　【鄭箋】祀當為"祫"。祫，合也。高宗，殷王武丁，中宗玄孫之孫
也。有雊雉之異，又懼而脩德，殷道復興，故亦表顯之，號為高宗。云崩而
始合祭於契之廟，歌是詩焉。古者，君喪三年既畢，禘於其廟，而後祫祭於
太祖。明年春，禘於群廟。自此之後，五年而再殷祭。一禘一祫，《春秋》
謂之大事。

　　【陸釋】"古者，喪三年既畢，祫於大祖。明年，禘於群廟"，一本
作"古者，君喪三年既畢，禘於其廟，而後祫祭於太祖。明年春，禘於群
廟。"案此序一，注舊有兩本，前祫後禘是前本，禘夾一祫是後本也。

　　【樂道主人】禘祫之祭可參考《周頌·雝》。

　　【孔疏】"《玄鳥》一章二十二句"。

　　◇◇《玄鳥》詩者，祀高宗之樂歌也。

　　◇◇鄭以"祀"為"祫"，謂高宗崩，三年喪畢，始為祫祭於契之
廟。詩人述其事而作此歌焉，以高宗上能興湯之功，下能垂法後世，故經
遠本玄鳥生契。

　　◇◇"帝命武湯"，言高宗能興其功業，又述武丁孫子無不勝服，四
海來至，百祿所歸。言高宗之功，澤流後世，因祫祭而美其事，故序言祫
以總之。

　　◇◇毛無破字之理，未必以此為祫。或與《殷武》同為時祀，但所述

之事自有廣狹耳。

【孔疏】箋“祐當”至“大事”。

◇◇知此“祐”當為“祫”者，以經之所陳，乃上述玄鳥生商，及成湯受命。若是四時常祐，不應遠頌上祖。《殷武》與此皆云祐，《殷武》所陳，高宗身事而已，則知此與彼殊，宜當為祫也。

◇◇案《殷本紀》，太戊生仲丁及外壬及河亶甲，亶甲生祖乙，祖乙生祖辛，祖辛生祖丁，祖丁生陽甲及盤庚及小辛及小乙，小乙生武丁。是武丁為太戊（中宗）玄孫之孫。

◇◇《書》序云：“高宗祭成湯，有飛雉升鼎耳而雊，作《高宗肜（róng，《爾雅·釋天》繹，又祭也。商曰肜）日》。”《殷本紀》稱“武丁見雉升鼎耳，懼而脩政行德，天下咸歡，殷道復興，立其廟，為高宗。”《喪服四制》説高宗之德云：“當此之時，殷衰而復興，禮廢而復起，高而宗之，故謂之高宗。”是殷道復興，表顯立號之事也。

◇◇《禮》三年喪畢，祫於太祖之廟，以新崩之主序於昭穆。此高宗崩，喪畢之後，新與群廟之主始合祭於契之廟，故詩人因此祫祭之後，乃述序其事而歌此詩焉。

◇◇鄭《駁異義》云：“三年一祫，百王通義，則殷之祫祭，三年一為。”而必知此崩而始祫者，以序云“祫高宗也”。若是三年常祫，則毀廟之主陳於太祖，未毀廟之主皆升合食於太祖，使遍及先祖，不獨主於高宗。今序言“祫高宗”，明是為高宗而作祫，故知是崩後初祫於契之廟也。

◇◇既言崩而始祫，因辯祫之先後，及言“古者君喪”以下，以明禘祫之疏數也。《大宗伯》及《王制》之注皆云：“魯禮，三年喪畢，祫於太祖。明年春，禘於群廟。自此之後，五年而再殷祭。一禘一祫，《春秋》謂之大事。”彼二注，其言與此正同。而云“魯禮”，則此云“古者君喪”以下，謂魯禮也。

◇◇此箋及《禮》注所言禘祫疏數，經無正文，故鄭作《魯禮禘祫志》以推之。其略云：魯莊公以其三十二年秋八月薨，閔二年五月而吉禘。此時，慶父使賊殺子般之後，閔公心懼於難，務自尊成，以厭其禍。至二年春，其間有閏。二十一月禫（tán，除去孝服時舉行的祭祀），除喪，夏四月則祫，又即以五月禘。比月大祭，故譏其速。譏其速者，明當異歲也。經獨言“吉禘於莊公”，閔公之服凡二十一月，於禮少四月，又不禫，無恩也。

◇魯閔公二年秋八月，公薨。僖二年除喪而祫。明年春，禘。自此之後，乃五年再殷祭，六年祫，故八年經曰：“秋七月，禘於大廟，用致夫人。”然致夫人自魯禮，因禘事而致哀姜，故譏焉。

◇魯僖公以其三十三年冬十二月薨，文二年秋八月祫。僖薨至此而除，間有閏，積二十一月，從閔除喪，不禫，故明月即祫。經云：“八月丁卯，大事於太廟，躋（卂，《説文》登也。《詩·秦風》道阻且躋。《傳》躋，升也。）僖公。”文公之服亦少四月。不刺者，有恩也。

◇魯文公以其十八年春二月薨，宣二年除喪而祫，明年春禘。自此之後，五年而再殷祭，與僖為之同。六年祫，故八年禘。經曰：“夏六月，辛巳，有事於大廟，仲遂卒於垂。”説者以為，有事謂禘，為仲遂卒張本，故略之言有事耳。

◇魯昭公十一年夏五月，夫人歸氏薨。十三年夏五月大祥，七月而禫。公會劉子及諸侯於平丘，公不得志。八月歸，不及祫。冬，公如晋。明十四年春歸乃祫。故十五年春乃禘。經曰：“二月癸酉，有事於武宮。”傳曰：“禘於武公。”及二十五年傳“將禘於襄公”，此則十八年祫，二十年禘；二十三年祫，二十五年禘，於玆明矣。

◇◇儒家之説禘祫也，通俗不同，學者競傳其聞，是用訕訕爭論，從數百年來矣。竊念《春秋》者，書天子諸侯中失之事，得禮則善，違禮則譏，可以發起是非，故據而述焉。從其禘祫之先後，考其疏數之所由，而粗記注焉。

◇魯禮，三年之喪畢，則祫於太祖。明年春，禘於群廟。僖也，宣也，八年皆有禘祫祭，則《公羊傳》所云“五年而再殷祭”，祫在六年明矣。《明堂位》曰：“魯，王禮也。”以相準況，可知也。此是鄭君考校魯禮禘祫疏數之事也。

◇閔二年五月吉禘於莊公，即是《春秋》之經，而於禘之前，經無祫事。鄭知四月祫者，以文二年經書“大事於太廟”，《公羊傳》曰：“大事者何？祫也。”彼是除喪而祫，則知閔之吉禘之前，亦當先有祫祭。於祫所以不譏者，以時有慶父之難，君子原情免之。但為祫足以成尊，不假更復為禘，而五月又禘，故譏之，而書“吉禘”也。譏之言吉，則是未應從吉，故知明當異歲也。且五年而再殷祭，乃是《公羊傳》文，後禘去前禘當五年矣。

◇僖也，宣也，皆八年有禘，明知前禘當在三年矣。文公以二年祫祭，祫在除喪之年，禘宜在三年，是其與祫當異歲也。

◇◇鄭以《春秋》上下考校，知其必然，故此箋及《禮》注皆為定解，仍恐後學致惑，故又作《志》以明之。如《志》之言，五年再殷祭，先祫後禘。而此云一禘一祫，先言禘者，恐其文便，無義例也。《春秋》謂之大事，指謂文二年祫祭之事耳。其禘則《春秋》或謂之禘，或云有事，皆不言大事。僖、宣八年之經是也。

◇◇此箋或云"古者，君喪三年，喪畢，禘於其廟，而後祫於太祖。自此之後，五年而再殷祭"者，其文誤也。何則？《禮》注及《志》皆無此言，則此不當獨有也。定本亦無此文。

<一章-1>天命玄鳥，降而生商，宅殷土芒芒。

【毛傳】玄鳥，鳦（yǐ）也。春分，玄鳥降。湯之先祖有娀（sōng）氏女簡狄配高辛氏帝，帝率與之祈於郊禖而生契，故本其為天所命，以玄鳥至而生焉。芒芒，大貌。

【鄭箋】降，下也。天使鳦下而生商者，謂鳦遺卵，娀（sōng）氏之女簡狄吞之而生契（與毛不同），為堯司徒，有功，封商。堯知其後將興，又錫其姓焉。自契至湯，八遷始居亳之殷地而受命，國日以廣大芒芒然。湯之受命，由契之功，故本其天意。（與毛不同）

【程析】玄鳥，燕子。宅，居，住。

【樂道主人】亳，在今安徽。

【孔疏】傳"玄鳥"至"大貌"。

◇◇《釋鳥》云："燕燕，鳦也。"色玄，故又名為玄鳥。

◇◇毛氏不信讖（chèn）緯，以天無命鳥生人之理。而《月令》仲春云："是月也，玄鳥至之日，以大牢祠於高禖。天子親往，后妃率九嬪御。"玄鳥降日，則有祀郊禖之禮也。

◇◇《大戴禮·帝系篇》說"帝嚳（kù）卜其四妃之子，皆有天下"，云"有娀氏女簡狄"，則契為高辛之子；簡狄，高辛之妃。

◇◇而云玄鳥至生商，則是以玄鳥至日祈而得之也，故以為"春分，玄鳥降。湯之先祖簡狄祈郊禖而生契"也。玄鳥以春分而至，氣候之常，非天命之使生契。但天之生契，將令王有天下，故本其欲為天所命，以玄鳥至而生焉。記其祈福之時，美其得天之命，故言天命玄鳥，使下生商也。

◇◇玄鳥之來，非從天至，而謂之降者，重之若自天來然。《月令》
"季春，戴勝（一種鳥）降於桑"，注云："是時恒在桑，言降者，若始
自天來，重之，故稱降也。"

◇◇襄四年《左傳》稱"芒芒禹迹，畫為九州"，是芒芒為大貌也。

【孔疏】箋"天使"至"天意"。

◇◇鄭以《中候契握》云"玄鳥翔水遺卵，流，娀簡吞之，生契，封
商"，《殷本紀》云"簡狄行浴，見玄鳥墮其卵，簡狄取吞之，因孕生
契"，此二文及諸緯候言吞鳦生契者多矣，故鄭據之以易傳也。

◇◇《書》序云："自契至於成湯，八遷，湯始居亳。"又云："盤
庚五遷，將治亳殷。"於湯言居亳，於盤庚言亳殷，則殷是亳地之小別
名，故知湯是亳之殷地而受命之也。自契至湯八遷者，皇甫謐云："史失
其傳，故不得詳。"是八遷地名不可知也。

◇◇其亳地在河、洛之間，《書序》注云："今屬河南偃師。"《地
理志》河南郡有偃師縣有屍鄉，"殷湯所都"也。

◇皇甫謐云："學者咸以為亳在河、洛之間今河南偃師西二十里有尸
鄉亭是也。◇謐考之事實，失其正也。◇《孟子》稱湯居亳，與葛為鄰。
◇案《地理志》，葛今梁國寧陵之葛鄉是也。湯地七十里耳。葛伯不祀，
湯使亳眾為之耕，有童子餉食，葛伯奪而殺之。◇古文《仲虺之誥》曰：
'湯征，自葛始。'計寧陵去偃師八百里，而使亳眾為耕，有童子餉食，
非其理也。今梁國自有二臺也，南亳在穀熟之地，北亳在蒙地，非偃師
也。◇《書》序曰'盤庚五遷，將治亳殷'，即偃師是也。◇然則殷有三
亳，二在梁國，一在河、洛之間。①穀熟為南亳，即湯都也。②蒙為北
亳，即景亳，是湯所受命也。③偃師為西亳，即盤庚所徙者也。"《立
政》之篇曰"三亳阪尹"是也。如謐之言，非無理矣。

◇鄭必以亳為尸鄉者，以《地理志》言尸鄉為殷湯所都，是舊說為
然，故從之也。且《中候洛予命》云："天乙在亳，東觀於洛。"若亳在
梁國，則居於洛東，不得東觀於洛也。所言三亳，阪尹謂其尹在阪。謐之
所言三亳，其地非皆有阪，故《立政》注云："三亳者，湯舊都之民分為
三邑，其長居險，故云阪尹。蓋東成皋，南輯（huán）轅，西降穀也。"是
鄭以三亳為分亳民於三處有亳地也。

◇杜預以景亳為周地。河南鞏縣西南有湯亭，或説即偃師也。《漢書音義》曰："臣瓚案：湯居亳，今濟陰薄縣是也。今薄有湯塚，已氏有伊尹塚，皆相近。"又以亳為濟陰薄縣。以其經無正文，故各為異説。

◇地名變易，難得而詳也。《孟子》稱湯以七十里有天下，則湯之初國猶尚小耳。言日以廣大芒芒然，謂至湯身而漸大也。

◇◇又解將述成湯，而遠言契意。以湯之受命，由契之功，故本其天意而言契之初生也。

表八　古書中亳的位置

出處	觀點	備註
《書序》	自契至於成湯，八遷，湯始居亳。 殷是亳地之小別名。 亳地在河、洛之間，《書序》注云："今屬河南偃師。" 《地理志》河南郡有偃師縣有尸鄉。	八遷地名，不可知也。
皇甫謐	殷有三亳，二在梁國，一在河、洛之間。 穀熟為南亳，即湯都也。 蒙為北亳，即景亳，是湯所受命也。 偃師為西亳，即盤庚所徙者也。 《立政》之篇曰"三亳阪尹"是也。	
鄭子	亳為尸鄉，同《地理志》河南郡有偃師縣有尸鄉。 鄭以三亳為分亳民於三處有亳地也。	
杜預	亳為周地。河南鞏縣西南有湯亭，或説即偃師也。	
《漢書音義》	湯居亳，今濟陰薄縣是也。	
又説	亳為濟陰薄縣。	
孔疏：地名變易，難得而詳也。		

<一章-4>古帝命武湯，正域彼四方。方命厥后，奄（yǎn）有九有。

【毛傳】正，長（cháng）。域，有也。九有，九州也。

【鄭箋】古帝，天也。天帝命有威武之德者成湯，使之長有邦域，為政於天下。方命其君，謂遍告諸侯也。湯有是德，故覆有九州，為之王也。

【程析】方，同"旁"，普遍。

【樂道主人】后，君。

【孔疏】傳"正長"至"九州"。

◇◇"正，長"，《釋詁》文。

◇◇"域，有"者，言封域之內，皆為己有，非訓域為有也。

226

◇◇言"奄有九有"，是同有天下之辭，言分天下以為九分，皆為己有，故知"九有，九州"也。傳於奄字皆訓為同。王肅云"同有九州之貢賦也"。

【孔疏】箋"古帝"至"之王"。

◇◇湯之受命，上天命之，故知古帝謂天也。《尚書緯》云："曰若稽古帝堯。"稽，同也。古，天也。是謂天為古，故得稱天為古帝也。

◇◇方命其君，謂於四方之國，方方命之，故為遍告諸侯。言湯有是德，天道遠矣，非與人道言。云遍告之者，正謂授湯聖德，令之所征無敵，使諸侯遍聞，是遍告之也。

<一章-8>商之先后，受命不殆，在武丁孫子。

【毛傳】武丁，高宗也。

【鄭箋】后，君也。商之先君受天命而行之不解殆者，在高宗之孫子。言高宗興湯之功，法度明也。

【孔疏】傳"武丁，高宗"。

◇◇作詩所以稱王名者，王肅云："殷質，以名著。商之先君成湯受天命，所以不危殆者，在武丁之為人孫子也。"毛以為，湯孫，湯為人子孫，則此亦當如肅言也。

【孔疏】箋"商之"至"度明"。

◇◇商之先君受天命，成湯是也。以天下之大，王業之重，創基甚難，守亦不易，故言行之不解殆者，在高宗之孫子。美此高宗孫子，能得行之不解殆也。

◇◇又解此詩主頌高宗，而美高宗子孫者，言高宗興湯之功，法度著明，故子孫能得行之，亦是高宗之美，故主頌高宗而言其子孫也。

<一章-11>武丁孫子，武王靡（mǐ）不勝。龍旂十乘，大糦（chì）是承。

【毛傳】勝，任也。

【鄭箋】交龍為旂。糦，黍稷也。高宗之孫子有武功、有王德於天下者，無所不勝服。乃有諸侯建龍旂者十乘，奉承黍稷而進之者，亦言得諸侯之歡心。十乘者，二王後、八州之大國。

【程析】糦，同"饎"，祭祀用的灑食。承，奉、上貢。

【孔疏】箋"交龍"至"大國"。

◇◇"交龍為旂"，《春官·司常》文也。

◇◇言以"大糦是承"，謂奉承助祭，祭之粢盛（chéng）唯黍稷耳。糦字從米，故知是黍稷也。

◇◇乃有諸侯建龍旂者十乘，奉承黍稷而進之。殷禮既亡，無可案據。若以周法言之，則謂諸侯乘墨車，建龍旂，入天子之門。至祭時，奉黍稷之饌以助祭也。

◇《覲禮》曰："侯氏裨（pí，次一等，副）冕，乘墨車，載龍旂，弧韣（dú，弓袋）乃朝。"注云："墨車，大夫制也。乘之者，入天子之國，車服不可盡與王同。交龍為旂，諸侯所建。"是入天子之門乘墨車也。

◇其在道路，則隨其尊卑，故《覲禮記》云："偏駕不入王門。"注云："在傍與王同曰偏駕。同姓金輅，異姓象輅，四衛革輅，蕃國木輅。駕之與王同，謂之偏駕。不入王門者，乘墨車以朝，偏駕之車舍於館矣。"是未入於王門。駕不入王門者，則所駕之車，隨其尊卑。其建龍旂則終始同也。

◇◇又解諸侯衆多，獨言十乘之意，謂二王之後與八州之大國，故十也。八州大國，謂州牧也。諸侯當以服數來朝，而得十乘并至者，舉其有十乘耳，未必同時至也。或者王不巡守之歲，則諸侯并時來朝。四時更來，則年之間而十乘俱至也。

<一章-15>邦畿千里，維民所止，肇域彼四海。

【毛傳】畿，疆也。

【鄭箋】止猶居也。肇，當作"兆"（與毛不同）。王畿千里之內，其民居安，乃後兆域正天下之經界。言其為政自內及外。

【程析】維，是。止，居住。

【孔疏】傳"畿，疆"。

◇◇畿者，為之畿限疆畔，故為疆也。

◇◇毛無破字之理，則肇當訓為始。王肅云："殷道衰，四夷來侵。至高宗，然後始復以四海為境域也。"

【孔疏】箋"肇當"至"及外"。

◇◇箋以肇域共文，當謂界域營兆，故轉肇為兆。言已令千里之內民得安居，乃後正天下之經界，以四海為兆域。先安畿內，後正四海，言其自內及外也。

　　<一章-18>四海來假（gé），來假祁祁。景員（yuán/yún）維河，殷受命咸宜，百禄是何（hè）。

　　【毛傳】景，大。員（yuán），均。何，任也。

　　【鄭箋】假，至也。祁祁，衆多也。員（yún），古文作云（與毛不同）。河之言何也（與毛不同）。天下既蒙王之政令，皆得其所，而來朝覲貢獻。其至也祁祁然衆多。其所貢於殷大至，所云維言何乎？言殷王之受命皆其宜也。百禄是何，謂當簷負天之多福。

　　【樂道主人】簷，引處作動詞用。《康熙字典》：簷者，荷也。

　　【孔疏】傳“景，大。員，均。何，任”。

　　◇◇“景，大”，《釋詁》文。員者，周匝之言，故為均也。荷者，任負之義，故為任也。

　　◇◇傳解維河之義，既以景員為大均，則維河者當謂政教大均，如河之潤物然，言其霑潤無所不及也。

　　【孔疏】箋“假至”至“多福”。

　　◇◇“假，至”，《釋詁》文。彼作格，音義同。

　　◇◇轉員為云，河為何者，以《頍弁》《既醉》言“維何”者，皆是設問之辭，與下句發端。此下句言“殷受命咸宜”，是對前之語，則此言“維何”，當與彼同，不得為水傍河也，故知河當為何。“維何”既是問辭，則大員是諸侯大至口之所云，不得為大均之義。且古文云、員字同，故易傳也。

　　◇◇上言“兆域彼四海”，以四海為界也。既言四海為界，因即乘而立文，言“四海來假”，正謂四海之內，中國諸侯來至貢獻，非自四夷貢獻也。

　　◇◇所云維言何乎，將欲述其美殷之言，故開其問端也。荷任即是簷負之義，故言“簷負天之多福”。

　　【孔疏-章旨】“天命”至“是何”。

　　○毛以為，契母簡狄，於春分玄鳥至日，祁於高禖而生契，封商，後世有此殷國。今以高宗有國，本而美之。

　　①言上天命此玄鳥，使下而生此商國，故契之子孫得居此殷土，其國境廣大芒芒然。既總言天命生商，又指陳商興之節。

②古之天帝命有威武之德者成湯，令長有彼四方之國，謂為之君長，有其土地。天既命成湯為長，又令四方歸之。方方命其諸侯之君，使歸成湯，故得同有此九州之民也。

③成湯既受天命，子孫又能循之。商之先君受天之命，年世延長，所以不至危殆者，在此高宗武丁善為人之孫子也。此武丁為人之子孫，行其先祖武德之王道，威德盛大，無所不勝任之也。

④故於此祀高宗也，乃有諸侯建龍旗者十乘來助殷祭。於祭之時，有大黍稷之食，此諸侯於是奉承而進之。言高宗澤及天下，故子孫祭之，得萬國之歡心也。高宗前世，殷政衰微，又述高宗能興之狀。

⑤殷之邦畿之內，地方千里，維是民之所安止矣，然後始有彼四海。言高宗為政，先安畿內之民，後安四海之國，以為己有。由此能有彼四海，故四海諸侯莫不來至。

⑥其來至也，祁祁然數甚眾多。此眾多諸侯，其辭皆云：殷王之政甚大均矣，維如河之潤物然。言其無不需及也。成湯既受天命，子孫克循其道，則殷之受皆得其宜，故百眾福祿於是宜擔負之。高宗興殷之道，能為四海所慶，故因其祀也，述而歌之。

○鄭以為，①簡狄吞𠐺卵生契，故言"天命玄鳥，降而生商"也。

②正域彼四方，言長有邦域，為政於四方。又以奄為覆，言覆有九州，為之王也。

③又受命不怠，在武丁孫子，謂行之不解怠者，在武丁之孫子。言高宗興湯之功，法度著明，以教戒後世，子孫行之不解怠也。

④武王靡不勝，謂武丁孫子有武功、有王德者，於天下無所不勝。由高宗功被後世，故子孫能服天下也。兆域彼四海，謂正天下之經界，為營兆境域，以至於彼四海也。景云維何，言諸侯大至，所言維云何乎？殷受命咸宜，百祿是荷，即其言之所云也。唯此為異。餘文義略同。

《玄鳥》一章，二十二句。

長　發　【商頌四】

濬（jùn）哲維商，長發其祥。洪水芒芒，禹敷下土方。外大國是疆，幅隕（yuán）既長。有娀（sōng）方將，帝立子生商。

玄王桓撥，受小國是達，受大國是達。率履不越，遂視既發。相（xiàng）土烈烈，海外有截。

帝命不違，至于湯齊（jì）。湯降不遲，聖敬日躋（jì）。昭假（gé/xiá）遲遲，上帝是祗（zhī）。帝命式于九圍。

受小球大球，為下國綴旒（liú），何（hè）天之休。不競不絿，不剛不柔，敷政優優，百祿是遒（qiú）。

受小共（gōng/gǒng）大共，為下國駿厖（páng），何（hè）天之龍（lóng/chǒng）。敷奏其勇，不震不動，不戁（nǎn）不竦（sǒng），百祿是總（zǒng）。

武王載旆，有虔秉鉞，如火烈烈，則莫我敢曷（è）。苞有三蘗（niè），莫遂莫達。九有有截，韋（wéi）顧既伐，昆吾夏桀。

昔在中葉，有震且業。允也天子，降予卿士。實維阿（ē）衡，實左右商王。

《長發》七章，首章八句，次四章章七句，一章九句，卒章六句。

【毛序】《長發》，大禘也。

【鄭箋】大禘，郊祭天也。《禮記》曰"王者禘其祖之所自出，以其祖配之"是謂也。

【孔疏】"《長發》，大禘也。"

◇◇《長發》詩者，大禘之樂歌也。禘者，祭天之名，謂殷王高宗之時，以正歲之正月，祭其所感之帝於南郊。詩人因其祭也。而歌此詩焉。

◇◇經陳洪水之時，已有將王之兆。玄王政教大行，相土威服海外。至於成湯，受天明命，誅除元惡，王有天下，又得賢臣為之輔佐。此皆天之所祐，故歌咏天德，因此大禘而為頌，故言大禘以總之。

◇◇經無高宗之事，而為高宗之頌者，以高宗禘祭得禮，因美之而為此頌，故為高宗之詩。但作者主言天德，止述商有天下之由，故其言不及高宗，**此則鄭之意耳**。

◇◇王肅以大禘為殷祭，謂禘祭宗廟，非祭天也。毛氏既無明訓，未知意與誰同。

【孔疏】箋"大禘"至"是謂"。

◇◇《祭法》云："殷人禘嚳（kù）而郊冥。"注云："禘，謂冬至祭天於圓丘。"則圓丘之祭名為禘也。又《王制》及《祭統》言四時祭名，"春礿，夏禘，秋嘗，冬烝"。注云："蓋夏殷制。"則殷之夏祭宗廟亦名禘也。又鄭《駁異義》云："三年一祫，五年一禘，百王通義。"以為《禮讖》云"殷之五年殷祭"亦名禘也。

◇◇然則祭之名禘者多矣，而知此大禘為郊祭天者，以冬至為祭，乃是天皇大帝，神之最尊者也，為萬物之所宗，人神之所主，非於別代異姓，曲有感助。

◇◇經稱"帝立子生商"，謂感生之帝，非天皇大帝也。且《周頌》所咏，靡神不舉，皆無圓丘之祭。殷人何獨舍其感生之帝，而遠述昊天上帝乎？以此知非圓丘之禘也。

◇◇時祭所及，親廟與太祖而已，而此經歷言玄王相土，非時祭所及，又非宗廟夏禘也。

◇◇五年殷禘，鄭於《禘祫志》推之，以為禘祭各就其廟。今此篇上述商國所興之由，歷陳前世有功之祖，非是各就其廟之言。以此又知非五年殷祭之禘也。

◇◇彼諸禘者，皆非此篇之義，故知此云大禘，唯是郊祭天耳。祭天南郊，亦名為禘，故引《禮記》以證之。所引者，《喪服小記》及《大傳》皆有此文。

◇《大傳》注云："凡大祭曰禘。自，由也。祭其先祖所由生，謂郊祀天也。王者之先祖，皆感太微五帝之精以生，蒼則靈威仰，赤則赤熛怒，黃則含樞紐，白則白招拒，黑則汁光紀。皆用正歲之正月郊祭之，蓋特尊焉。《孝經》曰'郊祀后稷以配天'，配靈威仰也；'宗祀文王於明堂以配上帝'謂泛配五帝也。"如彼注，則殷人之祖出於汁光紀，故以正歲正月於郊禘而祭之，故此序謂之大禘也。

◇◇《易緯》稱"三王之郊，一用夏正"，故知郊天皆用正歲正月也。《鄭志》趙商問："此云案《祭法》'殷人禘嚳而郊冥'，又《喪服小記》及《大傳》皆云'王者禘其祖之所自出，以其祖配之'，注皆以為祭天皇大帝，以嚳配之。然則此詩之禘，亦宜以為圜丘之祭，不審云郊何？"答曰："郊祀后稷以配天，則以祖配，其祖從出之明文也。云注皆以為祭天皇大帝，詩之大禘宜為圓丘之祭，探意大過，得無誣乎？禘者，祭名，天人共云。"是鄭解此禘為郊天之事也。

◇◇《小記》《大傳》言禘祖之所自出者，注皆以為郊所感之帝，而（趙）商云祭天皇大帝，故云得無誣乎。《祭法》稱殷人禘嚳而郊冥，此（篇經）若郊天，當以冥配。而不言冥者，此因祭天，歌咏天德，言其能降靈氣，祐殷興耳。其意不述祭時之事，不美所配之人。《昊天有成命》"郊祀天地"，亦是南郊之祭，而辭不及稷，何怪此篇不言冥也？

◇◇馬昭云："《長發》，大禘者，宋為殷後，郊祭天以契配。不郊冥者，異於先王，故其詩咏契之德。宋無圓丘之禮，唯以郊為大祭，且欲別之於夏禘，故云大禘。"此說非也。何則？名曰《商頌》，是商世之頌，非宋人之詩，安得云"宋郊，契配"也？《譜》稱"三王有受命中興之功，時有作詩頌之"者，則是殷時作之，理在不惑。而云宋人郊天，虛妄何甚！而馬昭雖出鄭門，其言非鄭意也。若然，《商》非宋詩，而《樂記》云："溫良而能斷者宜歌《商》。"注云："'《商》，宋詩'者，以宋承商後，得歌《商頌》，非謂宋人作之也。"

<一章-1>濬（jùn）哲維商，長發其祥。洪水芒芒，禹敷下土方。外大國是疆，幅隕（yuán）既長。

【毛傳】濬，深。洪，大也。諸夏為外。幅，廣也。隕，均也。

【鄭箋】長，猶久也。隕當作"圓"（與毛不同）。圓，謂周也。深知乎維商家之德也，久發見其禎祥矣。乃用洪水，禹敷下土，正四方，定諸夏，廣大其竟界之時，始有王（wàng）天下之萌兆，歷虞、夏之世，故為久也。

【樂道主人】鄭箋：發，行也。

【程析】濬，睿的假借，智慧。維，是。敷，治。下土，天下的土地。方，四方。

【孔疏】傳"濬深"至"隕均"。

◇◇ "濬，深"，《釋言》文。"洪，大"，《釋詁》文。諸夏為外，對京師為内也。幅，如布帛之幅，故為廣也。

◇◇ 王肅云："外諸夏大國也。京師為内，諸夏為外。言禹外畫九州境界，内平治水土，中國既廣，已平均且長也。"

【孔疏】箋"隕當"至"為久"。

◇◇ 箋云"深智乎維商家之德"者，總歎商深智，不指斥一人也。

◇◇ 禹敷下土，廣大其境界之時，正謂水害既除，輔成五服之時也。

◇◇ 始有王天下之萌兆，謂契能佐禹治水，敬敷五教，功被當世，故後嗣克昌，是其王之萌兆也。爾時已有萌兆，即是久見其祥。比至成湯之興，歷虞、夏之世，故為久也。

<一章-7>有娀（sōng）方將，帝立子生商。

【毛傳】有娀，契母也。將，大也。契生商也。

【鄭箋】帝，黑帝也。禹敷下土之時，有娀氏之國亦始廣大（與毛不同）。有女簡狄，吞鳦卵而生契，堯封之於商，後湯王因以為天下號，故云"帝立子生商"。

【孔疏】傳"有娀"至"生商"。

◇◇ 有娀，契母之姓，婦人以姓為字，故云"有娀，契母也"。

◇◇ "將，大"，《釋詁》文。謂契母方成大之時，天為生立其子商者。成湯，王天下一代之大號。此商之有天下，其本由契而來，故言契生商也。詩言商興所由，止須言契而已。

◇◇ 上句乃述禹敷下土者，以契、禹俱事帝堯，皆有大功，故將欲論契，先言洪水也。

【孔疏】箋"帝黑"至"廣大"。

◇◇ 禘者，郊天之名，郊祭所感之帝。商是水德黑帝之精，故云"黑帝"，謂汁光紀也。且以下云"玄王"，故以黑帝言之。

◇◇ 以有娀是簡狄國名，非簡狄之身，言"有娀方將"，不得為簡狄長大，故以為禹敷下土之時，有娀氏之國亦始廣大也。

◇ 有娀氏國之大小，非複商家之事，而言及之者，君子言人之美，務欲加之，因其國實廣大，見簡狄為大國之女，猶《大明》之篇言摯莘也。

【孔疏-章旨】"濬哲"至"生商"。

〇毛以為，①有深智者維我商家之德也。昔在前世，久發見其禎祥

234

矣。其祥之見在何時乎？往者唐堯之末，有大水芒芒然，有大禹者敷廣下土，以正四方，京師之外，大國於是畫其疆境，令使中國廣大均平，既已長遠矣。於是時，契已佐禹，是其禎祥久見也。

②又說商興之由。有娀氏之女，方欲長大之時，天為之生立其子，而使之生商。謂上天祐契，使賢而生有商國也。

○鄭以隉為圓，言中國廣大而圓周也。有娀方將，謂有娀之國方始廣大。黑帝憑依簡狄，使之有子，立其子使生商國。其文義略同。

<二章-1>玄王桓撥，受小國是達，受大國是達。率履不越，遂視既發。

【毛傳】玄王，契也。桓，大。撥，治。履，禮也。

【鄭箋】承黑帝而立子，故謂契為玄王。遂猶遍也。發，行也。玄王廣大其政治，始堯封之商，為小國，舜之末年，乃益其土地為大國，皆能達其教令。使其民循禮，不得逾越，乃偏省視之，教令則盡行也。

【程析】受，接受。達，通，順利。率，循。視，省視。

【孔疏】傳“玄王”至“履禮”。

◇◇上言有娀生子，此句即言玄王，故知玄王即契也。且《國語》云：“玄王勤商，十四世而興。”玄王為契明矣。

◇◇“履，禮”，《釋言》文。《公羊傳》云：“撥亂世。”謂治亂世，故以撥為治也。

【孔疏】箋“承黑”至“盡行”。

◇◇箋以契不為王，玄又非謚，解其稱玄王之意。玄，黑色之別。以其承黑帝立子，故謂契為玄王也。以湯有天下而稱王，契即湯之始祖，亦以王言之。

◇《尚書·武成》云：“昔先王后稷。”《國語》亦云：“昔我先王后稷。”又曰：“我先王不窋。”韋昭云：“周之禘祫文、武，不先不窋，故通謂之王。

◇《商頌》亦以契為玄王，是其為王之祖，故呼為王，非追號為王也。玄王廣大其政治，正謂達其教令。”是也。

◇◇知堯封為小國，舜益為大國者，《中候握河紀》說堯云：“斯封稷、契、皋陶，賜姓號。”是堯封之也。《考河命》說舜之事云：“褒賜群臣，賞爵有功，稷、契、皋陶益土地。”是舜益地為大國也。

◇自殷以上，大國百里。《握河紀》注云："稷、契，公也。"公即周禮三公八命，其出封加一等。然則堯之封契，已應百里，便是土地之極。而舜又益之者，以其身有大功，特加褒賜，如周之賜魯、衛之屬，越禮特賜。既賜之後，不必止於百里而已。

◇◇"率履不越"，文承"是達"之下，明民從政化，非契身率禮，故云"使其民循禮，不得逾越，偏省視之，教令則盡行"，即是達之驗也。

<二章-6>相（xiàng）土烈烈，海外有截。

【毛傳】相土，契孫也。烈烈，威也。

【鄭箋】截，整齊也。相土居夏后之世，承契之業，入為王官之伯，出長（zhǎng）諸侯，其威武之盛烈烈然，四海之外率服截爾整齊。

【孔疏】箋"截整"至"整齊"。

◇◇截者，斬斷之義，故為整齊也。

◇◇相土是昭明之子，契之孫也，故云"居夏后之世，承契之業"。契封商國，相土嗣之，止為一國之君而已，不得威行海外。今云"海外有截"，故知"入為王官之伯，出長諸侯"也。

◇◇僖四年《左傳》管仲說太公為王官之伯云："五侯九伯，汝實征之，以夾輔周室。"是王官之伯，分主東西，得征其所職之方，故得云"威武烈烈然，四海之外截爾整齊"。分主東西，則威加一面而已，而云四海者，不知所主何方，故總舉四海言之。截然整齊，謂守其所職，不敢內侵外畔也。

◇◇王肅云："相土能繼契，四海之外截然整齊而治，言有烈烈之威。則相土在夏為司馬之職，掌征伐也。說《春秋》者亦以太公為司馬之官，故得征五侯九伯。"與鄭異也。

<三章-1>帝命不違，至于湯齊（jì）。

【毛傳】至湯與天心齊。

【鄭箋】帝命不違者，天之所以命契之事，世世行之，其德浸大，至於湯而當天心。

【程析】齊，同，一致。

【孔疏】傳"至湯與天心齊"。

◇◇言至湯者，謂從契而至湯也。自契以後，雖則不違天命，未能齊於天心。至湯而與之齊，以為漸大之意也。上言帝命，即云湯齊，故知湯所與齊，唯天心耳。《易》稱"聖人與天地合其德"，此之謂也。傳以此為湯齊，甚分明矣。

◇◇而《孔子閒居》注云："《詩》讀湯齊為湯躋者，言三家《詩》有讀為躋者也。"

【孔疏】箋"帝命"至"天心"。

◇◇契無受命之事矣，而云天命契者，正謂授以上智之性，使之佐舜有功，建國於商，德垂後裔，是天所以命契之事也。

◇◇湯以孤聖獨興，父祖未有王迹，而雲其德浸大者，以言至於湯齊，又為漸高之勢，故述其意，言浸大耳。定本作"浸"字。

◇◇其實相土至湯，有令聞者，唯其冥勤其官而水死耳，其餘不能漸大也。

【樂道主人】冥勤其官而水死，稷勤百穀而山死。韋昭國語注稱毛詩傳曰："冥，契六世孫也，為夏水官，勤於其職而死於水。稷、周弃也，勤播百穀，死於黑水之山。"冥是人名，後世稱之為水神，勤者，務實、勤政之謂，水死，指水患終止。意思是說，玄冥（水神）為官務實，所以使得水患不再。

<三章-3>湯降不遲，聖敬日躋（jì）。昭假（gé/xiá）遲遲，上帝是祗（zhī）。帝命式于九圍。

【毛傳】不遲，言疾也。躋，升也。九圍，九州也。

【鄭箋】降，下。假（xiá），暇。祗，敬。式，用也。湯之下士尊賢甚疾，其聖敬之德日進。然而以其德聰明寬暇天下之人遲遲然。言急於已而緩於人，天用是故愛敬之也。天於是又命之，使用事於天下。言王之也。

【孔疏】傳"躋升"至"九州"。

◇◇"躋，升"，《釋詁》文。

◇◇謂九州為九圍者，蓋以九分天下，各為九處規圍然，故謂之九圍也。

【孔疏】箋"降下"至"於人"。

◇◇"降，下。式，用"，《釋言》文。"祗，敬"，《釋詁》文。假者，假借之義，故為暇也。

◇◇湯為天子，而云湯降，故知下者是下士尊賢也。《晉語》宋公孫固說公子重耳之德，引此詩乃云："降，有禮之謂也。"是亦以此為下賢也。

◇◇寬暇天下之人，謂不責人所不能，馭之舒緩也。待士則疾，馭下則舒，言其急於已而緩於人也。

【孔疏-章旨】"帝命"至"九圍"。上陳玄王相土，論商興所由。此下皆述成湯，指言興事。

①言天之所以命契之事，自契之後，世世行而不違失，天心雖已漸大，未能行同於天。至於成湯，而動合天意，然後與天心齊也。

②因說成湯之行。湯之下士尊賢，甚疾而不遲也。其聖明恭敬之德，日升而不退也。以其聰明寬暇天下之人，遲遲然而舒緩也。上天以是之故，常愛敬之，故天命之，使用事於九州，為天下王也。

<四章-1>受小球大球，為下國綴旒（liú），何（hè）天之休。

【毛傳】球，玉。綴，表。旒，章也。

【鄭箋】綴，猶結也（與毛不同）。旒，旌旗之垂者也（與毛不同）。休，美也。湯既為天所命，則受小玉，謂尺二寸圭也。受大玉，謂珽（tǐng）也，長三尺。執圭搢珽，以與諸侯會同，結定其心，如旌旗之旒縿（shān）著焉。擔負天之美譽，為眾所歸鄉。

【程析】何，同"荷"，擔負。

【樂道主人】搢，插。珽，玉笏；古代帝王手中所拿的玉制長板。縿，古時旌旗的正幅。

【孔疏】傳"球玉"至"旒章"。

◇◇《禹貢》"雍州厥貢球琳琅玕"，是球為玉之名也。

◇◇綴之為表，其訓未聞。

◇◇冕之所垂，及旌旗之飾，皆謂之旒。旒者，所以章，明貴賤，故為章也。

【孔疏】箋"綴猶"至"著焉"。

◇◇《內則》云："衣裳綻裂，紉箴請補綴。"是綴為連結之義也。又襄十六年《公羊》云："君若贅旒然。"言諸侯反系屬於大夫也。此言綴旒，文與彼同，明以旌旗為喻，故易傳以綴猶結也，旒為旌旗之垂也。

◇◇《秋官·大行人》及《考工記》說旌旗之事，皆云九旒、七旒。《爾雅》說旌旗云"練旒九"。是旌旗垂者名為旒也。

◇◇言受小玉、大玉者，此小玉、大玉是天子之器，非為天子不得執用。湯既為天所命，則得用之，是受之於天，故言受也。知小玉，謂尺二寸圭，大玉，謂瑑長三尺者，《考工記·玉人》云，"大圭長三尺，杼上終葵首，天子服之。鎮圭尺有二寸，天子守之"，所服所守，唯此二玉，故知也。

◇《春官·典瑞》云："王搢大圭，執鎮圭，藻五采五就，以朝日。"《覲禮》云："天子乘龍，載大旂，象日月，升龍降龍。出拜日於東門之外，反祀方明。"注云："此謂會同以春者也。"引《朝事儀》曰："天子冕而執鎮圭尺有二寸，乘大輅，率諸侯朝日於東郊，所以教尊尊也。退而見諸侯。"由此而言，知朝日與諸侯會同，俱是執圭搢瑑。

◇◇今言受小玉、大玉，即云為下國綴旒，故知執圭搢瑑與諸侯會同，結定其心，如旌旗之旒綴著焉也。

◇定本雲"如旌旗之綴旒著焉"此言執圭搢瑑，而《玉人》云"天子執冒四寸，以朝諸侯"者，此謂國外會同，彼謂在國受朝也，故《玉人》注云："名玉曰冒者，言其德能覆冒天下也。四寸者，方以尊接卑，以小為貴。"是為在國受朝，下諸侯，故執冒也。

<四章-4>**不競不絿，不剛不柔，敷政優優，百禄是遒**（qiú）。

【毛傳】絿，急也。優優，和也。遒，聚也。

【鄭箋】競，逐也。不逐，不與人爭前後。

【程析】競，爭。絿，求。敷政，施政。

【孔疏-章旨】"受小球"至"是遒"。

○毛以為，上言用事九圍，此言用事之實。

①湯之用事也，受小球玉，謂尺二寸之鎮圭也，大球玉，謂三尺之瑑也。受此二玉，以作天子，為下國諸侯之表章，能荷負天之美譽也。

②又述湯之行，能致美譽之由。湯之性行，不爭競，不急躁，不大剛猛，不大柔弱，舉事具得其中，敷陳政教則優優而和美，以此之故，百衆之禄於是聚而歸之。福禄聚歸，能荷之也。

○鄭唯下國綴旒為異。言湯受二玉，與諸侯而會同。諸侯心系天子，如旌旗之旒綴著於綴。餘同。

<五章-1>**受小共**（gōng/gǒng）**大共，為下國駿厖**（páng），**何**（hè）**天之龍**（lóng/chǒng）。

【毛傳】共（gōng），法。駿，大。厖，厚。龍（lóng），和也。

【鄭箋】共（gǒng），執也（與毛不同）。小共、大共，猶所執搢小球、大球也。駿之言俊也（與毛不同）。龍（chǒng）當作"寵"（與毛不同）。寵，榮名之謂。

【孔疏】傳"共法"至"寵和"。

◇◇傳讀共為恭敬之恭，故為法也。"共，法。厖，厚"，《釋詁》文。龍之為和，其訓未聞。

◇◇言小法、大法，正謂執圭搢珽，與諸侯為法也。言為下國大厚，謂成其志性，使大純厚也。王肅云："言湯為之立法，成下國之性，使之大厚，乃荷任天之和道也。"

【孔疏】箋"共執"至"之謂"。

◇◇"拱，執"，《釋詁》文。以此章文類於上，玉必以手執之，故易傳以為小拱、大拱，猶所執搢小球、大球也。大球實搢之，而言執者，將搢亦執，故同言拱也。

◇◇又以上言綴旒為諸侯之所系屬，則知此言駿厖亦是諸侯之言天子，故讀駿為俊，言成湯與諸侯作英俊厚德之君也。

◇◇又荷天之龍，與上荷天之休，其文相值。休為美譽，則此宜為榮名，且韻宜為寵，故易之也。

<五章-4>敷奏其勇，不震不動，不戁（nǎn）不竦（sǒng），百禄是總（zǒng）。

【毛傳】戁，恐。竦，懼也。

【鄭箋】不震不動，不可驚憚也。

【程析】總，集聚。敷，施行。

【樂道主人】敷，陳。奏，進。

【孔疏-章旨】"受小"至"是總"。

○毛以為，①此又言成湯之用事也。受小玉之法，受大玉之法，施之諸侯，成諸侯之性行，為下國之大純厚，能荷負天之和道也。

②又述成湯之行，能荷天之和道所由。湯之陳進其勇，不可震，不可動，不戁恐，不竦懼。所征無敵，克平天下，百眾之禄於是總聚而歸之，故能荷天之和道也。

○鄭以為，此又覆述上章，言湯受小玉而執之，受大玉而執之，執此二玉，與諸侯會同，為下國作英俊厚德之君，能荷負天之榮寵。餘同。

<六章-1>武王載斾，有虔秉鉞，如火烈烈，則莫我敢曷（è）。

【毛傳】武王，湯也。斾，旗也。虔，固。曷，害也。

【鄭箋】有之言又也。上既美其剛柔得中，勇毅不懼，於是有武功，有王德。及建斾興師出伐，又固持其鉞，志在誅有罪也。其威勢如猛火之炎熾，誰敢禦害我。

【程析】曷，遏。

<六章-5>苞有三蘖（niè），莫遂莫達。九有有截，

【毛傳】苞，本。蘖，餘也。

【鄭箋】苞，豐也（與毛不同）。天豐大先三正之後，世謂居以大國，行天子之禮樂，然而無有能以德自遂達於天者，故天下歸鄉湯，九州齊一截然。

【孔疏】傳"苞，本。蘖，餘"。

◇◇《易》稱"繫於苞桑"，謂桑本，故以苞為本。

◇◇《盤庚》云"若顛木之有由蘖"，謂本根已顛，更生枝餘，故云蘖餘也。言本有三餘，謂上世受命創基之君為之本，當時二王之後及今夏桀是其餘也。其意與箋言"三正之後"亦同。

【孔疏】箋"苞豐"至"截然"。

◇◇"苞，豐"，《釋詁》文。

◇◇以此詩之旨，言國之大者，不得天意，故使諸國一時歸湯。而云豐有三蘖，蘖者，樹木於根本之上更生枝餘之名，則知三蘖皆諸帝王之後也。

◇《郊特牲》稱王者存二代之後，猶尊賢也。尊賢不過二代，則是先代有二，與今王為三也，故云"天豐大先三正之後，世謂居以大國，行天子之禮樂"也。

◇三正者，謂夏與唐（堯）、虞（舜）也。正朔三而改，夏以建寅為正，則舜當以建子，堯當以建丑，是之謂三正也。桀為天子，與二王之後尊卑不類，但三者俱得行其正朔，故與桀同稱三也。

◇以三者承藉餘緒，國大禮盛，宜為天下所歸，而不能以德自達，故天下歸湯，美湯以小國而得天意也。莫達，謂不能以德自達，則莫遂謂不能以行申遂天意也。

<六章-8>韋（wéi）顧既伐，昆吾夏桀。

【毛傳】有韋國者，有顧國者，有昆吾國者。

【鄭箋】韋，豕韋，彭姓也。顧、昆吾，皆己姓也。三國黨於桀惡。湯先伐韋、顧，克之。昆吾、夏桀則同時誅也。

【孔疏】箋"韋豕"至"時誅"。

◇◇《鄭語》云："祝融其後八姓，下歷數之，己姓昆吾、顧、溫，彭姓豕韋，則商滅之矣。"故知韋即豕韋，彭姓也。顧與昆吾皆己姓也。《鄭語》又云："豕韋為商伯。"此已滅之，又得為商伯者，成湯伐之，不滅其國，故子孫得更興為伯也。

◇◇為湯所伐，明與桀同心，故知三國黨於桀惡。昆吾、夏桀共文，在既伐之下，故知先伐韋、顧，克之。昆吾、夏桀則同時誅。昆吾與桀，亦是成湯伐之，而不言伐者，以上句言"既伐"，足明下句亦是伐。作文之體，句有所施，以其足相發明，不須更言伐也。

◇◇《禮器》云："湯放桀，武王伐紂，時也。"則桀放而不誅。而雲同時誅者，對則誅、放有異，散文則放之遠方，亦為誅也。昭十八年《左傳》云："二月乙卯，周毛得殺毛伯過。萇弘曰：'毛得必亡。是昆吾稔之日也，侈故之以。'"言昆吾以乙卯日亡也。昆吾與桀同日誅，則桀亦以乙卯日亡也，故《檀弓》注云："桀以乙卯亡。"則亡日必是乙卯，未知何月也。

【孔疏-章旨】"武王"至"夏桀"。

○毛以為，上言成湯進勇，此述為勇之事。

①有有武功、有王德之成湯，載其旌旗，以出征伐，又能固執其鉞，志在誅殺有罪，其威勢嚴猛，如火之炎熾烈烈然，曾無於我成湯敢害之者。

②又述成湯得衆之由。克代既滅，封其支子為王者之後，猶樹木，既斬其根本，更有蘗生之條。言夏桀與二王之後，根本之上有三種蘗餘，承藉雖重，必無德行，莫有能以行申遂天意者，莫能以德自達於天者。天下諸國無所歸依，故九州諸侯截然齊整一而歸湯也。

③九州諸國既盡歸湯，唯有韋、顧、昆吾黨桀為惡，成湯於是恭行天罰。韋、顧二國既已伐之，又伐昆吾之與夏桀。群惡既盡，天下廓清，成湯於是乃即真為天子。

○鄭唯以苞為豐，言天豐有三正之餘，使為大國而不能遂達，故九州歸湯。餘同。

<七章-1>昔在中葉，有震且業。允也天子，降予卿士。

【毛傳】葉，世也。業，危也。

【鄭箋】中世，謂相土也。震，猶威也（與毛不同）。相土始有征伐之威，以為子孫討惡之業（與毛不同）。湯遵而興之。信也，天命而子之，下予之卿士。謂生賢佐也。《春秋傳》曰："畏君之震，師徒橈（náo）敗。"

【樂道主人】橈，《易·說卦傳》："橈萬物者莫疾乎風。"又摧折也。

【孔疏】箋"中世"至"橈敗"。

◇◇傳以業為危，則湯未興之前，國弱而危懼也。箋易之者，以此篇上述玄王相土，言至湯而齊於天心，則是自契以來，作漸盛之勢，不應於此方言上世衰弱，故易傳也。

◇◇以上言相土烈烈威服海外，是相土有征伐之威，為子孫討惡之業也。

◇◇所引《春秋傳》者，成二年《左傳》文。引之者，證震得為威之義。

<七章-5>實維阿（ē）衡，實左右商王。

【毛傳】阿衡，伊尹也。左右，助也。

【鄭箋】阿，倚。衡，平也。伊尹，湯所依倚而取平，故以為官名。商王，湯也。

【程析】實（前），此，這。維，為，是。實（後），此指伊尹。

【孔疏】傳"阿衡"至"右助"。

◇◇以言左右商王，則是功最大者。成湯佐命之臣，唯伊尹耳，故知阿衡是伊尹也。伊是其氏。尹，正也。言其能正天下，故謂之伊尹。阿衡則其官名也。

◇◇《君奭》曰："在昔成湯，既受命，時則有若伊尹，格於皇天。在太甲，時則有若保衡，格於上帝。"注云："伊尹名摯，湯以為阿衡。至太甲改曰保衡。阿衡、保衡皆公官。"然則伊尹、摯、阿衡、保衡一人也。彼注阿衡為公官，此言卿士者，三公兼卿士也。

【孔疏-章旨】"昔在"至"商王"。

○毛以為，既言成湯伐桀，又上本未興之時，及得臣之助。

①云昔在中間之世，謂成湯之前，商為諸侯之國，有震懼而且危怖

矣。至於成湯，乃有聖德。信也，上天子而愛之，下大賢之人予之，使為卿士。

②此卿士者，實為阿衡之官，實佐助我成湯，故能克桀而有天下。此皆上天之力，高宗祭又得禮，故因大禘之祭，述而歌也。

○鄭以為，①昔在中世，謂相土之時，有征伐之威，且為子孫討惡之業，故成湯亦遵用其道。皇天子而愛之。餘同。

《長發》七章，一章八句，四章章七句，一章九句，一章六句。

殷　武　【商頌五】

撻（tà）彼殷武，奮伐荆楚。罙（shēn）入其阻，裒（póu）荆之旅。有截其所，湯孫之緒。

維女（rǔ）荆楚，居國南鄉。昔有成湯，自彼氐（dī）羌，莫敢不來享，莫敢不來王，曰商是常。

天命多辟（bì），設都于禹之績。歲事來辟，勿予禍適（zhé），稼穡匪解（xiè）。

天命降監，下民有嚴。不僭（jiàn）不濫，不敢怠遑。命于下國，封建厥福。

商邑翼翼，四方之極。赫赫厥聲，濯濯厥靈。壽考且寧，以保我後生。

陟彼景山，松柏丸丸。是斷是遷，方斲（zhuó）是虔。松桷有梴（chān），旅楹有閑。寢成孔安。

《殷武》六章，三章章六句，二章章七句，一章五句。

【毛序】《殷武》，祀高宗也。

【孔疏】“《殷武》，祀高宗也。”

◇◇《殷武》詩者，祀高宗之樂歌也。高宗前世，殷道中衰，宮室不脩，荆楚背叛。高宗有德，中興殷道，伐荆楚，修宮室。既崩之後，子孫美之。詩人追述其功而歌此詩也。

◇◇經六章，首章言伐楚之功，二章言責楚之義，三章、四章、五章述其告曉荆楚，卒章言其修治寢廟，皆是高宗生存所行，故於祀而言之，以美高宗也。

<一章-1>撻（tà）彼殷武，奮伐荆楚。罙（shēn）入其阻，裒（póu）荆之旅。

【毛傳】撻，疾意也。殷武，殷王武丁也。荆楚，荆州之楚國也。罙，深。裒，聚也。

【鄭箋】有鍾鼓曰伐。罙，冒也（與毛不同）。殷道衰而楚人叛，高宗撻然奮揚威武，出兵伐之，冒入其險阻，謂逾方城之隘，克其軍率，而俘虜其士衆。

【程析】撻，勇武貌。或訓伐，亦通。

【孔疏】傳“撻疾”至“哀聚”。

◇◇撻，疾，是速疾之意。言伐楚之疾也。

◇◇述高宗而言殷武，故知是殷王武丁也。定本直云“殷武，武丁也”。

◇◇荊是州名，楚是國名，故云荊州之楚也。周有天下，始封熊繹為楚子。於武丁之世，不知楚君何人也。

◇◇罙者，深入之意，故為深也。“哀，聚”，《釋詁》文。

【孔疏】箋“有鍾”至“士衆”。

◇◇“有鍾鼓曰伐”，莊二十九年《左傳》文。

◇◇以其遠入險阻，宜為冒突之義，故易傳為冒也。

◇◇僖四年《左傳》稱，楚大夫屈完對齊桓公曰：“楚國方城以為城，漢水以為池，雖君之衆，無所用之。”服虔云：“方城，山也。漢，水名。皆楚之隘塞耳。”今言冒入其阻，故知逾方城之隘。

◇◇戰勝必當俘虜，言聚荊之旅，故知俘虜其士衆也。

<一章-5>有截其所，湯孫之緒。

【鄭箋】緒，業也。所，猶處也。高宗所伐之處，國邑皆服其罪，更自救整截然齊壹，是乃湯孫大甲之等功業。

【孔疏】箋“緒業”至“功業”。

◇◇《釋詁》云：“緒，業也。”反覆相訓，緒得為業。是乃湯孫大甲之等功業，言高宗此功，同於太甲之等殷之諸賢王之功也。太甲以下，皆是湯孫，故言“之等”以包之。

◇◇傳於《那》篇言“湯孫者，湯為人子孫”，則此亦當然，故王肅雲：“於所伐截然大治，是湯為人子孫之業，大武丁之伐與湯同。”

【孔疏】“撻彼”至“之緒”。

○毛以為，①撻然而疾者，彼殷王之武丁也。又言其疾之意。乃能奮揚其威武，往伐荊楚之國，深入其險阻之內，聚荊國之人衆，俘虜而以歸也。既伐楚克之，則無往不服。

②有截然而齊整者，其高宗往伐之處所，是高宗之功，乃湯之為人子孫之業也。美高宗之伐與湯同也。

○鄭以罙為冒，又以湯孫之緒為太甲之等功業，高宗之功與太甲之等同也。餘同。

<二章-1>維女（rǔ）荊楚，居國南鄉。昔有成湯，自彼氐（dī）羌，莫敢不來享，莫敢不來王，曰商是常。

【毛傳】鄉，所也。

【鄭箋】氐羌，夷狄國在西方者也。享，獻也。世見曰王。維女楚國，近在荊州之域，居中國之南方，而背叛乎？成湯之時，乃氐羌遠夷之國來獻來見，曰"商王是吾常君也"。此所用責楚之義，女乃遠夷之不如。

【孔疏】箋"氐羌"至"不如"。

◇◇氐羌之種，漢世仍存，其居在秦隴之西，故知在西方者也。

◇◇"享，獻"，《釋詁》文。氐羌遠夷，一世而一見於王。以經言來，故解之雲"世見曰來王"。《秋官·大行人》云："九州之外，謂之藩國，世一見。"謂其國父死子繼，及嗣王即位，乃來朝，是之謂世見也。

◇◇言維汝荊楚，則是以言告楚，故知此所用責楚之義，謂未伐之前，先以此言告之。但此詩主美伐功，故上章先言伐事，此章盡五章以來，更本其告責之禮耳。

<三章-1>天命多辟（bì），設都於禹之績。歲事來辟，勿予禍適（zhé），稼穡匪解（xiè）。

【毛傳】辟，君。適，過也。

【鄭箋】多，眾也。來辟，猶來王也。天命乃令天下眾君諸侯立都於禹所治之功，以歲時來朝覲於我殷王者，勿罪過與之禍適，徒敕以勸民稼穡，非可解倦。時楚不脩諸侯之職，此所用告曉楚之義也。禹平水土，弼成五服，而諸侯之國定，是以云然。

【樂道主人】弼，輔助。

【孔疏】箋"禹平"至"云然"。

◇◇箋以諸侯之立，其來久矣，非由禹治洪水始建都邑，而云"設都於禹之績"，故作此言以解之。

◇◇《皋陶謨》云："禹曰：'予惟荒度土功，弼成五服，至於五千。’”注云：“荒，奄也。奄大九州四海之土。敷土既畢，廣輔五服而成之，至於面各五千里，四面相距為萬里。堯制五服，服各五百里，要服之內四千里曰九州，其外荒服曰四海。禹所弼五服之殘數，亦每服者合五百里，故有萬里之界焉。”

◇◇ 又《禹貢》云“五百里甸服”。每言五百里一服者，是堯舊服；每服之外，更言三百里、二百里者，是禹所弼之殘數也。堯之五服，服五百里耳。禹平水土之後，每服更以五百里輔之，是五服服別千里，故一面而為差至於五千也。

◇◇ 賈逵、馬融之説《尚書》云：“甸服之外，每百里為差。所納總銍秸粟米者，是甸服之外特為此數。其侯服之外，每言三百、二百里者，還就其服之內別為名耳，非是服外更有其地也。”

◇◇ 《史記》司馬遷説，以為諸小數者，皆是五百里服之別名，大界與堯不殊，四面相距為五千里耳。

◇◇ 王肅注《尚書》，總諸義而論之云：“賈、馬既失其實，鄭玄尤不然矣。禹之功在於平治山川，不在於拓境廣土。土地之廣，三倍於堯，而《書傳》無稱焉。則鄭之創造，難可據信。漢之孝武，疲弊中國，甘心夷狄，天下戶口至減太半，然後僅開緣邊之郡而已。禹方憂洪水，三過其門而不入，未暇以征伐為事。且其所以為服之名，輕重顛倒，遠近失所，難得而通。先王規方千里以為甸服，其餘均平分之，公、侯、伯、子、男使各有寰宇，而使甸服之外諸侯皆入禾槁，非其義也。史遷之旨，蓋得之矣。”如肅之難，非無理也。

◇◇ 鄭不然者，何哉？將以山川帶地，土境不移，前聖後聖，義終一揆。禹之所導山川也，西被流沙，東漸滄海，南距衡山之陽，北臨碣石之北。經塗所亘（《説文注》：猶回轉也。上下所求物也），萬有餘里。若其所弼五服，唯極五千，而遠遊夷狄之表，勞功荒服之外，復何為哉！又周公制禮，作為九服，蠻畿之內尚至七千。舜禹之功，不應劣於周世，何由土境蹙促，三倍狹於周世？

◇◇ 又《外傳》稱“禹會諸侯於塗山，執玉帛者萬國”。執玉帛者，唯中國耳。若要服之內唯止四千，率以下等計之，正容六千餘國，況諸侯之大，地方百里，三等分土，才至數千，安得有萬國之言乎？

◇ 唐堯之初，協和萬國，於時境界蓋應廣矣。至於洪水滔天，烝民不粒，土地既削，國數亦減，故五服之界，才至五千。洎乎禹治洪水，地平天成，災害既除，大制疆域，固當復其故地，而至五千，何云不在於拓境廣土也？若云大禹之功，不在拓境廣土，則武王、周公之功，豈專以境界為事，而能使要服之內有七千里乎？

◇◇ 且經稱"弼成五服，至於五千"，若五服之廣，猶是堯之舊制，何弼成之有乎，而稱之以為功也？凡言至於者，皆從此到彼之辭，明是自京師而至於四境為五千耳。若其四面相距為五千，則設文從何而往？而言至於哉？

◇ 漢之孝武，德非聖人，乘其六世之資，而與夷狄角力，及開緣邊之郡，境界逾於萬里，何由舜、禹之境才至五千？此乃所以為證，非所以為難也。

◇◇ 肅意將謂大禹之德不逮於漢武乎？何其取譬之非類也？先王作法，遭時制宜。甸服之外，去京未遠，使入禾槁，復何傷乎？而云非其義也？

◇◇ 鄭以《尚書》之文，上下相校，禹稱"弼成五服"，至於《禹貢》歷數服名，正合五千之數。參之以周、漢之域，驗之於山川之圖，則廣萬里為得其實，故不從賈、馬，別為此說。

【樂道主人】以上可參考《尚書注疏·益稷第五》。

【孔疏-章旨】"天命"至"匪解"。

① 此亦責楚之辭。言上天之命，乃令天下衆君諸侯，建設都邑於禹所治功處。謂布在九州也。

② 常以歲時行朝覲之事，來見君王。我殷王勿予之患禍，不責其罪過，唯告之以勸民稼穡之事，非得有解惰而已。

◇◇ 王者之待諸侯，其義如此。而汝何得不脩諸侯之職，不來朝見王也？

<四章-1>天命降監，下民有嚴。不僭不濫，不敢怠遑。命于下國，封建厥福。

【毛傳】嚴，敬也。不僭不濫，賞不僭，刑不濫也。封，大也。

【鄭箋】降，下。遑，暇也。天命乃下視下民，有嚴明之君，能明德慎罰，不敢怠惰，自暇於政事者，則命之於小國，以為天子。大立其福，謂命湯使由七十里王天下也。時楚僭號王位，此又所用告曉楚之義。

【樂道主人】賞、刑，皆為名詞。

【孔疏】傳"嚴敬"至"封大"。

◇◇"嚴，敬"，《釋詁》文。

◇◇襄二十六年《左傳》曰："善為國者，賞不僭，刑不濫。賞僭懼及淫人，刑濫懼及善人。"彼文又引此詩，故知"不僭不濫"，謂賞不僭差，刑不濫溢也。

◇◇定四年《左傳》曰："吳為封豕長蛇。"是封為大之義。

【孔疏】箋"降下"至"之義"。

◇◇"降，下。遑，暇"，《釋言》文。"明德慎罰"，《康誥》文。

◇◇《中候契握》曰`"曰若稽古王湯，既受命，興由七十里起"。《孟子》所云"湯以七十里，文王以百里"。案契為上公受封，舜之末年，又益以土地，則當為大國，過百里矣。而成湯之起，止由七十里，蓋湯之前世，有君衰弱，土地減削，故至於湯時止有七十里耳。

◇◇以此經責楚之辭，而說成湯有明德而王天下矣。明是於時楚僭慢王位，故告曉之。

<五章-1>商邑翼翼，四方之極。赫赫厥聲，濯濯厥靈。壽考且寧，以保我後生。

【毛傳】商邑，京師也。

【鄭箋】極，中也。商邑之禮俗翼翼然可則效，乃四方之中正也。赫赫乎其出政教也，濯濯乎其見尊敬也，王乃壽考且安，以此全守我子孫。此又用商德重告曉楚之義。

【詩集傳】後生，謂後嗣子孫也。

【程析】翼翼，繁盛貌。四方，指四方諸侯國。極，中、法。赫赫，顯著貌。靈，神靈，指高宗的神靈光明。壽考，長壽。我，指商。

【孔疏-章旨】"商邑"至"後生"。此又責楚之辭（下列序號以經文兩句為一段譯解）。

①言商王之都邑翼翼然皆能禮讓恭敬，誠可法則，乃為四方之中正也。

②赫赫乎顯盛者，其出政教之美聲也。濯濯乎光明者，其見尊敬如神靈也。

③故商王得壽考，且又安寧，以保守我後嗣所生子。

◇◇以我商家之德盛明如此，汝何故敢背叛不從我化乎？以楚不識商之明德，故告曉之。

<六章-1>陟彼景山，松柏丸丸。是斷是遷，方斲（zhuó）是虔。松桷有梴（chān），旅楹有閑。寢成孔安。

【毛傳】丸丸，易直也。遷，徙。虔，敬也。梴，長貌。旅，陳也。寢，路寢也。

【鄭箋】椹（shēn）謂之虔（與毛不同）。升景山，揄（yú）材木，取松柏易直者，斷而遷之，正斲於椹上，以為桷與衆楹。路寢既成，王居之甚安。謂施政教得其所也。高宗之前王，有廢政教不脩寢廟者，高宗複成湯之道，故新路寢焉。

【程析】斲，砍，用斧頭砍。虔，削，用刀來削。楹，堂前柱。

【樂道主人】揄，拉，引。

【孔疏】傳"丸丸"至"路寢"。

◇◇易直者，言其滑易而調直也。徙，謂徙之來歸也。"虔，敬，陳"，《釋詁》文。桷者，椽也。椽以長為善，故梴為長貌。

◇◇王之所居路寢，是寢之尊者，故知謂路寢也。

◇◇箋亦不解閑義。梴為桷之長貌，則閑為楹之大貌。王肅云："桷楹以松柏為之，言無彫鏤也。陳列其楹。有閑，大貌。"

【孔疏】箋"椹謂"至"寢焉"。

◇◇"椹謂之虔"，《釋宮》文。孫炎曰："椹，斲材質也。"以其方論斲斫楹桷，不宜言敬，故易傳也。

◇◇《地官·山虞》云："凡邦工入山揄材不禁。"注云："揄，猶擇也。"此經丸丸之文在斫遷之上，是謂擇取易直者，故言"也升景山，揄材木"。言為桷與衆楹，則訓旅為衆也。以其方始之，未宜已為陳列，故易傳也。

◇◇居寢所以行政，政不得所，王者不安，故知居之甚安，謂施政教得其所也。今美高宗之能修寢廟，明是前王有廢政教、不修寢廟者也。案《殷本紀》"盤庚崩，弟小辛立。崩，弟小乙立。崩，子武丁立"。盤庚始遷於殷，明即為寢廟。其不修者，蓋小辛、小乙耳。未知誰世，故不斥言。經止有寢耳。

◇箋并言廟者，君子將營宮室，宗廟為先，明亦修廟，故連言之。經無廟者，詩人之意主美寢也。

【孔疏-章旨】"陟彼"至"孔安"。

○毛以為，高宗前王，有廢於政教，不修寢廟者。（下列序號以經文兩句為一段譯解）

①高宗既伐荊楚，四方無事，乃使人升彼大山之上，觀松柏之木丸丸然易直者，

②於是斬斷之，於是遷徙之，又方正而斲之。於是之時，工匠皆敬其事，不惰慢也。

③以松為屋之榱桷，有梴然而長；陳列其楹，有閑然而大。

④及寢室既成，王居之而甚安矣。美其能脩治寢廟，復故法也。

○鄭以榱又為椹，言正斲於椹上。又以旅為眾。唯此為異。餘同。

《殷武》六章，三章章六句，二章章七句，一章五句。

周世系表

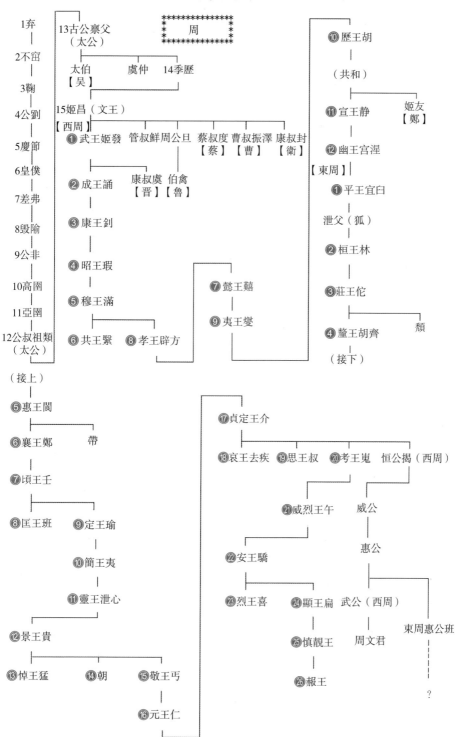

《詩經》四家詩簡表

作者	毛詩	魯詩	齊詩	韓詩
名	毛亨，又稱大毛公 毛萇，又稱小毛公	申培，又稱申培公，申公	轅固，又稱轅固生	韓嬰，又稱韓太博
朝代	西漢，小毛公曾為河間獻王博士	西漢	漢景帝時，經學博士，較其他人晚	西漢
原國	大毛公魯人；小毛公趙人	魯國	齊國	
學派	古文學	今文學	今文學	今文學
興盛時代	東漢以後	西漢	西漢	西漢
存亡情況	現存	西晉亡	曹魏亡	宋朝亡

毛詩傳承表

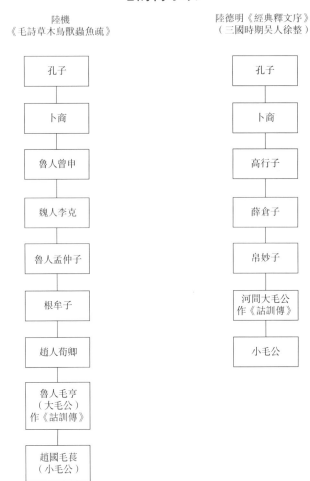

陸機
《毛詩草木鳥獸蟲魚疏》

陸德明《經典釋文序》
（三國時期吳人徐整）

孔子 — 卜商 — 魯人曾申 — 魏人李克 — 魯人孟仲子 — 根牟子 — 趙人荀卿 — 魯人毛亨（大毛公）作《詁訓傳》 — 趙國毛萇（小毛公）

孔子 — 卜商 — 高行子 — 薛倉子 — 帛妙子 — 河間大毛公作《詁訓傳》 — 小毛公

毛詩正變表

詩類		正經	篇數	變經	篇數	共計
十五國風		周南	11	邶風	19	160
		召南	14	鄘風	10	
				衛風	10	
				王城風	10	
				鄭風	21	
				齊風	11	
				魏風	7	
				唐風	12	
				秦風	10	
				陳風	10	
				檜風	4	
				曹風	4	
				豳風	7	
		小計	25		135	
雅	小雅		16		58	74
	大雅		18		13	31
頌	周頌		31			40
	魯頌		4			
	商頌		5			
合計			99		206	305

宋代（含）以前毛詩重要人物簡介

孔子（公元前551—公元前479），名丘，字仲尼，祖籍宋國栗邑（今屬河南省商丘市夏邑縣），生於魯國陬邑（今屬山東省曲阜市）。中華文明的繼往開來者，五經的編著者。據《史記》講，《詩經》是孔子從當時三千多篇詩中刪減編輯整理而成。

子夏（公元前507—?），名卜商，字子夏，春秋末年晉國溫地（今河南溫縣）人，一說衛國人，孔子弟子。相傳是毛詩中詩大序的作者。

大毛公、小毛公，生卒年不詳，皆為西漢初人，二人為叔姪。大毛公名亨，魯人，小毛公名萇，趙人。二人共著《毛詩故訓傳》，毛詩序、毛詩傳的主要作者。毛詩序指毛詩版本的序言，前人把冠於全書的序言稱"大序"，把每篇類似題解性質的短文稱"小序"。毛詩傳指為毛詩版本詩句所作的注解。

鄭玄（127—200），字康成，北海高密（今山東高密）人，東漢末年的經學大師。先後研習了今文經學和古文經學，把今文經學和古文經學通融為一。鄭玄遍注儒家經典。在經學上取得了重大成就，成為兩漢時期儒家經學的集大成者。毛詩在經鄭玄作箋，即對毛詩、毛序、毛傳再次注解後，從民間逐步過渡到官學，最終成為現在《詩經》僅存的版本。鄭玄為毛詩、毛序及毛傳所作的注解稱為鄭箋。

王肅（195—256），字子雍，東海郡郯縣（今山東郯城西南）人，三國魏著名經學家，編撰《孔子家語》《孔叢子》，遍注群經。其在注解毛詩、毛序、毛傳時，思想每每與鄭玄相對。

陸德明（約550—630），名元朗，以字行，蘇州吳縣人。隋唐經學家、訓詁學家，遍考五經等經典，撰有《經典釋文》三十卷。此書集漢魏以來音訓研究成果，考述經常傳授源流，其中為毛詩作音訓的部分稱為《毛詩釋文》或《毛詩音義》。

　　孔穎達（574—648），字冲遠，冀州衡水（今屬河北）人。奉唐太宗
命組織當時多位著名儒家學者編纂《五經正義》，融合南北經學家的見
解，是集魏晋南北朝以來經學大成的著作。其中《毛詩正義》獨用鄭箋，
奠定了後世毛詩的傳承。

　　黄唐，生卒年不詳，字雍甫，南宋福州人，編著《毛詩注疏》，把
《詩經》經文、毛序、毛傳、鄭箋、《毛詩正義》合為一本，又將《毛詩
正義》散入到毛詩相應的經文、注文之下。

毛詩大序

詩者，志之所之也，在心爲志，發言爲詩。情動於中而行於言，言之不足，故嗟歎之，嗟歎之不足，故永歌之，永歌之不足，不知手之舞之，足之蹈之也。

情發於聲，聲成文謂之音。治世之音安以樂，其政和；亂世之音怨以怒，其政乖；亡國之音哀以思，其民困。故正得失，動天地，感鬼神，莫近於詩。先王以是經夫婦，成孝敬，厚人倫，美教化，移風俗。

故詩有六義焉：一曰風，二曰賦，三曰比，四曰興，五曰雅，六曰頌。上以風化下，下以風刺上，主文而譎諫，言之者無罪，聞之者足以戒，故曰風。至於王道衰，禮義廢，政教失，國異政，家殊俗，而變風變雅作矣。國史明乎得失之跡，傷人倫之廢，哀刑政之苛，吟詠情性，以風其上，達於事變而懷其舊俗者也，故變風發乎情，止乎禮義。發乎情，民之性也；止乎禮義，先王之澤也。是以一國之事，繫一人之本，謂之風。言天下之事，形四方之風，謂之雅。雅者，正也，言王政之所由廢興也。政有大小，故有小雅焉，有大雅焉。頌者，美盛德之形容，以其成功告於神明者也。是謂四始，詩之至也。

詩譜序

（東漢）鄭玄

詩之興也，諒不於上皇之世。大庭、軒轅逮於高辛，其時有亡載籍，亦蔑云焉。《虞書》曰：“詩言志，歌永言，聲依永，律和聲。”然則《詩》之道放於此乎！

有夏承之，篇章泯棄，靡有孑遺。邇及商王，不風不雅。何者？論功頌德所以將順其美，刺過譏失所以匡救其惡，各於其黨，則為法者彰顯，為戒者著明。

周自后稷播種百穀，黎民阻饑，茲時乃粒，自傳於此名也。陶唐之末，中葉公劉亦世脩其業，以明民共財。至於大王、王季，克堪顧天。文、武之德，光熙前緒，以集大命於厥身，遂為天下父母，使民有政有居。其時《詩》，風有《周南》《召南》，雅有《鹿鳴》《文王》之屬。及成王，周公致大平，制禮作樂，而有頌聲興焉，盛之至也。本之由此風、雅而來，故皆錄之，謂之《詩》之正經。

後王稍更陵遲，懿王始受譖，亨齊哀公。夷身失禮之後，邶不尊賢。自是而下，厲也幽也，政教尤衰，周室大壞，《十月之交》《民勞》《板》《蕩》勃爾俱作。眾國紛然，刺怨相尋。

五霸之末，上無天子，下無方伯，善者誰賞？惡者誰罰？紀綱絕矣。故孔子錄懿王、夷王時詩，訖於陳靈公淫亂之事，謂之變風、變雅。以為勤民恤功，昭事上帝，則受頌聲，弘福如彼；若違而弗用，則被劫殺，大禍如此。吉凶之所由，憂娛之萌漸，昭昭在斯，足作後王之鑒，於是止矣。

夷、厲已上，歲數不明。太史《年表》自共和始，歷宣、幽、平王而得春秋次第，以立斯《譜》。欲知源流清濁之所處，則循其上下而省之；欲知風化芳臭氣澤之所及，則傍行而觀之，此《詩》之大綱也。舉一綱而萬目張，解一卷而眾篇明，於力則鮮，於思則寡，其諸君子亦有樂於是與。

《毛詩正義》序

（唐）孔穎達

　　夫《詩》者，論功頌德之歌，止僻防邪之訓，雖無為而自發，乃有益於生靈。六情靜於中，百物蕩於外，情緣物動，物感情遷。若政遇醇和，則歡娛被於朝野，時當慘黷，亦怨刺形於詠歌。作之者所以暢懷舒憤，聞之者足以塞違從正。發諸情性，諧於律呂，故曰"感天地，動鬼神，莫近於《詩》"。此乃《詩》之為用，其利大矣。

　　若夫哀樂之起，冥於自然，喜怒之端，非由人事。故燕雀表嚙嚼之感，鸞鳳有歌舞之容。然則《詩》理之先，同夫開闢，《詩》跡所用，隨運而移。上皇道質，故諷諭之情寡。中古政繁，亦謳歌之理切。唐、虞乃見其初，犧、軒莫測其始。於後時經五代，篇有三千，成、康沒而頌聲寢，陳靈興而變風息。先君宣父，厘正遺文，緝其精華，褫其煩重，上從周始，下暨魯僖，四百年閑，六詩備矣。卜商闡其業，雅頌與金石同和；秦正燎其書，簡牘與煙塵共盡。漢氏之初，《詩》分為四：申公騰芳於鄢郢，毛氏光價於河間，貫長卿傳之於前，鄭康成箋之於後。晋、宋、二蕭之世，其道大行；齊、魏兩河之閒，兹風不墜。

　　其近代為義疏者，有全緩、何胤、舒瑗、劉軌思、劉醜、劉焯、劉炫等。然焯、炫並聰穎特達，文而又儒，擢秀幹於一時，騁絕轡於千里，固諸儒之所揖讓，日下之無雙，於其所作疏內特為殊絕。今奉敕刪定，故據以為本。然焯、炫等負恃才氣，輕鄙先達，同其所異，異其所同，或應略而反詳，或宜詳而更略，準其繩墨，差忒未免，勘其會同，時有顛躓。今則削其所煩，增其所簡，唯意存於曲直，非有心於愛憎。謹與朝散大夫行太學博士臣王德韶、徵事郎守四門博士臣齊威等對共討論，辨詳得失。至十六年，又奉敕與前脩疏人及給事郎守太學助教雲騎尉臣趙乾葉、登仕郎守四門助教雲騎尉臣賈普曜等，對敕使趙弘智覆更詳正，凡為四十卷，庶以對揚聖範，垂訓幼蒙，故序其所見，載之於卷首云爾。

周頌譜

　　《周頌》者，周室成功致太平德洽之詩。其作在周公攝政、成王即位之初。

　　頌之言容。天子之德，光被四表，格于上下，無不覆燾，無不持載，此之謂容。於是和樂興焉，頌聲乃作。

　　《禮運》曰："政也者，君之所以藏身也。是故夫政必本於天，殽以降命。命降於社之謂殽地，降於祖廟之謂仁義，降於山川之謂興作，降於五祀之謂制度。"

　　又曰："故祭帝於郊，所以定天位；祀社於國，所以列地利；祖廟，所以本仁；山川，所以儐鬼神；五祀，所以本事。"

　　又曰："禮行於郊，而百神受職焉。禮行於社，而百貨可極焉。禮行於祖廟，而孝慈服焉。禮行於五祀，而正法則焉。"

　　故自郊、社、祖廟、山川、五祀，義之脩，禮之藏也。

　　功大如此，可不美報乎？故人君必絜其牛羊，馨其黍稷，齊明而薦之，歌之舞之，所以顯神明，昭至德也。

魯頌譜

　　魯者，少昊摯之墟也。國中有大庭氏之庫，則大庭氏亦居茲乎？在周公歸政成王，封其元子伯禽於魯。其封域在《禹貢》徐州大野蒙羽之野。

　　自後政衰，國事多廢。十九世至僖公，當周惠王、襄王時，而遵伯禽之法，養四種之馬，牧於坰野。尊賢祿士，脩泮宮，崇禮教。僖十六年冬，會諸侯于淮上，謀東畧，公遂伐淮夷。僖二十年，新作南門，又脩姜嫄之廟。至於復魯舊制，未遍而薨。國人美其功，季孫行父請命於周，而作其頌。

　　文公十三年，太室屋壞。

　　初，成王以周公有太平制典法之勳，命魯郊祭天，三望，如天子之禮，故孔子録其詩之頌，同於王者之後。

　　問者曰："列國作詩，未有請於周者。行父請之，何也？"曰："周尊魯，巡守述職，不陳其詩。至於臣頌君功，樂周室之聞，是以行父請焉。"周之不陳其詩者，為憂耳。其有大罪，侯伯監之，行人書之，亦示覺焉。

商頌譜

　　商者，契所封之地。有娀氏之女名簡狄者，吞鳦卵而生契。堯之末年，舜舉為司徒，有五教之功，乃賜姓而封之。世有官守，十四世至湯，則受命伐夏桀，定天下。

　　後世有中宗者，嚴恭寅畏，天命自度，治民祗懼，不敢荒寧。後有高宗者，舊勞於外，爰洎小人。作其即位，乃或諒闇，三年不言，言乃雍。不敢荒寧，嘉靖殷邦。至於小大，無時或怨。

　　商德之壞，武王伐紂，乃以陶唐氏火正閼伯之墟，封紂兄微子啓為宋公，代武庚為商後。其封域在《禹貢》徐州泗濱，西及豫州盟豬之野。

　　自後政衰散亡，商之禮樂，七世至戴公時，當宣王，大夫正考父者，校商之名頌十二篇於周太師，以《那》為首，歸以祀其先王。孔子錄《詩》之時，則得五篇而已，乃列之以備三頌，著為後王之義，監三代之成功，法莫大於是矣。

　　問者曰：“列國政衰則變風作，宋何獨無乎？”曰：“有焉，乃不錄之。王者之後，時王所客也，巡守述職，不陳其詩，亦示無貶黜客之義也。”又問曰：“周大師何由得《商頌》？”曰：“周用六代之樂，故有之。”

《詩經·頌》各家詩旨

序號	頌（篇）	章句	毛序	鄭箋
周頌三十一篇				
1	《清廟》	一章，八句。	祀文王也。周公既成洛邑，朝諸侯，率以祀文王焉。	清廟者，祭有清明之德者之宮也，謂祭文王。天德清明，文王象焉，故祭之而歌此詩也。廟之言貌也，死者精神不可得而見，但以生時之居，立宮室象貌為之耳。成洛邑，居攝五年時。
2	《維天之命》	一章，八句。	大平告文王也。	告大平者，居攝五年之末也。文王受命，不卒而崩。今天下大平，故承其意而告之，明六年制禮作樂。
3	《維清》	一章，五句。	奏《象舞》也。	《象舞》，象用兵時刺伐之舞，武王制焉。
4	《烈文》	一章，十三句。	成王即政，諸侯助祭也。	新王即政，必以朝享之禮祭於祖考告，嗣位也。
5	《天作》	一章，七句。	祀先王先公也。	先王，謂大王已下。先公，諸盩至不窋。
6	《昊天有成命》	一章，七句。	郊祀天地也。	
7	《我將》	一章，十句。	祀文王於明堂也。	
8	《時邁》	一章，十五句。	巡守告祭柴望也。	巡守告祭者，天子巡行邦國，至於方岳之下而封禪也。《書》曰："歲二月，東巡守，至於岱宗，柴。望秩于山川，徧於群神。"
9	《執競》	一章，十四句。	祀武王也。	
10	《思文》	一章，八句。	后稷配天也。	
《清廟》之什十篇，十章，九十五句。				
11	《臣工》	一章，十五句。	諸侯助祭遣於廟也。	
12	《噫嘻》	一章，八句。	春夏祈穀於上帝也。	祈，猶禱也，求也。《月令》"孟春祈穀于上帝，夏則龍見而雩"是與？
13	《振鷺》	一章，八句。	二王之後來助祭也。	二王，夏、殷也。其後，杞也，宋也。
14	《豐年》	一章，七句。	秋冬報也。	報者，謂嘗也，烝也。

序號	頌（篇）	章句	毛序	鄭箋
15	《有瞽》	一章，十三句。	始作樂而合乎祖也。	王者治定制禮，功成作樂。合者，大合諸樂而奏之。
16	《潛》	一章，六句。	季冬薦魚，春獻鮪也。	冬魚之性定，春鮪新來，薦獻之者，謂於宗廟也。
17	《雝》	一章，十六句。	禘大祖也。	禘，大祭也。大於四時，而小於祫。大祖，謂文王。
18	《載見》	一章，十四句。	諸侯始見乎武王廟也。	
19	《有客》	一章，十二句。	微子來見祖廟也。	成王既黜殷命，殺武庚，命微子代殷後。既受命，來朝而見也。
20	《武》	一章，七句。	奏《大武》也。	《大武》，周公作樂所為舞也。
《臣工之什》十篇，十章，一百六句。				
21	《閔予小子》	一章，十一句。	嗣王朝於廟也。	嗣王者，謂成王也。除武王之喪，將始即政，朝於廟也。
22	《訪落》	一章，十二句。	嗣王謀於廟也。謀者，謀政事也。	
23	《敬之》	一章，十二句。	群臣進戒嗣王也。	
24	《小毖》	一章，八句。	嗣王求助也。	毖，慎也。天下之事，當慎其小。小時而不慎，後為禍大，故成王求忠臣早輔助已為政，以救患難。
25	《載芟》	一章，三十一句。	春籍田而祈社稷也。	籍田，甸師氏所掌。王載耒耜所耕之田，天子千畝，諸侯百畝。籍之言借也，借民力治之，故謂之籍田。
26	《良耜》	一章，二十三句。	秋報社稷也。	
27	《絲衣》	一章，九句。	繹賓尸也。高子曰："靈星之尸也。"	繹，又祭也。天子諸侯曰繹，以祭之明日。卿大夫曰賓尸，與祭同日。周曰繹，商謂之肜。
28	《酌》	一章，九句。	告成《大武》也。言能酌先祖之道，以養天下也。其始成告之而已。	周公居攝六年，制禮作樂，歸政成王，乃後祭於廟而奏之。

左側豎排標題：毛詩注疏簡補 頌卷

序號	頌（篇）	章句	毛序	鄭箋
29	《桓》	一章，九句。	講武類禡也。桓，武志也。	類也，禡也，皆師祭也。
30	《賚》	一章，六句。	大封於廟也。賚，予也，言所以錫予善人也。	大封，武王伐紂時，封諸臣有功者。
31	《般》	一章，七句。	巡守而祀四岳河海也。般，樂也。	

《閔予小子》之什十一篇，十一章，百三十七句。

魯頌四篇

序號	頌（篇）	章句	毛序	鄭箋
32	《駉》	四章，章八句。	頌僖公也。僖公能遵伯禽之法，儉以足用，寬以愛民，務農重穀，牧於坰野，魯人尊之，於是季孫行父請命于周，而史克作是頌。	季孫行父，季文子也。史克，魯史也。
33	《有駜》	三章，章九句。	頌僖公君臣之有道也。	有道者，以禮義相與之謂也。
34	《泮水》	八章，章八句。	頌僖公能修泮宮也。	
35	《閟宮》	八章，二章章十七句，一章十二句，一章三十八句，二章章八句，二章章十句。	頌僖公能復周公之宇也。	宇，居也。

《駉》四篇，二十三章，二百四十三句。

商頌五篇

序號	頌（篇）	章句	毛序	鄭箋
36	《那》	一章，二十二句。	祀成湯也。微子至於戴公，其間禮樂廢壞。有正考甫者，得《商頌》十二篇於周之大師，以《那》為首。	禮樂廢壞者，君怠慢於為政，不脩祭祀、朝聘、養賢、待賓之事，有司忘其禮之儀制，樂師失其聲之曲折，由是散亡也。自正考甫至孔子之時，又無七篇矣。正考甫，孔子之先也，其祖弗甫何，以有宋而授厲公。

序號	頌（篇）	章句	毛序	鄭箋
37	《烈祖》	一章，二十二句。	祀中宗也。	中宗，殷王大戊，湯之玄孫也。有桑穀之異，懼而脩德，殷道復興，故表顯之，號為中宗。
38	《玄鳥》	一章，二十二句。	祀高宗也。	祀當為“祫”。祫，合也。高宗，殷王武丁，中宗玄孫之孫也。有雊雉之異，又懼而修德，殷道復興，故亦表顯之，號為高宗。云崩而始合祭於契之廟，歌是詩焉。古者，君喪三年既畢，祫於其廟，而後祫祭於太祖。明年春，禘於群廟。自此之後，五年而再殷祭。一禘一祫，《春秋》謂之大事。
39	《長發》	七章，一章八句，四章章七句，一章九句，一章六句。	大禘也。	大禘，郊祭天也。《禮記》曰“王者禘其祖之所自出，以其祖配之”，是謂也。
40	《殷武》	六章，三章章六句，二章章七句，一章五句。	祀高宗也。	
《那》五篇，十六章，百五十四句。				